schweres vergehen

DIE GHULBANDE
BUCH DREI

EVA CHASE

 Formatiert mit Vellum

Eins

Lily

Wahrscheinlich war es lächerlich, durch die Straßen zu laufen und alle paar Sekunden „Marisol!" zu rufen, als würde meine Schwester zu mir kommen, wenn sie ihren Namen hörte. Als wäre sie nicht vor einer Stunde absichtlich vor mir weggelaufen und hätte mich angeschrien, ich solle sie in Ruhe lassen. Tatsächlich wäre es wohl sinnvoller, still zu sein, damit sie nicht weiß, dass ich komme.

Da ich keine Ahnung hatte, wohin sie gelaufen ist, könnte ich mich allerdings nicht an sie heranschleichen. Meine einzige Hoffnung bestand darin, dass die magische Täuschung, die sie glauben ließ, ich sei der Feind, irgendwann nachließ und sie freiwillig zurückkam.

Sie war nur in ihrem Schlafanzug aus meiner Wohnung gestürmt. Nicht einmal Hausschuhe hatte sie getragen. Selbst zur Mittagszeit war die Herbstluft frisch, und die Straßen von Mayfield eigneten sich nicht gerade zum Barfußlaufen. Sogar mir war ein wenig kalt, und das, obwohl Nox zurück in die Wohnung gegangen war, um mir meinen Bademantel und Straßenschuhe zu holen.

„Marisol!", rief ich erneut und spähte in eine düstere Gasse.

Eine streunende Katze fauchte mich an und flitzte zwischen den Müllcontainern hindurch. Panik und Verzweiflung pochten noch heftiger in meiner Brust, und ohne dass ich es wollte, schoss ein Wasserstrahl aus einem nahe gelegenen Gully. Er spritzte drei Meter in die Luft, bevor er auf den Boden platschte.

Er schien meine Schwester auch nicht aufspüren zu können.

Zumindest hatte ich keine ungewollte Aufmerksamkeit erregt. Meine Wohnung befand sich in einem aufstrebenden Viertel, das noch im Entstehen war und ich hatte mich in eine Gegend gewagt, die noch ziemlich heruntergekommen war. Trotzdem gab es nicht viele Leute, die in Schlafanzug und Bademantel herumliefen und einen Namen riefen, während die Wasserquellen in der Nähe regelmäßig plätscherten und spritzten, als hätten sie einen eigenen Willen.

Oh, und dann war da noch die Herde Frösche, die sich hinter mir versammelt hatte. Sie dürfte auch für einige der Blicke verantwortlich gewesen sein, die ich von den Umstehenden erntete.

Ich blickte auf meine Füße hinunter. In der letzten Stunde meiner Suche war immer mehr verzweifelte Energie durch meinen Körper gerast, ohne dass es ein Ziel gegeben hätte, auf das ich sie richten konnte. Während dieser Zeit hatte ich eine kleine Armee von etwa fünfzig eifrigen Amphibien angehäuft, die über den Bürgersteig hüpften.

Einige von ihnen sahen zu mir auf, als warteten sie auf mein Kommando, andere sprangen voraus, als glaubten sie, sie könnten meine Schwester allein aufspüren. Leider schienen sie als Spürhunde nicht besonders nützlich zu sein.

„Geht zurück in den Sumpf oder wo auch immer ihr hergekommen seid", murmelte ich ihnen aus dem Mundwinkel zu. Trotz meiner Unruhe war ich mir bewusst, dass ich noch irrer wirken würde, wenn jemand mitbekam, dass ich mich mit meinen Froschfreunden unterhielt. „Ihr werdet hier noch überfahren." Ich hatte vorhin schon einen gesehen, der von einem Reifen zerquetscht worden war.

Die Frösche hüpften weiter etwas ziellos umher, waren offenbar jedoch entschlossen, bei mir zu bleiben. Ich nahm an, dass ich ihre Loyalität würdigen sollte, so nutzlos sie auch sein mochten. Schließlich war ich im Moment selbst niemandem von großem Nutzen.

Nach einem letzten Blick auf die heruntergekommenen Gebäude und das rissige Pflaster um mich herum zückte ich mein Handy. Zum ungefähr millionsten Mal wählte ich Marisols Nummer.

Ich wurde sofort an die Voicemail weitergeleitet. Als ihre unbeholfene Teenagerstimme verkündete, wen ich erreicht hatte, überlegte ich, ob ich ihr eine Nachricht hinterlassen sollte. Allerdings hatte ich das bereits zehnmal getan und hatte eigentlich nichts mehr hinzuzufügen.

Wenn ich die magischen Worte wüsste, die sie zurückbringen würden, hätte ich sie schon in meiner ersten Nachricht gesagt.

Ich war mir nicht einmal sicher, ob sie ihr Handy bei sich hatte. Die meisten Teenager schienen an den Dingern zu kleben, aber vielleicht hatte sie es in ihrer Tasche in meiner Wohnung gelassen, wie so vieles andere auch. Ich war nicht zurückgegangen, um nachzusehen.

Seufzend schob ich mein Handy in die Tasche meines

kuscheligen Bademantels, und genau in diesem Moment trat Kai aus einer Seitenstraße. Offenbar hatte er meinen erfolglosen Versuch, meine Schwester zu erreichen, mitbekommen, denn seine graugrünen Augen verdunkelten sich hinter seinen rechteckigen Brillengläsern. „Immer noch keine Antwort, was?"

Als ich den Kopf schüttelte, ging er auf mich zu, um meine Schulter zu drücken, wobei er ein paar Fröschen ausweichen musste. Da Kai emotional sonst eher unterkühlt war, kam das einer Umarmung gleich.

Apropos Umarmungen …

Aus der anderen Richtung kam Ruin herbeigeeilt und schlang sofort seine muskulösen Arme um mich, als er mein Gesicht sah. „Wir werden sie finden, Engelsfisch", versicherte er mir und kraulte mein Haar. „Wir werden alle gemeinsam suchen."

Kais Miene verfinsterte sich. „Ich denke, wenn sie hier in der Gegend wäre, hätten wir sie bereits gefunden. Vielleicht ist es an der Zeit, die Taktik zu ändern."

„Keine Spur von ihr in dieser Richtung", verkündete Jett, der sich zu uns gesellte und mit dem Daumen über seine Schulter in die Richtung deutete, aus der er gekommen war.

„Ich hatte leider auch keinen Erfolg", meldete sich Nox zu Wort, der ebenfalls auf uns zukam und mit den Fingerknöcheln knackte. In dem Professorenkörper, den er kürzlich übernommen und sich zu eigen gemacht hatte, sah er größer und kräftiger aus denn je. „Keiner der Leute, die ich *ausgequetscht* habe, hat sie gesehen."

Ich wollte nicht fragen, wie genau er sie „ausgequetscht" hatte. Da seine Hände nicht blutig waren, nahm ich an, dass er nicht allzu viel Schaden angerichtet hatte.

Ich kniff mir in den Nasenrücken. „Wir können sie nicht allein in der Stadt herumlaufen lassen. Sie hat keine richtige

Kleidung und kein Geld. Und ich glaube, sie war noch nie in Mayfield!"

Kai legte den Kopf schief. „Vielleicht ist sie nicht allein. Du denkst, Nolan Gauntts Magie hat sie dazu gebracht, wegzulaufen, richtig? Vielleicht hat er sie nicht nur von dir weggetrieben."

Ein Kloß bildete sich in meiner Kehle. „Du meinst, er könnte sie zu sich geholt haben." Was würde der übermächtige Geschäftsmagnat mit ihr machen? Wie wir vor Kurzem herausgefunden hatten, verfügte auch er über übernatürliche Fähigkeiten.

Jett fuhr sich mit den Fingern durch sein zerzaustes Haar, das er in einem dunklen Violett gefärbt hatte, ganz anders als der streberhafte Vorbesitzer seines Körpers. „Dann sollten wir ihn ausfindig machen. Ganz einfach."

„Das ist alles andere als einfach", sagte ich, und mir rutschte das Herz in die Hose. „Wir wissen nicht, wozu er fähig ist. Wir sind nicht darauf vorbereitet, gegen ihn anzutreten. Letztes Mal, als ich meine Wassermagie gegen ihn gerichtet habe, hat er nur gelacht."

Auf dieses Eingeständnis hin begann ein Wasserhahn im Waschbecken neben dem Fenster zu sprudeln. Einige der Frösche quakten in einem düsteren Chor. Ich holte tief Luft und tat mein Bestes, um die unruhigen Energien zu unterdrücken, die in mir brodelten.

Nox richtete sich zu seiner vollen, stattlichen Größe auf. Die roten Spitzen seines schwarzen, stacheligen Haares leuchteten wie kleine Flammen im Sonnenlicht. „Wir geben nicht auf", versicherte er mir mit fester Stimme. „Wir gruppieren uns nur, um später zielgerichteter angreifen zu können. Lasst uns zurück in die Wohnung gehen und eine Strategie ausarbeiten." Er sah sich mit zusammengekniffenen Augen um. „Wer weiß, ob er hier draußen Spione hat."

Auch wenn ich die Suche nicht aufgeben wollte, musste

ich zugeben, dass sie bisher hoffnungslos gewesen war. Was hätte Marisol davon, wenn ich weiter wie eine Verrückte herumlief, wenn es eine bessere Lösung gab? Ich biss die Zähne zusammen und nickte.

Auf dem Weg zur Wohnung legte Ruin seinen Arm um mich und strich mit seinen Fingern beruhigend an meiner Seite auf und ab. Kai holte unterdessen sein Handy heraus. „Ich könnte versuchen, Nolan anzurufen. Ich kenne zwar seine Durchwahl nicht, aber ich habe die seiner Verwaltungsassistentin und verschiedener anderer Leute bei Thrivewell."

Während seiner Tätigkeit in der Firmenzentrale der Gauntts war er viel näher an die oberen Ränge herangekommen als ich in meiner kurzen Zeit in der Poststelle. Doch sein Vorschlag löste einen weiteren Anflug von Panik in mir aus.

„Nein", sagte ich schnell. „Dann würde deine Tarnung auffliegen. Soweit wir wissen, hat er nicht herausgefunden, dass jemand bei Thrivewell mit mir in Verbindung steht. Vielleicht solltest du am Montag ganz normal zur Arbeit gehen und die Lage im Büro auskundschaften."

„Gutes Argument." Er schnippte mit den Fingern. „Ich gebe *dir* die Nummer der Assistentin. Nolan hat deine Schwester bestimmt nicht ohne Grund weggerufen. Vielleicht will er sie als Druckmittel benutzen."

Mir gefiel der Gedanke nicht, meinen Erzfeind schadenfroh erzählen zu hören, wie er Marisol eine Gehirnwäsche verpasst hatte. Doch ich konnte mich damit abfinden, wenn das bedeutete, dass er mehr von seinen Plänen ausplauderte. Das machten Superschurken doch für gewöhnlich, oder? Als ich die Nummer wählte, die Kai mir gegeben hatte, ertönte leider nicht einmal ein Freizeichen. Stattdessen wurde mir von einer digitalisierten weiblichen

Stimme mitgeteilt, dass mein Anruf nicht durchgestellt werden konnte.

Mit einem finsteren Blick auf das Handy versuchte ich es noch einmal, um mich zu vergewissern, dass ich nicht die falsche Nummer gewählt hatte, aber ich erhielt das gleiche Ergebnis. Nox knurrte leise vor sich hin. „Der Bastard hat dich schon blockiert. Er macht sich wohl nichts aus Häme."

Vielleicht war das nicht überraschend. Wir hatten meinen Lebenslauf in Nolans Schreibtisch gefunden. Er kannte meine Telefonnummer.

„Du könntest dir ein Wegwerf-Handy besorgen und es von einer Nummer aus versuchen, die er nicht kennt", schlug Ruin heiter vor. „So kannst du seine Abwehrmechanismen umgehen."

„Wenn er mich blockiert hat, wird er keine Anrufe von mir annehmen, selbst wenn ich die Telefonnummer des Präsidenten benutze", murrte ich. „Nicht, dass ich die bekommen könnte."

Kais Blick schweifte kurz in die Ferne. „Wenn ich mit den richtigen Leuten spreche … Aber es stimmt schon. Wenn er nicht reden will, wird er es nicht tun. Es sei denn, wir zwingen ihn." Das grimmige Funkeln, das nur in seine Augen trat, wenn er besonders aufgebracht war, blitzte hinter seiner Brille auf.

„Oh, das werden wir", murmelte Nox. „Wir werden diesen aufgeblasenen Arsch fertigmachen."

Als wir die Wohnung betraten, bildete sich ein Kloß in meinem Hals. Der Teller mit Marisols sirupgetränkten Pfannkuchen stand noch auf dem Esstisch und ihr Kapuzenpulli hing über der Sofalehne. Ich konnte ihre Anwesenheit spüren, obwohl sie nicht hier war.

Im Badezimmer spuckte die Dusche ruckartig Wasser, und die Frösche, die uns nach oben gefolgt waren, hüpften freudig hinüber. Ich ließ mich auf den Stuhl vor meinem Teller sinken.

Ruin setzte sich neben mich, während Jett mit nachdenklicher Miene durch den Raum schritt. Es war schwer zu sagen, ob der Gangsterkünstler sich ausmalte, wie er unsere Feinde vernichten würde, oder darüber nachdachte, ob er dem Zimmer einen neuen Anstrich verpassen sollte. Kai stand an meiner anderen Seite und stützte seine Hände auf eine Stuhllehne. Nox schritt auf und ab. Seine finstere Miene spiegelte meinen eigenen Gefühlszustand.

„Was genau hat sie gesagt und getan?", fragte er mich. „Woher wusstest du, dass dieser Gauntt-Kerl sie manipuliert hat?"

Ich straffte die Schultern und zwang mich, die Ereignisse des heutigen Vormittags in meinem Kopf noch einmal durchzuspielen. „Wir haben Pfannkuchen gefrühstückt." Ich deutete auf die Teller. „Dann hast du mir eine Nachricht geschickt und gefragt, ob ihr kommen könnt, um sie kennenzulernen. Ich wollte ihr gerade mehr über euch vier erzählen, da ist sie plötzlich aufgesprungen und hat mich beschuldigt, ich hätte sie von ihrer Familie weggeholt … Sie sagte, sie könnte mir nicht vertrauen und wolle nicht bei mir sein."

Tränen brennen in meinen Augen. Ich hatte gedacht, ich hätte das Problem gelöst. Ich hatte meine Schwester von unserer Mutter und unserem Stiefvater weggeholt, die uns beide wie Dreck unter ihren Schuhen behandelt hatten. Ich hatte mir eine neue Wohnung gesucht, in der sie ein eigenes Zimmer hatte. Ich hatte sogar Malutensilien für sie besorgt, damit sie sich wieder ihrer Kunst widmen konnte, und ich hatte mich mit einer Highschool in der Nähe in Verbindung gesetzt, um eine Versetzung zu veranlassen.

Doch das Problem war nicht, dass ich nicht genug getan

hatte. Sie war glücklich gewesen, bis dieser seltsame Zauber sie gepackt hatte.

Ich zwang mich, fortzufahren. „Sie rannte zur Tür. Ich versuchte, sie aufzuhalten, denn es war offensichtlich, dass etwas nicht stimmte. Als ich sie am Arm packte und ihr Pyjamaoberteil zerriss, sah ich ein Mal auf ihrem Oberarm." Ich berührte meinen Arm an der Stelle, wo sich ein ähnlicher Fleck befunden hatte. Das Centstück-große Mal war direkt unter meiner Achselhöhle gewesen, bis es mir gestern im Sumpf gelungen war, Nolans Bann zu brechen. Gauntt hatte damit dafür gesorgt, dass ich mich nicht mehr daran erinnern konnte, ihn bei meiner Schwester gefunden zu haben.

In diesem Moment hatte ich mich so mächtig gefühlt. Als könnte ich mit allem fertig werden, was er mir als Nächstes antun würde. Ich hatte nicht geahnt, dass er einen so großen Haufen Scheiße auf mir abladen würde.

Kai deutete auf meinen Arm. „Du meintest, auf deiner Haut sei ein Mal zurückgeblieben, als er seine Magie auf dich angewandt hat. Und dass es verschwunden ist, nachdem du deine Erinnerungen zurückbekommen hast. Sah das Mal auf dem Arm deiner Schwester genauso aus wie deins?"

„Ich habe es nur eine Sekunde lang gesehen." Ich hielt inne und versuchte, mich zu erinnern. „Es war fast genau gleich groß, etwa an der gleichen Stelle und rosa, ein paar Nuancen dunkler als der Rest ihrer Haut. Die Form war ein wenig anders, aber im Großen und Ganzen ziemlich rund, genau wie meins."

„Warte mal kurz!" Ruin kramte in seinen Taschen nach seinem Handy und begann, durch die Fotos zu scrollen. Dann hielt er den Bildschirm mit einem triumphierenden Grinsen hoch. „Schau mal."

Zuerst sah ich nur eine nackte Frau. Eine nackte Frau, die ich zufällig kannte. Das Smartphone hatte einst einem

Idioten namens Ansel gehört, dem Vorbesitzer von Ruins Körper. Offensichtlich hatte sie ihm im Rahmen ihrer Verführungsversuche Nacktfotos geschickt. Peyton war eine meiner Peinigerinnen am College gewesen, die ein Auge auf Ansel geworfen hatte. Dieses Bild zeigte sie von der Taille aufwärts, völlig nackt, mit einem Arm hinter dem Kopf und der anderen Hand an ihren Lippen.

„Ruin", knurrte Nox, „ich glaube nicht, dass du so etwas in unserer Runde zeigen solltest …"

„Nein!", sagte ich. Mein Blick blieb an dem Detail hängen, auf das Ruin offensichtlich hinauswollte. „Er hat recht. Sie hat das gleiche Mal wie Marisol und ich."

Ich nahm ihm das Handy aus der Hand und vergrößerte das Bild, um es näher zu betrachten und zu verhindern, dass uns ihre Nippel entgegenstarrten, während wir das Bild studierten. Die Details waren etwas unscharf, aber die Beleuchtung war gut genug, um das Muttermal zu erkennen.

Ich zeigte auf den rosa Fleck mit den leicht gesprenkelten Rändern. „Das von Marisol sah fast genauso aus." Ich runzelte die Stirn. „Warum hat Peyton auch eins?"

Kai hatte sich vorgebeugt und musterte das Bild aufmerksam. Er drehte sich zu Ruin um. „Hat Ansel noch von jemand anderem Nacktbilder bekommen?"

„Ich weiß es nicht", meinte Ruin. „Ich bin neulich zufällig darauf gestoßen, als ich nach einem Hinweis darauf gesucht habe, wer hinter ihm her ist, aber ich habe nicht besonders weit zurückgescrollt. Lass mich nachsehen."

Er begann, die Bilder zu durchstöbern, und stieß bereits nach wenigen Sekunden einen kleinen Siegesschrei aus. Ich machte mich auf mehr Brüste gefasst, aber stattdessen hielt er ein Bild von Ansel hoch, der in einer Badehose posierte, die nichts der Fantasie überließ.

Seit Ruin Ansels Körper übernommen hatte, war er um einiges weicher geworden, was ich deutlich attraktiver fand als die harten Muskelberge. Als ich genauer hinsah, bemerkte ich, dass auch Ansel einen interessant aussehenden kleinen Fleck auf der Unterseite seines Arms hatte, etwas weiter unten als die anderen, etwa in der Mitte zwischen Ellbogen und Achselhöhle.

„Hast du den noch?", fragte Jett, der herübergekommen war, um sich an dem Gespräch zu beteiligen.

Ruin zog den Ärmel seines Langarmshirts bis zur Schulter hoch und musterte ihn. Seine leicht gebräunte Haut war glatt und unbefleckt. „Nö. Ich schätze, der Bann wurde gebrochen, als ich diesen Körper übernommen habe."

„Lass mal sehen." Nox griff nach dem Smartphone. Als Ruin es ihm reichte, zoomte er das Bild heran und betrachtete es blinzelnd. Sein kantiges Kinn arbeitete. „Ich glaube … Ich glaube, einer von diesen Idioten, die Lily zu den Docks geschleppt haben, hatte auch so eins."

Er blickte zu mir auf. „Vielleicht waren deine Peiniger nicht nur Idioten. Vielleicht waren sie Nolan Gauntts Marionetten."

zwei

Lily

Die Erkenntnis, dass Peyton mich möglicherweise nicht nur belästigte, weil sie eine nervtötende Schlampe war, steigerte meinen Wunsch, mit ihr zu reden, nicht gerade. Das Mädchen hatte mich eine Treppe hinuntergestoßen, mich im Waschraum eines Hörsaals eingesperrt, einem Haufen anderer Studenten geholfen, mir eine Falle zu stellen, damit ich meinen Job verlor und vielleicht verhaftet wurde, gedroht, mich in einer Toilettenschüssel zu ertränken …

Selbst wenn Nolan ihr eine Gehirnwäsche verpasst hatte, um sie zu besonders extremen Handlungen zu bewegen, war es schwer zu glauben, dass sie davor eine freundliche Seele gewesen war.

Da wir genug über sie wussten, um herauszufinden, wo sie wohnte, nahmen wir sie uns trotzdem als Erste vor. Von dem Mann vom Dock kannten wir nicht einmal den

Vornamen. Die Tatsache, dass Ansel die Fotos von ihr gespeichert hatte, obwohl er offenbar nie mehr von ihr gewollt hatte als Sex, ließ mich seinen Tod noch weniger bedauern. Sie hatte ihm aber nicht nur Bilder, sondern auch ihre Zimmernummer im Wohnheim mitgeteilt, „falls du mal vorbeikommen willst.“

Als wir den Campus erreichten, zogen Kai und Jett los, um zu sehen, was sie über den Kerl vom Dock herausfinden konnten, und Nox und Ruin schlossen sich mir an, um zu Peytons Zimmer zu gehen. Da um diese Uhrzeit die meisten Vorlesungen vorbei waren, aber die Leute noch nicht zu ihrem Abendprogramm aufgebrochen waren, rechneten wir uns gute Chancen aus, sie dort anzutreffen. Ruin kam mit uns, da sie ihn trotz der gefärbten scharlachroten Haare, der weicheren Gesichtszüge und seines sonnigen Gemüts nach wie vor für Ansel hielt. Nox wollte sicherstellen, dass sie mich nicht noch eine Treppe hinunterwarf.

„Ich sollte ihr Gesicht neu gestalten für all das, was sie dir schon angetan hat“, murmelte er, als wir die Treppe hinaufgingen.

„Tatsächlich glaube ich, dass sie dann eher weniger als mehr reden wird.“ Ich hielt inne, um einen der wenigen Frösche aufzusammeln, die mich auf der Autofahrt hierher begleitet hatten. „Jedenfalls habe ich ihr schon einmal Angst vor dem Sumpf eingeflößt. Ich glaube nicht, dass sie einen weiteren Froschangriff riskieren wird.“

Nox schnaubte. „Sie wird es mit mehr als nur Fröschen zu tun bekommen, wenn sie sich mit dir anlegt. Ich werde sie fertigmachen.“

Ruin war damit beschäftigt, eine Strategie auszuarbeiten, während er die Treppe hinaufhüpfte. „Ich könnte mich bei ihr für die Fotos bedanken und ihr sagen, dass ich sie mir noch einmal angesehen und dabei ihr Muttermal bemerkt habe. Vielleicht könnten wir es uns mit eigenen Augen ansehen ...“

„Ähm, nein. Sie zu bitten, sich auszuziehen, wäre kein guter Einstieg, denke ich“, erwiderte ich. Auch wenn sie es vielleicht für den angeblichen Ansel vielleicht tun würde. Aber ich würde sie nicht mit Ruin allein lassen, um herauszufinden, wie weit sie mit ihren Bemühungen gehen würde. „Ich glaube, wir sollten die Bilder gar nicht erwähnen. Wir fragen sie einfach nach den Gauntts und schauen, wie sie reagiert.“

„Perfekt!“, stimmte Ruin fröhlich zu und ließ sich nicht davon beirren, dass seine Pläne zunichtegemacht wurden.

Ich drückte den Frosch in meiner Hand dicht an meine Seite, als wir den belebten Flur des Wohnheims entlanggingen. Als wir an Peytons Tür klopften, machte niemand auf. Ihre Mitbewohnerin und sie hatten ein Whiteboard an der Außenseite aufgehängt, auf dem mehrere Jungs Angebote für eine oder beide hinterlassen hatten. Diese reichten von dem sehr platten *Lust zu f...? Ruf mich an!* bis zu dem beinahe schon poetischen *Komm rüber und reite mich, Süße.*

Gut, dass ich nie auf dem Campus gewohnt hatte.

Wir standen mehrere Minuten lang da und ernteten seltsame Blicke von einigen der vorbeigehenden Studenten. Trotz seines neuen Erscheinungsbildes könnten zumindest ein paar von ihnen Nox als den ehemaligen Professor Grimes erkannt haben. Ich strich mit dem Daumen über den glatten Rücken des Frosches und überlegte, ob ich selbst eine kleine Notiz hinterlassen sollte. Aber was sollte ich schreiben? *Hey Pey, willst du nicht damit rausrücken, was Nolan Gauntt dir angetan hat?*

Ja, das würde bestimmt gut ankommen.

Ich wandte mich zum Gehen und sah das Mädchen, auf das wir gewartet hatten, durch den Flur auf uns zukommen.

Peyton sah mich genau im selben Moment, und ihre gertenschlanke Gestalt verkrampfte sich. Ich könnte schwören, dass ihr Blick über die paar Meter zwischen uns hinweg direkt auf den Frosch in meiner Hand fiel und sie selbst ein wenig grün wurde.

Dann konzentrierte sie sich auf Ruin. Sie verlangsamte ihren Schritt und war hin- und hergerissen, ob sie in die entgegengesetzte Richtung rennen oder sich auf ihn stürzen sollte. Sie entschied sich dafür, knapp außerhalb der Reichweite des Frosches zum Stehen zu kommen und die Arme um ihren Körper zu schlingen. Sie blickte Ruin an. „Hallo, Ansel. Ich wünschte, du wärst allein gekommen."

Ruin strahlte sie an. „Wir haben etwas mit dir zu besprechen."

Nox deutete mit dem Daumen zur Tür. „Vielleicht sollten wir das nicht gerade im Flur besprechen, damit nicht die ganze Welt davon erfährt."

Peyton beäugte mich skeptisch. „Mit *ihr* gehe ich nirgendwohin."

Ich hatte ihren Freunden nicht einmal halb so viel Schaden zugefügt wie die Jungs. Aber sie war vor dem Vorfall im Lebensmittelladen abgehauen – sie hatte sie nie in voller Aktion gesehen. Und ihre rosarote Brille war offenbar so stark, dass es ein Wunder war, dass sie nicht gegen Wände rannte.

Ich steckte den Frosch in meine Tasche. „Ich verspreche, dass ich meine Freunde nicht auf dich hetzen werde, solange du deine Hände bei dir behältst."

Peyton stieß ein verärgertes Stöhnen aus. Erst als Ruin seinen Kopf zur Seite neigte und fragte: „Bitte?", gab sie nach und schloss die Tür auf.

Das Zimmer bot kaum genug Platz für uns vier, und wir mussten uns zwischen die beiden Betten quetschen. Peyton hockte auf der Kante ihres winzigen Schreibtisches und musterte uns mit zusammengekniffenen Augen. Ihr Blick wurde nur kurz weicher, als er über Ruin schweifte. „Was ist los? Was wollt ihr?"

Sie konnte sich nicht entscheiden, ob sie besorgt oder feindselig klingen sollte. Ruin und mich zusammen zu sehen, brachte sie eindeutig aus dem Konzept, obwohl sie wusste, dass er viel Zeit mit mir verbrachte.

Plötzlich hatte ich keine Ahnung mehr, wie ich dieses Gespräch beginnen sollte. Im Grunde genommen wollte ich sie fragen, ob ein unheimlicher alter Mann sie als Kind belästigt hatte. Kein leichtes Thema für den Einstieg.

Zumindest in meiner Vorstellung. Meine Jungs hatten offenbar keine derartigen Bedenken.

„Ist zwischen Nolan Gauntt und dir etwas vorgefallen?", fragte Nox, während ich zögerte. „Jetzt oder als du noch ein Kind warst?"

„Irgendetwas Seltsames? Hat er dich angefasst?", fügte Ruin hinzu.

Peytons Kinnlade klappte vor Entsetzen herunter, und ich hatte das Bedürfnis, mein Gesicht in den Händen zu verbergen. Die Vorgehensweise der Schädelbrecher war definitiv nicht subtil.

„Wovon redet ihr?", stotterte sie und wich noch weiter auf dem Schreibtisch zurück, als hätten *wir* versucht, sie zu begrapschen. „Ich würde nicht … Ein Mann wie er würde nicht … Ihr seid *krank*."

„Wow!" Ich hob beschwichtigend die Hände, um das Gespräch zu retten. „Das war keine Anschuldigung. Wir sind nur … besorgt." Vielleicht musste ich doch noch auf ihren Körper zu sprechen kommen. „Wir haben herausgefunden, dass einige … andere Leute, mit denen er sich angelegt hat, kleine Flecken auf ihrem Arm hatten. Und uns ist aufgefallen, dass du auch einen hast. Genau hier?" Ich deutete auf die Stelle an meinem eigenen Arm. „Du hast da ein Muttermal, stimmt's? Weißt du noch, wie du es bekommen hast?"

Peyton verzog das Gesicht und berührte die Stelle an ihrem Arm. Ihr Blick ließ keinen Zweifel daran, dass sie wusste, welches Mal ich meinte. Dann schüttelte sie vehement den Kopf. „Viele Leute haben Muttermale. Ich habe es, seit ich ein Kind war. Es hat mit niemandem etwas zu tun. Niemand hat es dort *hinterlassen*. Du bist wirklich ein Psycho."

Mein Kiefer verkrampfte sich bei der Beleidigung. Es war fraglich, wer von uns beiden sich in den letzten Monaten mehr wie ein Psycho verhalten hatte.

Mit grimmiger Miene kam Nox näher, und ich packte ihn, bevor Peyton mehr tun konnte, als vor Angst zu quieken.

„Ist schon in Ordnung", sagte ich ihm. „Ich akzeptiere mein Psycho-Dasein." Dann drehte ich mich wieder zu ihr um. „Du bist dir sicher, dass du dieses Mal schon seit deiner Kindheit hast?"

„Ja", antwortete Peyton mit zunehmend abweisendem Ton. Sie schlang die Arme fester um ihren Körper. „Diese Dinger tauchen nicht einfach so aus dem Nichts auf."

„Manchmal schon", bemerkte Ruin hilfsbereit wie immer, aber wenigstens ließ er eine nützliche Frage folgen. „Hattest du als Kind etwas mit den Gauntts zu tun?"

„Du weißt offensichtlich, wer Nolan Gauntt *ist*", knurrte Nox.

Peyton warf ihm einen bösen Blick zu. „Natürlich weiß ich das. Jeder weiß das. Meine Mutter arbeitet für Thrivewell. Bestimmt war er einmal zum Essen bei uns. Oder ich bin ihm auf einer Weihnachtsfeier begegnet. Aber er hat kein verdammtes *Muttermal* auf meinem Arm hinterlassen."

Zumindest erinnerte sie sich nicht daran. Mein Magen verkrampfte sich. Nolan hatte mich vergessen lassen, was ich gesehen hatte, und Marisol hatte vergessen, dass er mehr getan hatte, als kurz mit ihr zu reden. Und er hatte dieses Mal nicht auf ihrem Arm hinterlassen, während ich dabei gewesen war. Er musste später noch einmal bei ihr gewesen sein. Gott, wie oft war er mit meiner Schwester allein, nachdem ich in die Klapsmühle verfrachtet worden war?

Trotz des eisigen Schauers, der mich durchfuhr, bemühte ich mich, mich wieder auf die Gegenwart zu konzentrieren. Diese Antworten würden mir helfen, das alles zu verstehen. Und hoffentlich auch, wie ich Marisol finden konnte.

„Möglicherweise sind ein paar Dinge vorgefallen, an die du dich nicht erinnerst", sagte ich. „Vielleicht kann ich deinem Gedächtnis auf die Sprünge helfen. Wenn du es mich versuchen lässt." Ich griff nach ihrem Arm und dachte daran, wie ich die übernatürliche Mauer in meinem eigenen Geist und Körper mit meinen Kräften durchbrochen hatte.

Peyton zuckte zurück und versteifte sich noch mehr. „Lasst mich in Ruhe! Ihr seid alle verrückt. Raus aus meinem Zimmer!" Sie hielt inne und sah Ruin einen Moment lang an. „Ich weiß nicht, warum du dich von ihnen da reinziehen lässt, aber das ist zu viel. Hau einfach ab!"

„Wir wollen nur helfen", protestierte Ruin.

Peyton stieg auf den Stuhl neben dem Schreibtisch. „Raus hier. Und zwar *sofort*, oder ich schreie. Und erzähle allen, dass *ihr* Widerlinge mich ‚angefasst' habt."

Als Nox die Zähne fletschte und Anstalten machte, sich auf sie zu stürzen, stellte ich mich rasch vor ihn. „Das ist es nicht wert", sagte ich mit einem flauen Gefühl im Magen. „Wenn sie nicht kooperiert, können wir es nicht erzwingen. Lass uns einfach gehen."

Nox hätte womöglich trotzdem versucht, das Thema zu forcieren, hätte in diesem Moment nicht sein Handy vibriert. Er überprüfte die Nachricht, und seine Schultern entspannten sich ein wenig. „Kai hat sich gemeldet. Wir haben einen Plan B.“

Ich öffnete den Mund, bevor ich entschied, dass Peyton nur noch mehr ausflippen würde, wenn ich ihr erzählte, was hier vor sich ging. Von mir aus konnte sie denken, was sie wollte, wovon er sprach. Es war mir scheißegal.

„Okay“, sagte ich. „Wo sollen wir Jett und ihn treffen?“

Wir ließen Peyton schweigend zurück und schlossen ihre Zimmertür hinter uns. Nox lief voraus, als wir das Wohnheim verließen und den Campus überquerten.

Wir fanden Kai, Jett und den breitschultrigen Typen mit der Stupsnase, der mich vor ein paar Wochen in seinen Kofferraum verfrachtet hatte, am Rande des Campus-Parkplatzes. Der Kerl saß am Boden, den Rücken an einen Baum gelehnt, und sein Gesicht war fahl. Als er uns sah, begann er zu wimmern.

„Lasst mich einfach in Ruhe“, sagte er, zog die Knie an die Brust und wippte vor und zurück. „Ich habe ihr nichts mehr getan. Ihr müsst mich in Ruhe lassen.“

Er sah aus, als stünde er kurz vor einem Nervenzusammenbruch. Ich nahm an, dass das eine angemessene Reaktion auf die geisterhafte Gangsterjustiz der Schädelbrecher war. Bei seiner letzten Begegnung mit Nox war sein Gesicht mit einer Handvoll Angelhaken durchbohrt worden. Die Wunden waren noch nicht ganz verheilt, denn ich konnte die kleinen Pünktchen auf seinen Wangen sehen.

Wie es schien, hatten Kai und Jett ihn bereits in die Mangel genommen. Der Ärmel seines Hemdes war zerrissen, als hätte einer von ihnen zu heftig daran gerissen, um ihn hochzuziehen.

„Er hat das Mal“, berichtete Jett.

„Er behauptet, er hätte es schon, seit er klein war“, fügte Kai zu Jetts typisch schroffem Bericht hinzu. „Und alles, was er über Nolan Gauntt weiß, ist, dass der Typ vorbeikam, um mit ihm über College-Stipendien zu reden, als er noch in der Grundschule war." Er zog skeptisch eine Augenbraue hoch.

„Das *ist* alles, was ich weiß", jammerte der Kerl. „Bitte, tut mir nicht mehr weh."

Er war so erbärmlich, dass ich nicht anders konnte, als ihn ein wenig zu bemitleiden. Er hatte mich mies behandelt, genau wie Peyton, aber wenigstens schien ihm bewusst zu sein, dass er es vermasselt hatte und er ab jetzt mit dem Scheiß aufhören sollte.

„Ich kann versuchen, seine Gedächtnisblockaden zu durchbrechen, so wie ich es bei mir selbst getan habe", sagte ich und ging vor dem Kerl in die Hocke.

Er wich zurück und verschränkte die Arme vor der Brust. Auch mir gefiel der Gedanke nicht, ihn zu zwingen. Während ich über meine Optionen nachdachte, hockte Ruin sich neben mich.

„Ich kann helfen!", verkündete er strahlend. „Du hast nichts zu befürchten."

Während er die letzten Worte sagte, versetzte er dem Mann einen Schlag gegen die Brust. Ein leises Knistern übernatürlicher Energie ertönte, und plötzlich lächelte der Kerl uns an.

„Du hast recht", sagte er. „Ich weiß nicht, warum ich so viel Angst hatte. Es ist schön, euch zu sehen."

Nox schnaubte und schüttelte verwirrt den Kopf. Die Geisterenergien der Jungs hatten alle ihre eigene Note, und Ruins Superkraft bestand darin, seine Gefühle auf andere zu übertragen.

„Wie heißt du?", fragte ich den Kerl, denn ich wollte zumindest wissen, mit wem wir es zu tun hatten.

„Fergus", antwortete er leichthin.

Nun, da das Thema entgegen meiner Absichten bereits erzwungen worden war, erschien es mir besser, so offen wie möglich zu sein, anstatt ihn im Ungewissen zu lassen.

„Okay, Fergus", sagte ich, als würde ich mit einem kleinen Kind sprechen. „Ich werde mir nur kurz deinen Arm ansehen. Ich glaube, da könnte etwas nicht stimmen, und ich werde es in Ordnung bringen."

„Das ist toll!" Fergus lächelte. „Danke für deine Hilfe."

Es war noch verstörender, ihn nach seinem vorherigen Schrecken so sanftmütig zu sehen. Ich zupfte an seinem Ärmel und entdeckte sofort das Mal ein paar Zentimeter oberhalb seines Ellbogens. Ich machte mich bereit und schlang meine Hände um seinen Bizeps.

Nach meinem Ärger über Marisols Verschwinden hallte noch immer ein angespanntes Summen in mir nach. Ich schnalzte mit der Zunge und erzeugte einen ruhigen Rhythmus zum Pochen meines Herzens und dem Rauschen der Brise in den Blättern der Äste über mir und konzentrierte mich.

Nolan Gauntt. Es ging um ihn. Er hatte sich auf völlig unangemessene Weise bei meiner Schwester eingeschmeichelt. Und wer wusste schon, was er mit dem Kerl vor mir angestellt hatte. Das Arschloch könnte in diesem Moment Hand an Marisol legen.

Bei der Vorstellung zuckte ich innerlich zusammen. Wut und Angst kochten in mir hoch und steigerten die Intensität des Brummens. Ein Kribbeln breitete sich in meinen Armen und Händen aus. Ich schloss die Augen.

Da war es. Wie ein Sturm, eine Barriere in Fergus' Fleisch, die sich bis in seinen Geist hinein erstreckte. Ich richtete meine gesamte Aufmerksamkeit darauf und rief die imaginären Wellen herbei, mit denen ich die Mauer in mir niedergerissen hatte. Dann schleuderte ich sie wie wässrige Schläge mehrmals dagegen.

Das war dafür, dass er meine Schwester entführt hatte. *Das* war für das, was er mit wer weiß wie vielen anderen Kindern gemacht hatte. *Das* war dafür, dass er mir ins

Gesicht gelacht hatte. *Das* war dafür, dass er mich sieben Jahre meines Lebens in eine psychiatrische Klinik gesperrt hatte.

Mit jedem Gedanken wurden meine Schläge härter. Dann nahm ich meine gesamte Kraft zusammen und richtete sie auf das Mal und die davon ausgehende Barriere.

Der Eindruck der Wand bröckelte und zerbrach. Ich ließ Fergus los und schnappte nach Luft, als ich in die Welt um mich herum zurückkehrte.

Fergus starrte auf seinen Arm hinunter, bevor er seinen Blick auf uns richtete. Nachdem Ruin ihn beruhigt hatte, war sein Gesicht zu seiner normalen Farbe zurückgekehrt, doch jetzt sah er wieder kränklich aus.

„Nolan Gauntt", murmelte er mit einem Schauer, der seinen ganzen Körper erschütterte.

drei

Ruin

„Du erinnerst dich!", rief ich und grinste den Kerl an, bei dem Lily gerade ihre Kräfte eingesetzt hatte. Sein Gesichtsausdruck verriet, dass er sich an nichts *Gutes* erinnert hatte, doch für unsere Zwecke war jede Erinnerung recht. Wir mussten nur herausfinden, was er wusste.

Als Lily einen Schritt zurücktrat und vor dem Kerl in der Hocke blieb, lächelte ich sie an. Es war wirklich etwas Besonderes, ihr dabei zuzusehen, wie sie ihre Kräfte einsetzte. Ich hatte keine Ahnung, wie genau sie Nolan Gauntts Bann gebrochen hatte. Die Energie, die sie in sich trug, war regelrecht von ihr abgestrahlt, als sie sich konzentriert hatte. Der überirdische Schauer, den ich dabei verspürt hatte, erinnerte mich an all die anderen Empfindungen, die unsere Frau in mir auslösen konnte.

Wie erstaunlich sie doch war. Wir würden ihre Schwester

zurückholen, denn ich wusste, dass nicht die geringste Chance bestand, dass sie einen Rückzieher machen würde. Und wir vier würden ihr zur Seite stehen.

Fergus rieb sich mit der Hand über sein Gesicht. Ich war mir nicht sicher, ob meine beruhigenden Emotionen nachgelassen hatten oder ob seine Reaktion auf die zurückgekehrten Erinnerungen so intensiv war, dass sie die vorherige Entspannung zunichtemachte.

„Was ist mit Nolan passiert?", fragte Lily mit ihrer leisen, heiseren Stimme. Bei dem sanften Klang verkrampfte sich meine Leistengegend. Sie war stark, ja, aber sie konnte auch unglaublich süß sein. Die perfekte Kombination.

„Ich verstehe das nicht." Fergus schluckte hörbar. „Wie konnte das alles … Ich hatte keine Ahnung …"

Kai beugte sich vor und betrachtete den Kerl, als wäre er ein wissenschaftliches Exponat. „Er hat dich mit seiner Kraft manipuliert, um dich vergessen zu lassen, was passiert ist. Und offenbar aus gutem Grund. Ich nehme an, es waren keine guten Erinnerungen."

„Nein. Nein." Der Mann erschauderte erneut, und sein Kiefer verkrampfte sich. Er erinnerte sich, wollte aber nicht darüber reden.

Kai hätte seine übernatürlichen Fähigkeiten einsetzen können, doch wir hatten bereits festgestellt, dass er niemanden zwingen konnte, Fragen zu beantworten. Seine üblichen Methoden, sie mit Manipulation und Überredung zu bearbeiten, könnten eine Weile dauern. Und ich war mir nicht sicher, ob sie bei einem so aufgewühlten Mann, der noch vor ein paar Minuten Angst vor *uns* gehabt hatte, überhaupt funktionieren würden.

Aber dabei könnte ich helfen.

Ich beugte mich vor und verpasste Fergus einen leichten, aber gezielten Klaps seitlich gegen den Kopf, wobei ich meine ganze Zuneigung und mein Vertrauen in Lily und die

Jungs um mich herum zusammennahm. Ich schickte das Gefühl in seinen Schädel, dass er sich uns öffnen konnte, dass wir ihn beschützen und rächen würden.

Der Kopf des Mannes schwang zur Seite und Lily warf mir einen besorgten Blick zu. Möglicherweise hatte ich ihn etwas fester angefasst als beabsichtigt. Es fiel mir nach wie vor schwer, meinen neuen Körper zu kontrollieren, da ich seit mehr als zwanzig Jahren keine körperliche Form gehabt hatte. Gleichzeitig lockerte sich Fergus' Haltung ein wenig, und seine Augen schimmerten hoffnungsvoll.

„Ihr werdet ihn nicht mehr in meine Nähe lassen?", fragte er. „Ihr werdet nicht zulassen, dass er mich benutzt?"

Lily tätschelte ein wenig unbeholfen seinen Arm. „Wir tun alles, was wir können, um zu verhindern, dass er noch einmal jemandem wehtut."

Fergus' Arme spannten sich um seine Knie herum an. „Er hat mir nicht wirklich wehgetan. Er hat nur …"

Als er nicht weitersprach, verlagerte Nox mit offensichtlicher Ungeduld sein Gewicht von einem Fuß auf den anderen. Bevor er verlangen konnte, dass der Kerl mit seiner Geschichte fortfuhr, warf Lily ihm einen spitzen Blick zu. Dann wandte sie sich wieder an Fergus. „Warum sagst du uns nicht, was er getan hat? Dann wissen wir, wie wir verhindern können, dass er es wieder tut."

Der Kerl nahm einen zittrigen Atemzug. „Es ist ein wenig verschwommen. Ich bin mir nicht sicher, wie oft es passiert ist. Ich war noch ziemlich jung. Ich glaube … einmal war es direkt nach meiner achten Geburtstagsparty. Beim letzten Mal, an das ich mich erinnere, war ich vielleicht zehn?"

Lily nickte. Ihre Schwester war ungefähr im selben Alter gewesen, als sie Nolan mit ihr erwischt hatte.

„Teilweise hat er einfach nur neben mir gesessen", fuhr Fergus fort. „Er hat mir den Rücken getätschelt oder mir mit der Hand ins Haar gegriffen und Dinge gesagt, die ich nicht wirklich verstanden habe. Und dann hatte ich so ein komisches Gefühl ... Als hätte ich einen Stromschlag bekommen, der länger anhielt. Es war seltsam und unangenehm. Besonders schlimm war es, wenn er anfing, meine Beine zu drücken oder seine Hand unter mein Shirt schob und mit seinem Mund über meinen Hals fuhr. Oder wenn ich mich auf seinen Schoß setzen sollte, und ich merkte ...“

Er hielt inne und sah aus, als müsste er sich gleich übergeben. Seine Stimme wurde noch rauer. „Es war nur eine Berührung, und er hat nicht wirklich ... Aber trotzdem. Als ich versuchte, von ihm wegzukommen, hat er mich noch fester gehalten und gesagt, meine Eltern wären sauer, wenn ich ihm nicht ‚helfe‘. Ich wusste nicht, was ich tun sollte.“

Lilys Miene war hart und grimmig geworden. „Das ist nicht ‚nur eine Berührung‘. Das ist furchtbar. Er wird nicht damit durchkommen.“

Ein distanzierter Blick war in Fergus’ Augen getreten, während er von seinen Erinnerungen erzählte. Jetzt wurden sie wieder schärfer. „Es war nicht nur er. Manchmal war auch seine Frau dabei. Marie. Manchmal kam sie auch allein. Sie sagten, es sei gut, zu teilen.“ Er zuckte zusammen.

Lily schnappte nach Luft. „Alle beide. Verdammt.“

Wir hatten also zwei Feinde statt einem. Es schien, als wären die Gauntts die meiste Zeit zusammen. Soweit ich das beurteilen konnte, würde das die Sache nicht schwieriger machen.

„Wann haben sie dir das Mal auf deinem Arm verpasst?“, fragte Kai.

„Bevor sie gingen, drückten sie meinen Arm an dieser Stelle. Es fühlte sich wie ein elektrischer Schlag an.“ Fergus berührte seinen Arm, wo das kleine Muttermal verschwunden war. „Danach kam es mir vor, als wäre alles in Ordnung. Als wäre nichts passiert."

Kai musterte uns. „Beim letzten Mal müssen sie seine Erinnerungen an ihre Besuche fast vollständig ausgelöscht haben."

Lily hatte die Stirn in Falten gelegt. „Waren sie öfter bei deinen Eltern? Wie haben sie es geschafft, so oft an dich heranzukommen?"

Fergus gab ein schwaches, humorloses Lachen von sich. „Meine Eltern wussten es. Sie schienen immer froh zu sein, die Gauntts zu sehen. Nun, ich weiß nicht, ob sie wussten, was genau Nolan und Marie taten, doch meine Eltern schienen es für ein gutes Geschäft zu halten. Mom wurde befördert, glaube ich … Deshalb habe ich den Gauntts geglaubt, als sie über meine Bereitschaft, ‚zu helfen‘, sprachen. *Mir* schien hingegen niemand helfen zu wollen."

Jett blickte finster drein und trat gegen den grasbewachsenen Boden. „Natürlich wussten sie es. Man kann sich nicht darauf verlassen, dass die Familie einen beschützt."

Plötzlich stellte ich mir vor, wie Fergus als kleiner Junge in seinem Zimmer saß und hörte, wie die Gauntts die Treppe heraufkamen, um ihn zu „besuchen", während sich seine Eltern unten unbekümmert unterhielten. Während sie bekamen, was sie wollten, ohne sich darum zu kümmern, was mit ihm geschah. Ein unangenehmes Gefühl der Beklemmung stieg in mir auf.

Ich durchforstete meine Gedanken nach aufmunternden Worten. „Aber du hast es überstanden. Jetzt geht es dir gut."

„Ich weiß es nicht." Fergus ließ seinen Kopf in die Hände sinken. „Ich begreife das alles nicht. Was soll ich jetzt tun?"

„Du warst nicht der Einzige", erklärte Lily ihm. „Sie haben das mit vielen Kindern gemacht. Es ist nicht deine Schuld. Deine Eltern sollten sich schämen."

Sie haben das mit vielen Kindern gemacht. Ich schaute auf meinen Arm hinunter. Auf die Stelle, wo sich das Mal auf Ansels Arm befunden hatte, bevor ich seinen Körper übernommen hatte.

Ihm war dasselbe widerfahren. *Mir* sozusagen. Die Erinnerungen waren verblasst, als wir ihn außer Gefecht gesetzt hatten, aber er hatte denselben Mist erlebt.

Seine Eltern, seine Mutter, die ich kurz kennengelernt hatte, als wir bei ihm zu Hause waren, – sie hatten genauso mitgespielt wie Fergus' Eltern. Sie hatten die Gauntts in ihr Haus gelassen und weggeschaut, damit sie von dem Geld und dem Prestige profitieren konnten …

Mein Kiefer verkrampfte sich. Ich wusste nicht, wie ich an dieser Schrecklichkeit etwas Positives finden sollte. Es war durch und durch beschissen. Tränen schimmerten in Lilys Augen, als sie sich aufrichtete. Was ihre Schwester im Wissen ihrer Mutter und ihres Stiefvaters durchgemacht haben musste …

Der Sturm der Gefühle schwoll in mir an, und genau in diesem Moment klingelte mein Handy … beziehungsweise Ansels altes Handy …

Ich erstarrte, und einen Augenblick lang konnte ich keinen klaren Gedanken fassen. Dann nahm ich es in die Hand. Auf dem Display stand *Dad*. Meine Finger verkrampften sich um das Gerät, während ich auf das Wort starrte.

„Willst du nicht rangehen?", fragte Nox und knuffte mich in den Arm.

Eine Wut stieg in mir auf, wie ich sie bisher nur empfunden hatte, als ich mitbekommen hatte, wie Lily oder meine Freunde angegriffen wurden. *Ich* musste nicht rangehen. Diese Leute hatten so viel zu verantworten.

Ich drehte mich zu unseren Motorrädern um und tippte

auf die Ignorieren-Schaltfläche auf dem Display. „Ich habe etwas zu erledigen.“

„Was denn?“, fragte Lily. „Wo willst du hin?“

„Ich werde mit Ansels Eltern sprechen“, antwortete ich. „Da er nicht mehr für sich selbst sprechen kann.“

Als ich zu meiner Maschine marschierte, wurde meine Wut noch stärker. Sie vernebelte meinen Verstand und verdrängte jedes andere Gefühl. Mir fiel nur eine Möglichkeit ein, sie loszuwerden: Sie an den Leuten auszulassen, die sie verdienten.

Die Jungs eilten mir hinterher und ließen Fergus zurück. „Warte“, rief Nox. „Du solltest nicht weglaufen …“

„Ich muss das tun“, unterbrach ich ihn. Gerade er sollte es verstehen. Seine Eltern hatten ihn wie Dreck behandelt. Allerdings hatte er seine Großmutter gehabt. Vielleicht verstand er es also doch nicht ganz.

Ich sprang auf das Motorrad und raste vom Parkplatz, bevor jemand protestieren konnte. Das Aufheulen der Motoren hinter mir verriet mir, dass sie mir folgten, aber das war mir egal.

Es gab zu viel Schreckliches auf der Welt. Fergus und dieses Mädchen Peyton hatten gelitten; Lily war so verletzt worden, dass mir das Herz wehtat, wenn ich an ihren Blick dachte. Ihrer Schwester war Schaden zugefügt worden und wer wusste schon, wie vielen anderen Menschen noch. Ansel mochte ein Arschloch gewesen sein, aber auch ihm war Schlimmes widerfahren.

Und all diese Eltern hatten zugesehen und es geschehen lassen.

Warum zum Teufel sollten sie damit durchkommen? Warum sollten wir das immer wieder durchgehen lassen?

Ich achtete nicht darauf, wohin ich fuhr. Mein Körper schien den Weg zu kennen. Als ich das große, helle Haus erreichte, in dem Ansel gewohnt hatte, sprang ich von meiner Maschine und stürmte zur Haustür. Mein Magen knurrte, doch der Hunger kam in letzter Zeit so oft, dass ich immer Vorräte dabeihatte. Ich schob mir mit einer Hand einen Streifen würziges Beef Jerky in den Mund, während ich mit der anderen klingelte und anschließend an die Tür klopfte.

Ich schluckte gerade, als mich die hagere blonde Frau musterte, die mir letztes Mal die Tür geöffnet hatte. „Ansel? Wir haben versucht, dich zu erreichen. Ich weiß, dass du dich gerne mit deinen Freunden herumtreibst, aber du musst wirklich ab und zu für die Familie erreichbar sein …"

„So wie du ih… *mich* für die Gauntts erreichbar gemacht hast?", fragte ich und merkte mitten im Satz, dass ich besser so tun sollte, als wäre ich Ansel, damit die Anschuldigung einen Sinn ergab. Wenn ich anfing zu reden, als wäre ich jemand anderes, würde sie womöglich mehr darauf achten, ob ihr angeblicher Sohn verrückt war, anstatt ihr schreckliches Verhalten zu reflektieren.

„Ich – was?", fragte Ansels Mutter. Die Tatsache, dass sie gleichzeitig erblasste, war der Beweis, dass ihre Unwissenheit nur gespielt war. „Ich weiß nicht, wovon du redest, Schatz. Warum kommst du nicht herein und …"

„Du weißt genau, wovon ich rede", schnauzte ich. Ich war mir nicht sicher, woher diese Wut kam und wie sie scheinbar aus dem Nichts so groß werden konnte, doch sie war übermächtig und ich sah keinen Grund, sie zu zügeln. „Du und Dad wart beschissene Eltern, und ihr seid immer noch beschissen. Ihr habt weggesehen und zugelassen, dass gruselige Leute mich für ihre kranken Spielchen benutzen, nur weil ihr dadurch einen Vorteil hattet! Und jetzt tust du so, als wüsstest du nicht, warum ich wütend bin?"

Ich hätte gedacht, sie wäre schon vorher blass gewesen. Doch jetzt war sie regelrecht weiß. „I-Ich …" Mehr schien sie nicht herauszubekommen.

„Du kannst dich nicht einmal entschuldigen, oder?", schimpfte ich und schubste sie rückwärts ins Haus. Dann stürmte ich hinter ihr her und nahm ihre Einladung mit Verspätung und wahrscheinlich nicht auf die Art und Weise an, wie sie gedacht hatte. Doch als ich den Mund öffnete, um sie weiter zu beschimpfen, hob sie die Hände und kratzte sich das Gesicht.

„Wie konnte ich sie in unser Haus lassen und erlauben, dass sie dich so behandeln?", kreischte sie, und ihre Stimme vibrierte vor Wut. „Ich *bin* schrecklich. Ich bin der schlimmste Abschaum. Und dein Vater auch. Wir sollten beide in Stücke gerissen werden für das, was wir getan haben."

Irgendwie schaffte sie es, sich selbst einen Schlag gegen die Stirn zu verpassen. Während sie taumelte, starrte ich sie an, und meine eigene Stimme erstarb.

Ich hatte sie mit meiner Wut auf sie und Ansels Vater angesteckt, und jetzt wütete sie gegen sich selbst. Sie wirbelte herum, gab sich eine Ohrfeige, riss an ihren Haaren und knirschte mit den Zähnen. Sie stampfte sogar mit einem ihrer hochhackigen Pumps auf ihren eigenen Fuß. Es war so lächerlich, dass mir ein Lachen entwich.

Sobald ich anfing zu lachen, konnte ich nicht mehr aufhören. Sie so um sich schlagen zu sehen, war so absurd, dass meine Wut verblasste, als hätte ich sie an Ansels Mutter weitergegeben.

Worüber hatte ich mich überhaupt so aufgeregt? Am Ende hatte sich alles zum Guten gewendet. Ich hatte ihr eine Standpauke gehalten und sie hatte ihre Strafe bekommen – genau so, wie es sein sollte.

„Ruin?" Lilys sanfte Stimme drang an mein Ohr, und eine Hand legte sich ebenso sanft um meinen Arm. Ich hatte nicht bemerkt, dass mir jemand ins Haus gefolgt war, doch als ich mich von meinem Lachanfall erholt hatte, sah ich, dass sie und meine drei Freunde hinter mir im Eingangsbereich von Ansels Haus standen.

Ansels Mutter war damit beschäftigt, eine teure Vase über ihrem Kopf zu zerschlagen, während sie sich über ihre Unzulänglichkeiten als Mutter ausließ. Ich beschloss, dass ich sie jetzt allein lassen konnte. Meine Arbeit war getan.

Ich drehte mich mit federndem Schritt zur Tür. „Lasst uns von hier verschwinden."

Lily starrte mich an. „Geht es dir gut?"

Ich strahlte sie an. „Aber natürlich. Ich habe getan, was ich tun musste. Jetzt können wir uns daran machen, deine Schwester zu finden. Du kannst den Bann bei ihr brechen, so wie du es bei Fergus getan hast. Alles wird gut!"

Und wenn unter der Decke der Heiterkeit, in die ich mich wieder eingehüllt hatte, noch ein winziger Funken Wut lauerte, brauchte ich mir darüber jetzt nicht den Kopf zu zerbrechen.

vier

Lily

Als ich erneut versuchte, Marisol zu erreichen, ging wieder die Mailbox ran. Ich betrachtete das Display mit der Vielzahl von Nachrichten, die ich ihr geschickt hatte, und biss mir auf die Lippe.

Ich war mir ziemlich sicher, dass sie ihr Handy bei sich hatte. Es war nicht bei ihren Sachen hier in der Wohnung. Vermutlich hatte sie mich blockiert.

Nur für den Fall, dass sie zu Mom und Wade zurückgelaufen war, hatte ich auch versucht, sie anzurufen, aber Moms Verwirrung war selbst in ihren ausweichenden Äußerungen offensichtlich gewesen. Sie hatte genauso wenig Ahnung, wo Marisol war, wie ich.

Verzweifelte Zeiten erforderten verzweifelte Maßnahmen.

Ich wandte mich wieder dem Laptop zu, den ich auf den Esszimmertisch gestellt hatte. Die Kamera war auf Aufnahme eingestellt, und ich betrachtete stirnrunzelnd mein Bild auf dem Bildschirm.

„Wird uns das wirklich helfen, Marisol zu finden? Die Opfer der Gauntts, mit denen wir gesprochen haben, hatten seit Jahren keinen Kontakt mehr zu ihnen. Alles ist passiert, als sie noch Kinder waren."

„Wir haben noch nicht mit vielen gesprochen", gab Kai zu bedenken. Er setzte sich auf die Tischkante und ließ die Beine herunterbaumeln, als würde der Stuhl neben ihm nicht existieren. „Je mehr wir finden, desto mehr Daten können wir sammeln. Und Räuber sind Gewohnheitstiere. Es klang so, als wäre er bei diesem Fergus zu Hause gewesen, aber vielleicht hat er auch woanders zugeschlagen."

„Irgendwo, wo deine Schwester jetzt sein könnte", stimmte Ruin eifrig zu und nahm den Faden wieder auf.

Nox lief hinter mir auf und ab. „Ganz genau. Und dann stürmen wir da rein, befreien sie und reißen jeden in Stücke, der sich uns in den Weg stellt."

Ich konnte nicht sagen, dass ich ein Problem mit diesem Plan hatte, abgesehen von der Tatsache, dass wir noch nicht wussten, wo wir hineinstürmen würden. Ich holte tief Luft und wandte mich wieder dem Bildschirm zu. „Okay. Wir machen also dieses virale Video-Ding. Bist du sicher, dass ich zu sehen sein sollte? Viele Leute hier halten mich für verrückt. Und wenn die Gauntts Wind davon bekommen …"

Kai gab einen abweisenden Laut von sich. „Mit den Filtern können wir sicherstellen, dass dein Gesicht nicht zu erkennen ist. Aber die Leute wollen eher ein heißes Mädchen sehen als einen Kerl. Vor allem, wenn es darum geht, sich auszuziehen." Er zwinkerte mir zu.

Ich rümpfte die Nase, doch ich verstand, was er meinte. Ich stand auf und zerrte an dem Pullover, den ich über mein eng anliegendes Tanktop gezogen hatte.

Wir wollten herausfinden, wer sonst noch in Lovell Rise, Mayfield oder in der Umgebung in den Bann der Gauntts geraten sein könnte, und wir konnten nicht einfach herumlaufen und alle bitten, ihr Shirt auszuziehen, damit wir ihre Arme auf Muttermale untersuchen konnten. Dank der Magie der sozialen Medien war es jedoch völlig akzeptabel, sie aufzufordern, sich vor der Kamera auszuziehen und das Video im Internet zu verbreiten.

Das ergab zwar keinen Sinn für mich, aber ich war das verrückte Mädchen, also was wusste ich schon?

„Das kommt mir albern vor", sagte ich.

Nox grinste mich an. „Ist es auch. Aber nach dem, was ich gesehen habe, lieben die Leute alberne Dinge."

„Vor allem, wenn sie denken, dass sie beweisen können, dass sie die Einzigen sind, bei denen es nicht albern aussieht", meinte Kai. „Oder dass sie die Albernsten von allen sind. Im Grunde ist ihnen jede Ausrede recht, um einen Wettbewerb zu veranstalten."

„Ein Hoch auf die menschliche Natur", murmelte Jett, der mit einer Dose Cola auf dem Sofa saß und das Geschehen beobachtete.

„Okay." Ich rollte meine Schultern nach hinten. „Lass mich ein paar Mal üben."

„Schalte die Kamera ein", sagte Kai. „Vielleicht bekommen wir eine gute Aufnahme, während du übst. Dann können wir sie gleich verwenden."

„Genau." Ich tippte auf den Knopf auf dem Bildschirm, beobachtete, wie der kleine Punkt dort von Grün auf Rot wechselte, und lächelte mich an, so gut ich konnte. „Hey, Leute! Mein Freund hat mich herausgefordert, zu beweisen, dass ich meinen Pullover mit nur einer Hand ausziehen kann. Es ist schwieriger, als es aussieht. Wenn ihr glaubt, dass ihr es schaffen könnt, dann zeigt, was ihr draufhabt. Hashtag #pulloverchallenge."

Wie wir es in zahlreichen Online-Tutorials gelesen hatten, packte ich den linken Ärmel. Mit ein wenig Zappeln gelang es mir, den Pullover auszuziehen, wobei mir die Hälfte meiner Haare ins Gesicht fiel. Es war zwar nicht ganz die anmutige Ausführung, die ich angestrebt hatte, doch den Blicken der Jungs nach zu urteilen, hatten sie den Anblick meines Dekolletés während meiner Bemühungen genossen.

Ich zog den Pullover wieder an und kämmte mir mit den Fingern durch die Haare. „Okay, versuchen wir das noch einmal.“

„So oft du willst, Sirene“, sagte Nox, und allein beim Klang seiner Stimme wurde mein Höschen feucht.

Ich funkelte ihn an. „Hier geht es darum, Marisol zu finden, nicht darum, eine Orgie zu starten.“

Er zuckte mit den Schultern, und ein freches Grinsen umspielte seine Lippen. „Ich glaube, Kai würde sagen, dass Multitasking viele Vorteile hat.“

Die Intelligenzbestie selbst machte sich nicht die Mühe, darauf zu antworten. Er winkte mich zu sich. „Beuge deinen Ellbogen mehr nach vorne. Dann solltest du den Ärmel besser abstreifen können.“

Ich nickte. „Okay.“

Nach vier weiteren Versuchen gelang es mir, den Pullover mit der Geschicklichkeit einer Stripperin auszuziehen – eine Eigenschaft, von der ich nie gedacht hätte, dass ich sie einmal anstreben würde. Ich wirbelte ihn ein wenig in der Luft herum, bevor ich wieder schüchtern in die Kamera lächelte. „Nicht vergessen! Es ist Zeit für die Pullover-Challenge.“ Ich hob meine Finger mit einem Victory-Zeichen in die Höhe.

„Perfekt.“ Kai sprang vom Tisch auf und kam zur Computertastatur. Er fing an, darauf herumzutippen, scrollte durch Filter und schnitt das Video auf die richtige Länge zu.

„Weißt du überhaupt, wie man Videos bearbeitet?“, fragte ich ihn.

Er gab ein abweisendes Schnauben von sich. „Ich habe mir die Grundlagen mithilfe einiger Tutorials angeeignet. Wir werden das Video an einen Social-Media-Guru schicken, mit dem ich Kontakt aufgenommen habe. Nach unserem letzten Gespräch will er unbedingt meine Gunst gewinnen. Er wird den letzten Feinschliff vornehmen und sich um die Hashtags, Algorithmen und alles andere kümmern, damit es virulent geht."

„Ich glaube, es heißt ‚viral', Mr. Allwissend", bemerkte Jett.

Kai winkte ab und scrollte weiter durch die Optionen der Videosoftware. Jett trat neben ihn, stellte seine Cola auf dem Tisch ab und beugte sich vor.

„Es geht nicht nur um deinen ganzen Verhaltensmuster-Blödsinn", sagte er. „Das Video muss gut *aussehen*. Ins Auge stechen. Es muss die visuellen Sinne auf ansprechende Weise stimulieren."

Kai stieß ihn mit dem Ellbogen an. „Das sind nur drei Arten, im Grunde das Gleiche zu sagen."

„Das beweist nur, dass du nichts von Kunst verstehst. Lass mich mal sehen." Jett tippte auf ein paar Tasten und schaffte es, die Farbe der Wand hinter mir zu verändern. Anschließend bearbeitete er den Kontrast. Plötzlich hoben sich meine Augen noch deutlicher von der verblüffend glatten Haut ab, mit der mich der Filter gesegnet hatte, und mein Blick war beinahe verführerisch.

„Ähm", sagte ich, „ich bin mir nicht sicher, ob das die Ausstrahlung ist, die ich vermitteln will."

„Doch natürlich", erklärte Jett. „Du willst, dass sie dich wollen. Dass sie so *sein* wollen wie du. Oder?" Er sah Kai mit hochgezogenen Augenbrauen an.

Kai starrte ihn unverwandt an. „Interessant, dass ausgerechnet du das sagst."

Jett sah aus, als hätte er seine Zunge verschluckt. Es war

kein Geheimnis, dass er mich nicht so wollte wie die anderen. Er hatte es vor ein paar Wochen vor der ganzen Gruppe verkündet. Es war ein Geheimnis, dass wir uns neulich Abend trotz seiner Ankündigung nähergekommen waren, als wir das Bett miteinander geteilt hatten ... Zumindest, bis Jett die Nerven verloren hatte und aus dem Zimmer gestürmt war, als hätte er mich nicht zwei Sekunden zuvor noch befummelt.

Seitdem hatten wir nicht mehr über den Vorfall gesprochen, und es erschien mir nicht richtig, mit den anderen Jungs darüber zu reden. Ich war mir nach wie vor nicht sicher, woran ich bei ihm war.

Doch es spielte ohnehin keine Rolle, solange Marisol vermisst wurde. Ich gestikulierte zu den beiden. „Lasst euch etwas einfallen, das funktioniert. Ich hatte die letzten sieben Jahre nicht einmal ein Facebook-Konto. Ich habe genauso wenig Ahnung von sozialen Medien wie ihr."

Jett und Kai diskutierten darüber, welche Farbe mein Pullover haben sollte, wobei sie die Tastatur hin und her schoben wie die Feen in Disneys *Dornröschen*, die Auroras Kleid änderten. Ich trat zur Seite und landete direkt in Ruins Armen, was nicht der schlechteste Platz war.

Ich blickte über meine Schulter in sein fröhliches Gesicht und suchte nach einem Anzeichen für den Ärger, den er gestern gezeigt hatte. Er hatte ruhig gewirkt, nachdem er seine Wut an Ansels Mutter ausgelassen hatte. Allerdings war mir nicht bewusst gewesen, dass Ruin überhaupt zu einer derartigen Feindseligkeit fähig war. Zumindest nicht, wenn wir nicht direkt angegriffen wurden. Vermutlich war er wütend gewesen, weil er nichts tun konnte, um Marisol und mich vor den Gauntts zu schützen. Doch ich wurde das Gefühl nicht los, dass noch mehr dahintersteckte.

Er hatte verwirrt gewirkt, als ich ihn nach seiner Reaktion gefragt hatte, und ich wollte ihn nicht bedrängen.

„Wieder einen Schritt näher dran, sie zu finden." Er drückte mir einen Kuss auf die Schläfe. „Wie es aussieht, haben die Gauntts nie jemanden angegriffen, oder? Bestimmt geht es ihr gut."

„Sie benutzen sie nur als Druckmittel", knurrte Nox, und seine Augen blitzten auf. „Wie diese Arschlöcher so lange mit diesem Mist durchkommen konnten … Muss wohl am Geld liegen." Er schüttelte den Kopf.

„Geld, Macht und Einfluss", stimmte ich seufzend zu. „Ich frage mich, an wie vielen Kindern sich Marie und er vergangen haben. Wahrscheinlich gibt es noch mehr, die sie in diesen Tagen ,besuchen'." Ich erschauderte. Nicht einmal die Wärme von Ruins Körper reichte aus, um die Gänsehaut zu vertreiben, die mir dieser Gedanke über den Rücken jagte. „Und all die Eltern, die dabei mitmachen …"

Kai und Jett schienen sich zähneknirschend auf einen Kompromiss über die Farbgestaltung des Videos geeinigt zu haben. „Offensichtlich konnten die Gauntts Marisols Verhalten beeinflussen, vermutlich durch dieses Mal. Möglicherweise haben sie die Tyrannen gegen dich aufgehetzt. Zumindest einige von ihnen. Ein paar andere sind wahrscheinlich nur der Herde gefolgt. Es könnte sein, dass einige Eltern in ihrer Kindheit selbst Opfer waren."

Diese Möglichkeit hatte ich nicht in Betracht gezogen. „Aber die Gauntts sind nicht so viel älter als die meisten unserer Eltern. Sie sind in ihren Sechzigern oder so. Meine Mutter ist achtundvierzig. Wade ist mindestens fünfzig. Als sie Kinder waren, waren Nolan und Marie nicht viel älter als Teenager. Wie viel soziale Macht hatten sie damals, um die Eltern *dieser* Kinder davon zu überzeugen, sie ihre geheimen Geschäfte machen zu lassen?"

Nox zuckte mit den Schultern. „Thrivewell ist ein Familienunternehmen und wird schon seit etwa einem

Jahrhundert von einer Generation an die nächste weitervererbt. Sie hatten die Macht ihrer Eltern hinter sich."

Ruin hob den Kopf. „Glaubst du, ihre Eltern hatten auch magische Kräfte? Liegt das in der Familie? Vielleicht ist es ihnen dadurch gelungen, ihr Unternehmen so bedeutsam und erfolgreich zu machen."

Kai schob sich die Brille auf die Nase. „Weißt du, das ist kein dummer Gedanke. Wir wissen nicht, wie weit ihre übernatürlichen Fähigkeiten reichen. Und das Einwirken auf die Gedächtnisse von Menschen könnte in bestimmten geschäftlichen Belangen durchaus nützlich sein."

„Diese Arschlöcher", brummte Nox und hob sein Kinn. „Sie könnten Superman und Wonder Woman sein, und wir würden sie trotzdem vernichten."

Ungeachtet von Nox' großspurigen Äußerungen stimmte mich das Gespräch eher deprimiert als optimistisch, was unsere Chancen betraf. Ich löste mich von Ruin und ging zu Jett, der vor dem Computer saß und sich auf das Video konzentrierte. Dies war die einzige konkrete Möglichkeit, gegen die Gauntts vorzugehen, die ich hatte.

„Meinst du, du hast mich schon hübsch genug gemacht?", stichelte ich.

Jett blickte zu mir hinüber, und mir wurde schlagartig bewusst, dass ich so dicht bei ihm stand, dass er sich nur ein paar Zentimeter vorbeugen müsste, um meine Schulter zu berühren. Er hielt einen Moment zu lange inne, und unsere Blicke begegneten sich.

„Du bist immer hübsch", sagte er abrupt. Dann wandte er seinen Blick von mir ab und trat von dem Computer weg. *Ich* finde es gut so."

Nox schlenderte hinüber und warf Jett einen prüfenden Blick zu, den ich nicht ganz deuten konnte, bevor er sich ebenfalls dem Bildschirm zuwandte. „Nun, ihr zwei scheint zu wissen, was ihr tut. Schickt es dem Profi für den letzten

Feinschliff, damit wir dazu übergehen können, herauszufinden, wen wir fertigmachen müssen."

Bei diesen Worten hielt ich inne und dachte an die andere Mission, die die Schädelbrecher vor Marisols Verschwinden unternommen hatten. Sie hatten endlich herausgefunden, welche rivalisierende Bande vor all den Jahren für ihren Tod verantwortlich gewesen war.

„Es wird mindestens ein oder zwei Tage dauern, bis das Video verbreitet wird. Wenn überhaupt", sagte ich. „Müsst ihr euch nicht auch um das Skeleton Corps kümmern?"

Nox verschränkte die Arme vor der Brust. „Ich habe es dir schon einmal gesagt, und ich werde es dir immer wieder sagen, – du bist unsere oberste Priorität. Und deine Schwester auch."

„Ja, aber im Moment können wir nichts für sie tun. Und es wäre schwer für euch, mir zu helfen, wenn sie dann wieder Jagd auf euch machen." Ich neigte meinen Kopf zum Fenster. „Vielleicht haben ein paar von *ihren* Leuten etwas über Marisol gehört. Angeblich sind sie die am besten vernetzte Gang in der Stadt, oder?"

Nox dachte einige Augenblicke darüber nach, bevor sich ein Grinsen auf seinem Gesicht ausbreitete. „Wenn du so versessen auf eine Schlägerei bist, wie könnte ich dann nein sagen? Außerdem müssen wir es unseren Mördern in Naturalien zurückzahlen. Plus einundzwanzig Jahre Zinsen."

fünf

Lily

Ich war mir nicht sicher, ob ich mich jemals an das Motorradfahren gewöhnen würde. Es war aufregend und beängstigend zugleich, selbst mit dem klobigen Helm auf dem Kopf, der verhindern sollte, dass *mein* Schädel brach. Die Schädelbrecher waren nicht daran interessiert, ihrem Namen alle Ehre zu machen, wenn es um ihre eigenen Leute ging.

Eine kleine Gnade.

Nox hatte natürlich darauf bestanden, dass ich bei ihm mitfuhr, obwohl hinter seiner massigen Gestalt weniger Platz war als bei den anderen Jungs. Das bedeutete, dass ich mich noch näher an ihn schmiegen musste. Der Geruch seiner Lederjacke und Moschus erinnerten mich daran, wie ich ihn auf andere Weise zwischen meinen Schenkeln gehabt hatte.

Das Zusammensein mit diesen Typen brachte nymphomanische und psychotische Tendenzen in mir zum

Vorschein. Doch zumindest war ich eine befriedigte Nymphomanin.

Die vier Motorräder rauschten durch die Straßen und kamen vor einer schäbigen Werkstatt zum Stehen. Die Schädelbrecher sprangen ab und Nox griff nach meinem Ellbogen, um mir zu helfen, als ich vom Sitz rutschte. Er warf mir einen kurzen Blick zu, wobei sich sein Kiefer anspannte und in seinen Augen ein Anflug von Besorgnis aufblitzte.

Einer der vielen Kleinkriminellen, die die Jungs in den letzten Tagen aufgetrieben hatten, hatte uns einen Tipp gegeben, wo ein paar Mitglieder des Skeleton Corps heute zu finden wären. Wir waren hier, um sie zur Rede zu stellen. Ich vermutete, dass es Nox lieber wäre, wenn ich großzügigen Abstand von der Bande halten würde, die ihn und die anderen vor einundzwanzig Jahren umgebracht hatte. Ihm war allerdings auch klar, dass ich mich auf keinen Fall mehr verstecken würde.

Ich gehörte jetzt auch zu den Schädelbrechern. Das hatte er selbst verkündet, und jetzt musste er damit leben. Ich hatte ihnen sogar geholfen, Schädel einzuschlagen und Informationen zu beschaffen.

Statt mich anzuweisen, zurückzubleiben, marschierte er ein paar Schritte vor mir her. Neben ihm war Kai, während Jett und Ruin mich auf beiden Seiten flankierten. Niemand kam an mich heran, ohne sich zuerst mit ihnen anzulegen.

Dagegen hatte ich nichts einzuwenden.

Das Summen meiner Magie kitzelte in meiner Brust. Als Nox an der Eingangstür zum Büro des Ladens zog und feststellte, dass sie verschlossen war, trat er sie kurzerhand ein. Das Schloss sprang auf, und wir marschierten hinein.

Als wir durch das kleine Büro in die geräumige Werkstatt gelangten, sprangen drei Männer zwischen den Autos auf. Offenbar hatten sie gerade an zwei Wägen gearbeitet: einem schnittigen roten Jaguar und einem schicken silbernen BMW. Ich würde meine gesamten Ersparnisse darauf wetten, dass sie diese Autos nicht reparierten, sondern sie an den Meistbietenden verkauften, nachdem sie alle Spuren der rechtmäßigen Besitzer entfernt hatten, denen sie sie gestohlen hatten.

„Was zum Teufel soll das?", fragte einer der Skeleton-Corps-Typen und schlug einen Schraubenschlüssel gegen seine offene Handfläche.

„Wir sind auf einen kleinen Plausch vorbeigekommen", antwortete Nox sarkastisch. Er ging auf den Jaguar zu und fuhr mit den Fingern über den Rand des Daches. „Eine schöne Kiste. Für wie viel verkauft ihr sie?"

Kai hustete. „*Nox.*"

Der Anführer der Schädelbrecher konzentrierte sich wieder auf den eigentlichen Grund unseres Besuchs. Ich machte mir eine geistige Notiz über seine Vorliebe für das Auto, für den Fall, dass ich jemals in der Lage sein sollte, eines zu kaufen – als Weihnachtsgeschenk oder so.

„Gehört ihr zum Skeleton Corps?", knurrte er und musterte die Kerle der Reihe nach.

Der Typ mit dem Schraubenschlüssel kniff die Augen zusammen. „Ihr seid diese Schwachköpfe, die in der Stadt randaliert haben. Habt ihr es noch nicht begriffen? Hier ist kein Platz für euch, und niemand schert sich um eure *Gefühle* für ein paar Arschlöcher, die vor einer Million Jahren gestorben sind."

„Einundzwanzig", korrigierte Kai, als könnte er nicht anders, als pedantisch zu sein.

Jett trat sich vor und flankierte Nox von der anderen Seite. „Es scheint, als hättet *ihr* es nicht begriffen."

Ruin gluckste und fuchtelte mit den Fäusten. „Außerdem solltet ihr euch lieber Sorgen um eure eigenen Gefühle machen, denn es wird sich nicht gut anfühlen, wenn wir euch zu Brei geschlagen haben."

Der Corps-Typ machte sich nicht einmal die Mühe, zu antworten. Auf sein Zeichen hin stürzten die drei Kerle wie eine Einheit auf uns zu.

Eigentlich hätten sie im Vorteil sein müssen. Sie waren zwar nur zu dritt, dafür aber bewaffnet. Einer mit seinem großen Schraubenschlüssel, die anderen mit Pistolen, die sie hervorholten, als sie auf uns zukamen. Die Schädelbrecher waren jedoch nur scheinbar mit leeren Händen gekommen. Auch sie hatten ihre Pistolen griffbereit. Doch das Problem war, dass diesen Idioten offensichtlich nicht klar war, wie viel meine Männer mit leeren Händen anrichten konnten.

Nox schwang seine Fäuste in rascher Folge, und der Energiestoß, der von seinen Händen ausging, verlängerte seine Reichweite. Er schlug einem Kerl die Waffe aus der Hand und traf ihn dann so hart am Kiefer, dass er einen Rückwärtssalto machte, der die meisten olympischen Kampfrichter beeindruckt hätte, bevor Nox ihn überhaupt berühren konnte.

Kai duckte sich und verpasste dem anderen Bewaffneten einen Schlag in den Magen, wobei er befahl: „Halte deine Kollegen davon ab, uns anzugreifen!"

Der Kerl wirbelte zu dem Schraubenschlüsselmann herum, als wäre er eine Marionette, aber bevor er ihm den Schraubenschlüssel abnehmen konnte, stürzten Jett und Ruin sich auf ihn. Jett, dessen übernatürliches Talent, sein Aussehen zu verändern, in einem Kampf nicht besonders hilfreich war, trat dem Kerl die Beine weg, woraufhin dieser direkt in Ruins Faust taumelte. Ruin schlug die Hand des Mannes mit einem grimmigen Grinsen nach oben, um ihm zur Sicherheit einen Schlag mit seinem eigenen Schraubenschlüssel zu verpassen.

Der Rhythmus der Schläge, Stöße und Stöhnen erfüllte

meine Ohren, und mit einem gewissen Unbehagen wurde mir bewusst, dass mich die Gewalt nicht mehr schockierte oder entsetzte. Meine Männer sorgten lediglich auf ihre Weise für Gerechtigkeit, und das war völlig in Ordnung für mich. Die Kampfgeräusche klangen fast wie Musik – eine eindringliche, düstere Melodie, die durch mich hindurch hallte.

Meine Kehle zuckte. Ich hätte ein Lied dazu komponieren und einen leidenschaftlichen Refrain singen können, der zu unserer Entschlossenheit passte, unsere Mission zu Ende zu bringen, doch der Impuls verflog so schnell, wie er gekommen war. Verschluckt vom Schmerz der Trauer.

Wie konnte ich singen, wenn ich Marisol verloren hatte? Und zwar unter noch schlimmeren Umständen als zuvor.

Ruins Opfer stolperte rückwärts. Ich fand heraus, welche Emotion unser heiterer Mitstreiter auf den Anführer dieser Bande übertragen hatte, als er vor uns auf die Knie fiel und seinen Kopf auf den Zementboden senkte. „Habt Erbarmen. Wir sind nicht würdig."

Mit einem vergnügten Kichern drehte Ruin sich zu dem ersten Kerl um, der sich an dem Jaguar abstützte. Sein Blick huschte zu seiner Waffe, die ein paar Meter weiter auf dem Boden lag, doch noch bevor er sich bewegen konnte, stürzte sich sein Kollege auf ihn. Der Typ, der unter Kais Einfluss stand, griff das andere Skeleton-Corps-Mitglied an, und beide gingen zu Boden.

Kai pirschte sich heran und versetzte dem Kerl am Boden einen Tritt in die Rippen. „Bleib ruhig liegen und mach keinen Mucks."

Der Mann versteifte sich sofort und presste die Lippen fest aufeinander, doch wie es schien, konnte Kai seinen Willen nicht mehr als einer Person aufzwingen. Zumindest nicht heute. Der Mann, der seinen Freund angegriffen hatte, sprang auf und stürzte sich auf Kai.

Nox trat mit dem Fuß nach ihm und brachte den Angreifer mit seinen Kräften zu Fall. Der Kerl fiel flach auf sein Gesicht, und Jett schlug sowohl ihn als auch den anderen mit ein paar schnellen Hieben bewusstlos. Ruin stürmte herbei und warf einen der nun schlaffen Typen auf den anderen. Er setzte sich auf beide. „Hier ist alles sicher!", verkündete er.

Kai blieb, wo er war, und sah aus, als wäre er bereit, einen weiteren gezielten Schlag auszuführen, wenn es nötig war. Jett schlenderte durch die Halle, um sich zu vergewissern, dass sich niemand inmitten der Gerätschaften versteckte. Nox beobachtete den Mann, der immer noch mit dem Kopf über dem Boden auf und ab wippte, als wäre er ein Trinkvogel-Spielzeug.

„Oh, bitte", murmelte der Mann. „Habt Mitleid mit mir. Ich hätte nie widersprochen, wenn mir klar gewesen wäre, wie großartig ihr seid."

Nox grinste Ruin an. „Mir gefällt die Melodie, die du diesem Kerl vorgespielt hast. Die sollten wir öfter verwenden." Er wandte sich wieder dem flehenden Mann zu. „Du verdienst es, dem Erdboden gleichgemacht zu werden, aber wir machen eine Ausnahme, wenn du beweist, wie leid es dir tut."

„Natürlich! Was immer du verlangst. Du musst es nur sagen."

Nox stemmte die Hände in die Hüften. „Sag uns, wer der Anführer des Skeleton Corps ist und wo wir ihn finden können."

Der Mann blickte zu ihm auf, und ein bedauernder Ausdruck trat in sein Gesicht. „Das kann ich euch nicht sagen. Ich weiß es nicht."

Nox fletschte die Zähne und beugte sich mit geballter Faust vor. „Brauchst du noch mehr Motivation?"

„Nein, nein, bitte, das ist nicht nötig! Niemand auf unserer Ebene weiß das. Das Corps arbeitet in Trupps. Wir wissen nur, wer in unserer Truppe ist und wer einem höheren Befehlshaber untersteht. Der Kerl, von dem wir unsere Befehle erhalten, ist nicht der oberste Chef."

„Weiß *er*, wer das Sagen hat?", fragte Kai.

Der Mann verzog das Gesicht. „Ich bin mir nicht sicher. Es könnte sein, dass der Leiter seiner Truppe auch nicht der oberste Boss ist. Ich habe keine Ahnung, wie viele Ebenen es gibt. Wir sind auf der untersten."

„Nun, das ist ein Anfang." Nox ging vor ihm in die Hocke und knackte mit den Fingerknöcheln. „Wo finden wir den Mann, dem du unterstehst?"

„Ich weiß nicht, wo er im Moment ist. Aber wir treffen ihn einmal pro Woche hinter dem Supermarkt an der Ecke River und Princeton."

Nox gab einen skeptischen Laut von sich. „Wie wäre es, wenn du uns diesen Laden zeigst, damit wir uns vergewissern können, dass du uns nicht auf eine sinnlose Suche schickst?"

Der Kerl rappelte sich auf, als hätten wir ihm eine Reise auf die Bahamas versprochen, statt ihm zu befehlen, seinen Boss zu verraten. Er bedeutete uns, ihm zu folgen, und verließ fluchtartig die Werkstatt.

„Behaltet ihn gut im Auge", murmelte Kai den anderen zu, als wir die beiden Skeleton-Corps-Mitglieder zurückließen, die gerade wieder zu sich kamen. „Wir wissen nicht, wie lange Ruins emotionales Voodoo anhält."

Es waren nur fünf Minuten zu Fuß zu dem fraglichen Laden, und der Kerl blieb den ganzen Weg über so respektvoll wie zuvor. Er schwenkte den Arm in Richtung des Gebäudes, als würde er uns einen Preis überreichen, und ging dann hinten herum, um uns die Gasse zu zeigen, wobei er sich genau auf die Stelle stellte, wo er normalerweise stand, wenn er seinen Boss traf, dessen Namen er nicht einmal wusste.

„Wir treffen uns nächsten Montag wieder mit ihm", sagte er. „Punkt sieben."

„Abends, nehme ich an", bemerkte Kai trocken, und der Kerl nickte energisch.

„Hör zu", sagte Nox. „Du wirst eine Ausrede für deine Kumpels erfinden, damit sie nicht pünktlich kommen und wir mit dem Kerl reden können. Und du wirst niemandem verraten, dass du uns das verraten hast. Verstanden?"

Der Kerl nickte wieder mit großen Augen, aber mir war trotzdem flau im Magen.

„Können wir sicher sein, dass er sich daran halten wird?", fragte ich. „Ruins Einfluss wird schon vorher nachlassen."

Jett legte den Kopf schief und trat einen Schritt vor. Er sah dem Kerl aus nur einem Meter Entfernung direkt in die Augen und schlug ihm die Hand gegen die Brust. „Ich werde dafür sorgen, dass er uns nicht vergisst. Damit er sich daran erinnert, wie hart wir mit ihm ins Gericht gehen können und wie leicht wir ihn fertigmachen können, wenn er nicht tut, was wir sagen."

Er riss das Shirt des Mannes an seinem Kragen nach unten, sodass der blutrote Handabdruck zum Vorschein kam, der wie eine Tätowierung auf der Haut des Mannes prangte. Der Mann erschauderte. Auch wenn Jetts Fähigkeiten in einem Kampf nicht sonderlich nützlich waren, boten sie einen Vorteil gegenüber denen der anderen Jungs: Die Wirkung war dauerhaft. Meine Wohnungswände hatten immer noch die Farbe, die er ihnen vor Tagen verliehen hatte.

„Ich werde es mir merken", sagte der Typ zitternd.

„Das würde ich dir auch raten", knurrte Nox. „Jett hat recht. Wenn uns zu Ohren kommt, dass du gepetzt hast, werden wir dich aufspüren und auf alle möglichen Arten bezahlen lassen. Du hast gesehen, was wir mit dir und deinen Kumpels in der Werkstatt gemacht haben. Wir können dafür sorgen, dass ihr euch gegenseitig etwas antut ... oder sogar euch selbst. Du würdest dich sogar *umbringen*, wenn wir es dir befehlen.“

Der Kerl nickte wieder und rieb sich mit der Hand über den anderen Arm.

Etwas in mir wurde totenstill. „Was tust du da?“, fragte ich abrupt.

Der Blick des Mannes huschte zu mir. „Mein Arm juckt nur ...“

„Zeig uns deinen Arm“, befahl ich, und mein Herz schlug schneller. Das Echo meines eigenen Juckreizes kribbelte unter meiner Haut. Jahrelang hatte er mich immer wieder gequält, bis ich ihn besiegt hatte.

Der Mann schüttelte vorsichtig seine Jeansjacke ab und krempelte seinen Ärmel hoch. Wenige Zentimeter unterhalb der Achselhöhle war ein kleines, rundliches, rosa Muttermal auf seiner gebräunten Haut zu sehen.

Ich schluckte schwer. „Die Gauntts haben ihn auch manipuliert.“

Kai runzelte die Stirn. „Wir wussten ja, dass sie ziemlich aktiv waren.“

Der Typ starrte uns an. „Die Gauntts? Ihr meint die Thrivewell-Leute? Mit denen habe ich nichts zu tun. Ich erinnere mich, dass sie wegen eines Projekts vorbeigekommen sind, als ich noch ein Kind war, aber ... Wovon redet ihr?“

Ich schaute Kai an. „Stell sicher, dass er kooperiert?“

Kai verstand ohne weitere Anweisungen, was ich meinte. Er schlug dem Kerl auf die Schulter. „Halt still, während Lily dir deine Erinnerungen zurückgibt.“

Ich ging auf den Kerl zu und fasste ihn am Arm. Er

starrte mich an, während er Kais Befehl befolgte. „Ich verstehe nicht.“

Obwohl er zu unseren Feinden gehörte und womöglich einer der Idioten war, die meine Wohnung verwüstet hatten, verspürte ich einen Anflug von Mitleid. „Das wirst du“, sagte ich. „Aber es wird nicht lustig werden. Tut mir leid.“

Dann konzentrierte ich mich auf das Mal auf seinem Arm und ließ die summende Energie in mir an die Oberfläche dringen.

sechs

Nox

„Haben sie der Hälfte der Kinder in der Gegend ihr Mal verpasst?", knurrte ich, als wir zu unseren Motorrädern zurückgingen. Der Skeleton-Corps-Trottel hatte uns nicht viel über seine Erfahrungen mit den Gauntts erzählt, doch das Entsetzen in seinem Gesicht und wie er zusammengezuckt war, sprachen für sich. Er hatte „Warum hätte ich mich ausziehen sollen?" gemurmelt, was ausreichte, um ein sehr krankes Bild zu zeichnen.

„Offensichtlich machen sie keinen Unterschied zwischen wohlhabenden Familien und Kindern aus schwierigen Verhältnissen", bemerkte Kai in seiner sachlichen Art. Normalerweise mochte ich es, dass er sich über so gut wie nichts aufregte. Doch in diesem Moment hatte ich Lust, ihn zu schlagen.

„Ein Hoch auf Chancengleichheit", brummte Lily. Ihr

Gesicht war noch blasser als sonst und der gequälte Blick in ihren Augen weckte den Wunsch in mir, jemanden zu verprügeln. Am liebsten angefangen mit Nolan und Marie Gauntt.

Doch selbst als sich meine Hände zu Fäusten ballten, wusste ich, dass es keine Lösung wäre, zum Thrivewell-Gebäude zu stürmen und eine Prügelei anzuzetteln. Zunächst einmal war ich nicht so eingebildet, dass ich glaubte, ich könnte zwanzig Stockwerke dieses Gebäudes erklimmen, ohne von den Sicherheitsleuten erwischt zu werden. Schon gar nicht, wenn ich auch noch in den Privataufzug gelangen musste, von dem Kai und Lily erzählt hatten. Ich war ein Gegner, den man nicht unterschätzen sollte, und mit meinen neuen Geisterenergien war ich sogar noch mächtiger, aber ich war nicht unbesiegbar. Und so zu tun, als wäre ich es, würde der Frau und den Jungs, die auf mich zählten, auf lange Sicht nur schaden.

„Was werden wir tun?", fragte Ruin eifrig und angespannt zugleich. Wir hatten gesehen, wie sehr ihn die ganze Situation aufgewühlt hatte. Ich hatte nie viel über seine Kindheit erfahren, aber ich vermutete, dass sie nicht so sonnig und rosig gewesen war wie sein jetziges Gemüt. Er wippte auf seinen Füßen, als könnte er es nicht erwarten, loszulaufen, sobald ich ihm die Richtung sagte.

Das Problem war, dass ich mir selbst nicht sicher war. Ich war der Anführer der Schädelbrecher. Es war meine Aufgabe, uns auf den richtigen Kurs zu bringen und uns durch diese Scheiße zu führen. Allerdings hatten wir ein ganzes Bankett von Problemen auf dem Teller, und es war schwer zu sagen, welches wir zuerst angehen sollten, ohne dass uns der Rest um die Ohren flog.

Vor meinem Tod war das Leben definitiv einfacher gewesen.

Dieser Gedanke brachte den Schmerz des Verlustes und

der Wut zurück, als ich erfahren hatte, wer während meiner Zeit in der Zwischenwelt gestorben war. Die einzige Bezugsperson, die ich in meiner Kindheit gehabt hatte. Möglicherweise hatte sie mich vor dem Schicksal bewahrt, das die Opfer der Gauntts ereilt hatte. Meine richtigen Eltern hätten mich vermutlich für Koks oder eine weitere Runde am Spielautomaten verkauft.

Ich konnte nicht mehr auf die übliche Weise mit Oma sprechen, doch vielleicht hatte sie trotzdem ein paar Erkenntnisse für mich. Verdammt, möglicherweise war ihr Geist noch hier, so wie wir damals. Vielleicht war sie nur unterwegs gewesen, als ich ihr Grab besucht hatte.

„Ich muss nachdenken", verkündete ich, als wir unsere Motorräder erreichten. „Ich muss mir einen Überblick verschaffen und überlegen, was wir tun können."

„Ich bin dafür, den Gauntts erst einmal die Fresse einzuschlagen", meldete sich Jett zu Wort.

„Dazu kommen wir noch." Ich holte tief Luft, weil ich Lily nicht aus den Augen lassen wollte, aber ich wusste, dass sie in guten Händen war. „Ihr bringt Lily zurück in die Wohnung. Besprecht, was wir erfahren haben. Vielleicht hat einer von euch eine brillante Idee. Ich muss etwas erledigen."

Die Jungs sahen zögerlich aus, stellten mich aber nicht infrage. Lily hatte nicht ganz so viel Respekt vor meiner Autorität, doch ich wollte auch ihr nicht das Gefühl geben, sie müsste den Mund halten und sich fügen.

Sie berührte meinen Arm und musterte mein Gesicht. „Geht es dir gut? Du wirst doch nicht auf eigene Faust auf eine Kamikaze-Mission gehen oder etwas Verrücktes tun, oder?"

Ich konnte mir ein Grinsen nicht verkneifen. Es erschien mir unmöglich, dass es sich jemals nicht gut anfühlen würde, wenn diese Frau sich um mich sorgte. Zu wissen, dass ich so viel Zuneigung verdiente. „Nun, jetzt, wo du mich auf die

Idee gebracht hast …“ Als sie das Gesicht verzog, beugte ich mich vor und gab ihr einen schnellen, aber festen Kuss. „Ich habe im Moment nicht vor, mich unseren Feinden zu nähern“, versicherte ich ihr. „Wenn sie mich angreifen, wird es ihnen leidtun. Aber wenn wir sie zu Fall bringen, wirst du an meiner Seite sein.“

„Gut.“ Sie drückte meinen Arm und gab mir noch einen Kuss, bevor sie mich losließ.

Ich stieg auf meine Maschine und fuhr in die entgegengesetzte Richtung der anderen. Bevor ich mich auf den Weg machte, um meinen Respekt zu zollen, hielt ich an ein paar Läden an, um angemessene Geschenke zu besorgen. Oma war immer der Meinung gewesen, dass es sich gehörte, Gastgeschenke mitzubringen. Bestimmt erwartete sie zumindest in ihrer Nähe gute Manieren von mir.

Es sei denn, jemand anderes in ihrer Nähe war ein totales Arschloch. Dann konnte ich die Höflichkeit aus dem Fenster werfen. Gram hatte sich nicht herumschubsen lassen.

Der Friedhof, auf dem sie begraben war, war ruhig. Ich parkte mein Motorrad ein wenig abseits und stapfte über die grasbewachsenen Hänge zwischen den polierten neuen Steinen zu Grams kleinem Grab.

Obwohl sie nicht besonders wohlhabend gewesen war, hatte sie darauf bestanden, das Grab zu kaufen, lange bevor wir dachten, dass sie sterben könnte. Vielleicht hatte sie auch den Grabstein im Voraus bezahlt. *Ich will nicht, dass du dir Gedanken darüber machen musst, was mit meinen altersschwachen Knochen geschieht, wenn ich diese Welt verlasse,* hatte sie mir mehr als einmal gesagt. *Es ist ja nicht so, dass ich dann noch da wäre, um mir etwas aus schickem Gedöns zu machen.*

Sie hatte sich definitiv nicht für etwas Schickes entschieden. Tatsächlich hob sich ihr Stein durch seine Schlichtheit von den anderen ab. Inmitten der polierten

Marmorsteine und des hoch aufragenden Granits befand sich ein unförmiger Brocken aus rauem Kalkstein, in den keine filigranen oder hoffnungsvollen Symbole gemeißelt waren, sondern nur ihr Name – *Gloria Louise Savage* – und ihre Daten.

Dreiundachtzig Jahre – keine schlechte Bilanz. Irgendwie war mir nie bewusst gewesen, dass sie so alt war, als ich bei ihr gelebt hatte. Sie musste in den Fünfzigern gewesen sein, als sie mich im Alter von sieben Jahren bei sich aufgenommen hatte, und in den Sechzigern, als ich ein Teenager war. Aufgrund ihrer Energie und ihres Temperaments hatte ich sie jedoch nie als Seniorin betrachtet.

Ich trat vor den Grabstein und holte meine Gaben heraus. Zuerst stellte ich die Flasche Erdbeer-Eistee ab. Meiner Meinung nach schmeckte das Zeug schrecklich, aber Oma hatte es getrunken, als wäre es das Lebenselixier schlechthin. Tatsächlich war es so ziemlich das einzige Getränk, das sie zu sich genommen hatte.

Ich schraubte den Deckel ab und schüttete den Eistee ins Gras. Vielleicht zog das Zeug in ihre alten Knochen ein, wie ein letzter Schluck.

Dann legte ich ein Exemplar der neuesten Bizarro-Boulevardzeitung auf ihren Stein. Zu ihren Lebzeiten hatte Gram sich regelmäßig darüber informiert, wer kürzlich von Schlangen-Aliens aus dem Weltall entführt worden war oder in den Alpen mit Bigfoot kommuniziert hatte. Daneben platzierte ich ein hübsches Halstuch mit neonpinken und orangefarbenen Blumen.

Oma hatte für jedes Wetter einen passenden Schal besessen. *Niemand will meinen Hühnerhals sehen,* hatte sie immer gesagt. Jetzt konnte sie ihre Unsicherheit auch im Jenseits modisch verstecken.

Während ich an ihrem Grab stand, spürte ich nichts von

einer übernatürlichen Präsenz. Jetzt, wo ich wieder einen Körper hatte, war ich mir nicht sicher, ob ich einen Geist besser wahrnehmen würde als Lily uns damals. War es möglich, dass Gram hier *war*, und ich es nur nicht merkte?

Diese Vorstellung war noch schrecklicher als der Gedanke, dass sie komplett weg sein könnte, also beschloss ich, davon auszugehen, dass sie entweder in Frieden ruhte oder ein sehr reges gespenstisches Sozialleben führte. Vielleicht gab es Geister-Buchclubs und zwischenweltliche Kunsthandwerksmärkte, wozu meine Jungs und ich nicht eingeladen worden waren.

„Hey, Gram", begrüßte ich sie für den Fall, dass sie von einem besseren Ort auf mich herabblickte, so wie es die Leute erzählten. „Ich habe dir ein paar Dinge mitgebracht, von denen ich dachte, dass sie da oben schwer zu bekommen sind … oder unten, falls du beschlossen hast, mit dem Teufel abzuhängen. Ich würde es dir nicht verübeln. Ich bin mir sicher, dass es mit ihm viel witziger ist."

Eine Brise rauschte durch die Bäume, aber es war keine Stimme zu hören. Kein Hauch einer Umarmung strich über meine Schultern. Trotzdem verspürte ich das Bedürfnis, weiterzureden. Vor meinem geistigen Auge sah ich mein deutlich jüngeres Ich, das auf einem harten Küchenstuhl saß, während sie mit in die Hüften gestemmten Händen vor mir stand und fragte, welchen Ärger ich mir diesmal eingehandelt hatte.

„Es tut mir leid, dass ich nicht rechtzeitig zurück war, um mich von dir zu verabschieden", sagte ich. „Ich hoffe, du hattest ein wenig Gesellschaft. Vielleicht hast du geahnt, dass ich noch nicht ganz weg war. Du warst schon immer schlau. Du hast immer alles herausgefunden, bevor ich es wusste. Dank dir habe ich viel Übung darin, Dinge zu verheimlichen, die ich nicht tun sollte. Das ist definitiv nützlich. Also danke dafür."

Ich wippte auf meinen Füßen und schaukelte schweigend auf meinen Fersen, während ein Pärchen vorbeispazierte. Was ich zu Gram sagte, ging sie nichts an, schon gar nicht, wenn es mich vor Gericht belasten könnte. Ich wartete, bis sie hinter einer Engelsstatue verschwunden waren, die aussah, als würde sie unter Verstopfung leiden, bevor ich wieder das Wort ergriff.

„Du hast mir immer gesagt, dass mir die ganze Welt gehören könnte, wenn ich bereit wäre, sie zu erobern. Auch wenn ich mir sicher bin, dass du übertrieben hast und mich nur inspirieren wolltest, habe ich das Gefühl, dass ich es tatsächlich mit der ganzen Welt aufnehmen muss. Wir haben es mit ein paar großen Kalibern zu tun, mit denen ich nie gerechnet hätte, und das bedeutet, dass ich auch etwas Großes tun muss. Aber es wird verdammt verrückt. So richtig verrückt, nicht nur das, was Lily als verrückt bezeichnen würde. Leider hast du sie nie kennengelernt, ich glaube, ihr beide würdet euch gut verstehen.“

Ich hielt inne und kramte in meinen Gedanken. Die Gram in meinem Kopf sagte: *Über wie verrückt reden wir?*, genauso wie sie es vermutlich getan hätte, wenn sie wirklich hier wäre. Meine Antwort kam völlig natürlich.

„Wir haben Superkräfte und vermöbeln Leute, ohne sie auch nur zu berühren. Wir bringen ihre Emotionen durcheinander und können ihre Gedanken kontrollieren. Wahrscheinlich würde sogar in deiner Alien-Boulevardzeitung über uns berichtet werden. Es ist also ziemlich verrückt. Außerdem kämpfen wir gegen einen der größten Konzerne des Landes, vielleicht sogar der Welt. Aber das ist alles kein Problem. Wir haben die nötigen Mittel, um die Bastarde zu Fall zu bringen.“

Wo liegt dann das Problem?

Ich stieß ein frustriertes Grunzen aus. „Ich überlege, wie wir sie zu Fall bringen könnten. Und ich denke, dass es dazu mehr braucht als damals, als wir einfach durch Lovell Rise gezogen sind … Was, wenn ich zu weit gehe? Was, wenn ich mir zu viel vornehme und die Jungs und Lily am Ende darunter leiden? *Am liebsten* würde ich die ganze verdammte Stadt in Schutt und Asche legen. Allerdings würden dabei verdammt viele Trümmer auf uns herabfallen."

Dann musst du eben ausweichen, sagte Gram. *Du bist doch ein schneller Läufer, oder? Wenn du mit den Großen spielen willst, dann musst du dich auch wie ein Großer verhalten oder aufgeben. Wenn du es mit Verrückten zu tun hast, ist Vernunft überbewertet. Triff sie, wo es wehtut, und gib ihnen keine Chance, zurückzuschlagen. Sonst brauchst du gar nicht erst zu kämpfen.*

Die Worte, die sich in meiner Fantasie zu einer Art Flickwerk zusammenfügten, waren Bruchstücke von Sätzen, die sie zu ihren Lebzeiten gesagt hatte. Sofort überkam mich ein seltsames Gefühl der Behaglichkeit. Es fiel mir nicht schwer, mir vorzustellen, dass sie das tatsächlich gesagt hatte. Und wie in den meisten Fällen hätte sie recht gehabt.

Wir mussten es mit den Gauntts und dem Skeleton Corps aufnehmen. Daran bestand kein Zweifel. Und wenn wir diese Scheißkerle in die Luft jagen wollten, brauchten wir unsere übernatürlichen Fähigkeiten, egal wie verrückt sie waren.

In mir brodelte eine wilde Wut, seit die Kugel eines der Skeleton-Corps-Mistkerle meinen Schädel zertrümmert hatte. Alle Skrupel, die ich bis dahin gehabt hatte, waren mit meinem Hirn weggepustet worden.

Das war kein Fehler, sondern eine Gabe. Ich konnte so verdammt wild sein, wie ich wollte, ohne mich darum zu scheren, was andere davon hielten.

Weder das Corps noch die Gauntts konnten auf das vorbereitet sein, was ich ihnen antun wollte. Es war an der Zeit, anzugreifen.

sieben

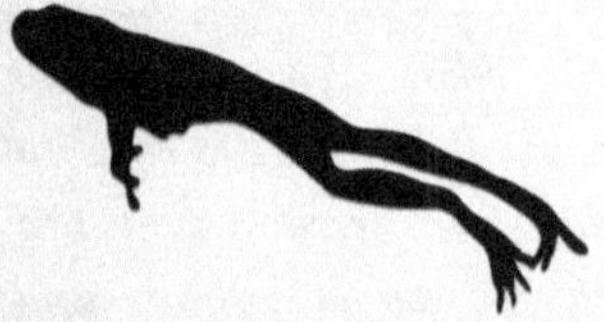

Lily

Ich hatte gedacht, ich wäre bereit für diese neue Phase in unserem Kampf gegen die Gauntts. Doch als ich über die Steinmauer auf die vornehme Villa am Stadtrand von Mayfield blickte, wollte ich mich am liebsten wie ein Erdhörnchen in der Erde einbuddeln.

„Seid ihr sicher, dass das eine gute Idee ist?", fragte ich.

Neben mir schnaubte Nox. „Gut ist keine Metrik, die wir heutzutage verwenden. Es ist die richtige Idee, wenn wir gegen die verdammten Pläne dieser Wichser vorgehen wollen. Kommt schon."

Er hielt mir seine Hände hin, wie er es schon bei den drei Jungs getan hatte. Ich stellte meine Füße auf seine Handflächen, hielt mich an seinen breiten Schultern fest und drehte mich um, um mich an der oberen Kante der Wand festzuhalten, während er mich hochhob. Mit einer nicht besonders anmutigen Drehung schwang ich meine

Beine über den Rand und ließ mich auf der anderen Seite herunter.

Nox machte ein paar Sprünge und schaffte es dank seiner beachtlichen Körpergröße und der übernatürlichen Energie, die er durch seine Gliedmaßen leiten konnte, sich hoch genug zu schwingen, um aus eigener Kraft über die Mauer zu klettern. Wir versammelten uns am Rande des Rasens, der teilweise von einem Kirschbaum verdeckt wurde, und betrachteten das große beige-blaue Haus der Gauntts.

Aller Gauntts. Wie sich herausgestellt hatte, lebten Nolan und Marie mit der jüngeren Generation, Thomas und Olivia, zusammen. Ich war mir nicht einmal sicher, wer von der zweiten Generation das Kind von Nolan und Marie war und wer in die Familie eingeheiratet hatte. Da das Haus groß genug aussah, um etwa zehn verschiedene Familien zu beherbergen, nahm ich an, dass jeder genug Freiraum und Platz hatte, auch wenn es heutzutage etwas seltsam war, mit den Eltern unter einem Dach zu wohnen.

Vielleicht saßen sie einfach nur zusammen und planten beim Abendessen die nächsten Schritte ihres Unternehmens.

Hatten die jüngeren Gauntts auch magische Kräfte? Waren sie an Nolan und Maries Ausbeutung von Kindern beteiligt? Keines der Opfer, mit denen wir gesprochen hatten, hatte sie erwähnt. Allerdings waren Thomas und Olivia in ihren Dreißigern. Sie waren praktisch selbst noch Kinder gewesen, als die Gauntts Ansel, Peyton und den anderen das Mal verpasst hatten.

Es wäre möglich, dass sie auch Opfer waren.

Der Gedanke jagte mir einen Schauer über den Rücken. Kai bemerkte es, deutete meine Reaktion aber falsch.

„Es ist niemand zu Hause", versicherte er mir. „Ich habe mich vergewissert, dass alle vier zu einer Geschäftskonferenz gegangen sind, bevor ich das Büro verlassen habe. Und ein paar der cleveren neuen Rekruten haben den ganzen Tag ein wachsames Auge auf das Haus geworfen. Keiner ist reingefahren.“

„Sie könnten Personal haben, das im Haus wohnt“, meinte Jett.

Nox brummte zustimmend. „Sie brauchen eine ganze Armee, um diese Villa sauber und ordentlich zu halten.“

„Sicherlich wollen sie auch ihre Privatsphäre“, wandte ich ein. „Sie machen viele verrückte Dinge … Bestimmt wollen sie nicht, dass ein Dienstmädchen mitbekommt, wie sie ihre Kräfte einsetzen oder darüber reden, wie toll der letzte Missbrauch gelaufen ist. Das würde sich herumsprechen.“

Kai nickte grimmig. „Es gibt keine Gerüchte über die Gauntts, die es in die Medien geschafft haben. Ich habe das Internet gründlich durchforstet.“ Ich erinnerte mich an seine früheren Beschwerden darüber, dass er sich durch das Chaos des World Wide Web kämpfen musste. „Ich habe tatsächlich eine Frau ausfindig gemacht, die für sie putzt, und gestern mit ihr gesprochen. Sie ist nur zweimal pro Woche dort und meinte, das Haus sei unheimlich, wenn niemand da ist.“

Ruin verlagerte sein Gewicht von einem Fuß auf den anderen, und seine Augen leuchteten vor Erwartung. „Dann los! Vielleicht finden wir Lilys Schwester da drin.“

Ich wünschte, ich wäre so hoffnungsvoll, wie er klang. „Ich glaube nicht, dass sie Entführungsopfer in ihrem eigenen Haus verstecken. Aber vielleicht finden wir einen Hinweis darauf, *wo* sie sie festhalten.“

Wir zogen uns die Kapuzen in die Stirn. Wir hatten extra Kapuzenpullis angezogen, die groß genug waren, sodass der Stoff unsere Gesichter verdeckte. Dann machten wir uns mit gesenktem Kopf auf den Weg über den Rasen und hielten sorgfältig Ausschau nach Lebenszeichen oder elektronischen Überwachungsgeräten. Es gab vielleicht keine menschlichen Wachen auf dem Grundstück der Gauntts, aber es war schwer vorstellbar, dass sie keine Überwachungskameras hatten.

„Was ist mit der Alarmanlage?", fragte ich, als wir auf das Haus zugingen. Die Wahrscheinlichkeit, dass sie keine hatten, war sehr gering.

„Kein Problem", meinte Kai mit seiner üblichen kühlen Zuversicht und wackelte mit den Fingern. „Wir haben immer noch den Strom auf unserer Seite. Blöd, dass es in der Nachbarschaft gerade dann einen Stromausfall gibt, wenn fünf zwielichtige Leute das Haus auskundschaften." Er warf mir einen Blick zu und schenkte mir ein schmales Lächeln. „Na ja, vier zwielichtige Kerle und eine absolut bewundernswerte Frau, die von ihnen ausgetrickst wurde."

Ich schnaubte. „Ihr tut das alles, um mir zu helfen, meine Schwester zu finden. Wenn jemand ausgetrickst wurde, dann ihr."

„Oh, wir wurden mehr als ausreichend entschädigt", stichelte Nox, legte einen Arm um mich und kniff mir in den Hintern. Als ich ihn anglotzte, gluckste er und ließ mich los. „Für diesen Stromausfall müssen wir alle ran. Seid ihr bereit?"

Die vier Jungs gingen direkt auf das Haus zu, wo sich der Stromanschluss befand. Sie hoben die Hände und schienen sich, ohne zu sprechen, auf ein Timing zu einigen. Sie sprangen vor und schlugen gleichzeitig gegen die Wand.

Ein knisterndes Geräusch hallte durch die Luft, gefolgt von einem lauten Zischen. Dann ertönte ein leiser Knall, wie ein Korken, der aus einer Champagnerflasche schoss.

Selbst am späten Nachmittag war es noch nicht dunkel genug, um irgendwelche Lichter erlöschen zu sehen. Die Jungs schienen jedoch zuversichtlich zu sein, dass es funktioniert hatte. Nox marschierte zur Eingangstür und schlug mit der Hand auf das elektronische Tastenfeld. Ein weiteres Knistern ertönte, und der Riegel in der Tür glitt auf.

Er drehte den Türknauf, und wir traten ein, als wären wir hier zu Hause.

Kai überprüfte den Lichtschalter im Flur und stellte fest, dass er nicht funktionierte. Wir spähten durch die Schatten auf den großen Eingangsbereich, der zu einer geschwungenen Mahagonitreppe führte.

Jett stieß einen leisen Pfiff aus. „Wenn es um ein absurdes Maß an Prunk geht, verstehen sie etwas von Inneneinrichtung.“

Wir schritten weiter hinein, über dicke, dezent gemusterte Teppiche, vorbei an gerahmten Landschaftsgemälden und Beistelltischen mit eleganten Vasen unter unbeleuchteten Messinglampen, die von verschnörkelten Leisten hingen. Es herrschte definitiv eine unheimliche Stille hier. Ich konnte verstehen, warum die Reinigungskraft das als verstörend empfunden hatte. Vermutlich wurde sie gut genug bezahlt, sodass sie sich damit abfand. Bestimmt dauerte es den ganzen Tag, alle Zimmer zu putzen.

Das Haus der Gauntts war nicht nur schick, sondern auch penibel sauber. Ich nahm an, dass das nicht allzu schwierig war, wenn sie den Großteil ihrer Zeit bei der Arbeit verbrachten. Das Zusammenleben mit vier Jungs, deren Mägen bodenlose Gruben waren, und die ihre aufkeimenden übernatürlichen Kräfte an allem in ihrer Umgebung ausprobierten, war damit wohl schwer zu vergleichen.

In den Schränken und Schubladen der strahlend weißen Küche fanden wir nichts als Standardutensilien und -geschirr. Wie im Ausstellungsraum eines Möbelhauses. An dem riesigen Edelstahlkühlschrank klebten mehrere runde Magnete, doch keiner davon diente dazu, etwas zu befestigen. Da waren weder Notizen noch Fotos noch Speisekarten.

Es wirkte beinahe so, als würde hier gar niemand wohnen.

In den Wohn-, Aufenthalts- oder Familienzimmern – es waren so viele, dass ich nicht wusste, welches wozu genutzt wurde, – fanden wir schließlich Anzeichen dafür, dass das Haus tatsächlich bewohnt war. Auf einem Couchtisch aus Ebenholz lag ein Stephen-King-Roman. Nicht die Art von anspruchsvoller Literatur, die ich erwartet hätte. In der Schublade eines Beistelltisches fanden wir einen teilweise ausgefüllten Block mit Sudoku-Rätseln und daneben einen präzise gespitzten Bleistift. Leider bezweifelte ich, dass wir sie wegen banaler Freizeitbeschäftigungen bei der Polizei anzeigen könnten.

Der Fernsehraum überraschte mich ein wenig. Auf der einen Seite neben dem riesigen Flachbildfernseher befanden sich mehrere Filme hinter einer polierten Glastür. Da waren mehrere Disney-Zeichentrickfilme und nahezu alle Pixar-Veröffentlichungen, aber auch Kriegsfilme und historische Dramen sowie eine ansehnliche Sammlung von Horrorfilmen, passend zu dem Stephen-King-Buch.

Ruin trat neben mich und legte den Kopf schief. „Jung geblieben?", schlug er vor, doch nicht einmal er konnte den Witz überzeugend rüberbringen.

Brachten sie ihre Opfer *hierher*, um sie mit Filmen abzulenken? Oder hatten die Gauntts nur eine ungewöhnliche Vorliebe für familiäres Ambiente?

Es stellte sich heraus, dass es eine völlig andere Erklärung gab. Eine, mit der ich in einer Million Jahren nicht gerechnet hätte, nachdem ich den Rest des Hauses gesehen hatte. Als wir die Treppe hinaufgingen und das erste Schlafzimmer am Ende des breiten Flurs betraten, stellten wir fest, dass sie keine Kinder zu Besuch mitbringen mussten.

Es gab Kinder, die hier mit ihnen lebten.

Das Schlafzimmer war knallgelb gestrichen, und die

Möbel waren in einer Palette von Primärfarben gehalten, bei der Jett zusammenzuckte. Jegliche Zweifel, dass es sich um ein Gästezimmer für Kinder handeln könnte, wurden von einem gerahmten Foto auf der Kommode zerstreut. Darauf waren die vier Gauntts sowie ein Junge und ein Mädchen zu sehen. Die etwa sieben oder acht Jahre alten Kinder hatten sich zwischen Thomas und Olivia gekuschelt.

Ich ging in das nächste Zimmer, das dem ersten sehr ähnlich sah, nur dass es in Rosa und Flieder gehalten war. Vermutlich war es das Zimmer des Mädchens, es sei denn, die Gauntts hatten beschlossen, die traditionellen Vorlieben umzukehren.

„Wieso wussten wir nicht, dass Thomas und Olivia Kinder haben?", fragte ich.

Kai runzelte die Stirn. Er stöberte gerade in dem Kinderzimmer herum, das genauso sauber und ordentlich war wie der Rest der Wohnung. Es war schwer zu glauben, dass hier tatsächlich Kinder lebten und keine Kinderroboter. So interessant das auch gewesen wäre, die Gauntts erweckten eher den Eindruck, als hätten sie übernatürliche Fähigkeiten und nicht, als wären sie mechanische Genies.

„Ich weiß es nicht", antwortete er. „In ihren Terminkalendern stand nichts von Kindern, und es hat sie auch noch nie jemand erwähnt. Die Kinder müssen mit ihren Eltern unterwegs oder bei Verwandten untergebracht sein."

Ruin sah ungewöhnlich niedergeschlagen aus. „Wer kümmert sich um die Kinder, während die Eltern arbeiten?"

„Vielleicht haben sie ein Kindermädchen, das nicht im Haus wohnt, sondern nur kommt, wenn die Kinder nicht in der Schule und die Eltern bei der Arbeit sind", sagte ich, mehr um Ruin zu beruhigen, als etwas zu rechtfertigen, was die Gauntts taten. Es gefiel mir nicht, wenn seine gute Laune schwand, und das tat sie in letzter Zeit oft, wenn die Gauntts zur Sprache kamen.

„Oder vielleicht wenden sie ihr übernatürliches Voodoo auch bei den Kindern an, damit sie gehorsame kleine Dummköpfe sind", knurrte Nox. „Das würde erklären, warum es hier so verdammt ordentlich ist."

Das stimmte. Außerdem könnte es sein, dass die Gauntts diesen Kindern die gleichen Dinge angetan hatten wie denen, die nicht zur Familie gehörten. Mit einem mulmigen Gefühl im Magen schlang ich die Arme um meine Mitte.

Jett war in das Zimmer des Jungen zurückgegangen. Ich folgte ihm und sah, wie er das Foto betrachtete.

„Ich glaube nicht, dass sie biologisch miteinander verwandt sind", sagte er abrupt. „Ihre Gesichtszüge sind zu unterschiedlich."

Kai kam zu uns und nahm ihm das Foto ab. Er gab einen nachdenklichen Laut von sich. „Ich verstehe, was du meinst. Gutes Auge …" Stirnrunzelnd betrachtete er das Bild genauer. „Ich kann nicht sagen, wer von der zweiten Generation mit Nolan und Marie verwandt ist. Die beiden sehen auch völlig anders aus."

„Es gibt doch so etwas wie rezessive Gene und so, oder?", gab ich zu bedenken. „Oder Merkmale, die eine Generation überspringen?"

„Normalerweise nicht in diesem Ausmaß. Der Knochenbau … die Augenpartie … Hmm." Kai machte ein Foto mit seinem Handy, vermutlich um später weiter darüber nachzudenken.

„Sie könnten Marisol dorthin gebracht haben, wo sie ihre eigenen Kinder unterbringen, oder?", fragte Ruin mit neuem Optimismus.

„Vielleicht", stimmte ich zu. „Lasst uns versuchen, herauszufinden, auf welche Schule sie gehen oder ob sie zu Hause unterrichtet werden."

In den zwei Kinderzimmern fanden wir nichts außer Kleidung, Büchern und Beweisen dafür, dass sie zumindest elektronische Geräte benutzen durften, da neben einem der Betten ein Ladekabel eingesteckt war. Nicht einmal ein Hinweis auf die Namen der Kinder war zu finden. Meine Haut kribbelte, als ich wieder in den Flur trat.

„Mir gefällt das nicht", murmelte ich Nox zu. „Je mehr wir über diese Leute erfahren, desto schlimmer wird mein Bild von ihnen. Wie sollen wir ihre *eigenen* Kinder vor ihnen schützen?"

Er strich mit seiner Hand über meinen Rücken. „Deine Schwester hat oberste Priorität. Danach kümmern wir uns um den Rest. Verdammt, wenn wir alle erwachsenen Gauntts in die Luft jagen, muss jemand die Kinder adoptieren."

Ich zog die Augenbrauen hoch. „Ist das jetzt der Plan? Sie in menschliches Dynamit verwandeln?"

Er zuckte die Achseln, und seine dunklen Augen schimmerten verschmitzt. „Nachdem ich dieses Haus gesehen habe, glaube ich nicht, dass eine einfache Kugel ausreichen wird."

Vielleicht hatte er nicht ganz unrecht.

Ruins Stimme ertönte aus einem der Zimmer weiter unten im Flur. „Huch, das ist ja merkwürdig."

Wir eilten zu ihm in ein Schlafzimmer mit einem edlen Schlittenbett und passenden Möbeln aus dunklem Holz, das eindeutig von Erwachsenen benutzt wurde. Auf dem Waschtisch neben einem Schmuckkästchen stand eine Vase mit getrockneten Rohrkolben.

Ruin beugte sich vor und schnupperte daran. „Die sind aus unserem Sumpf!"

Kai warf ihm einen skeptischen Blick zu. „Ich könnte mir vorstellen, dass alle Sumpfpflanzen ziemlich ähnlich riechen", meinte er.

Nox beugte sich vor, um ebenfalls daran zu riechen. „Ich

weiß nicht", sagte er. „Wir haben mehr als zwei Jahrzehnte lang in diesem Zeug vor uns hin vegetiert. Es riecht furchtbar vertraut."

„Welche anderen Sümpfe gibt es denn hier in der Gegend?", fragte Jett.

Kai schnaubte. „Wahrscheinlich haben sie die Dinger in einem Laden gekauft, weil sie sie hübsch fanden."

„Das ist nicht das Seltsamste." Ich deutete auf ein Porträt, das an der gegenüberliegenden Wand hing.

Das Ölgemälde zeigte ein Paar mittleren Alters, aber sie sahen weder wie Nolan und Marie noch wie die Fotos aus, die ich von Thomas und Olivia gesehen hatte. Der Mann hatte eine unverwechselbare Knollennase und die Frau ein leicht gespaltenes Kinn.

„Wer zum Teufel sind *die* denn?", fragte ich. „Und warum haben die Gauntts ein Porträt von ihnen in ihrem Schlafzimmer hängen?"

„Entfernte Vorfahren?", schlug Nox vor.

„So altmodisch ist ihre Kleidung gar nicht", sagte Kai. „Aus den 40ern würde ich sagen. Also aus den 1940ern, nicht aus den 1840ern."

„Ich schätze, es könnten die Großeltern oder Urgroßeltern sein", sagte ich, ohne selbst wirklich davon überzeugt zu sein. Die Augen der gemalten Personen schienen mir zu folgen, als ich aus dem Zimmer ging. „Auf jeden Fall weist nichts hier darauf hin, was sie mit Marisol gemacht haben."

„Wir haben ein paar neue Spuren, denen ich nachgehen kann", sagte Kai. Aus seinem Mund klang der Optimismus weitaus weniger natürlich als bei Ruin.

Ruin war in einem anderen Zimmer und rief uns zu sich. „Auf jeden Fall lieben sie den Sumpf wirklich!"

Als ich das Zimmer betrat, sah ich, was er meinte. Dies war eindeutig das Hauptschlafzimmer, in dem vermutlich

Nolan und Marie schliefen. Der schwache, frische Duft von Eau de Cologne erinnerte mich an den imposanten Mann, der sich über meine magischen Kräfte lustig gemacht hatte. Mein Blick fiel auf die Vasen auf beiden Seiten des ausladenden California King-Bettes.

Sie passten nicht zum Rest der Einrichtung. Überhaupt nicht. Sie waren zu unordentlich, zu wild. Beide waren mit Schilf und Binsen vollgestopft, die aussahen, als würden sie aus dem Sumpf stammen, in dem ich vor vierzehn Jahren fast ertrunken wäre.

acht

Kai

Ich beugte mich über den Tresen im Sekretariat und setzte mein charmantestes Lächeln auf. „Tut mir leid, dass ich Sie mit diesem Thema belästige, aber es ist äußerst wichtig, dass wir keine potenziellen Risikofaktoren für die Gesundheit der Kinder übersehen."

Durch die vornehme Förmlichkeit, die ich mir für meinen Auftritt in der Privatschule antrainiert hatte, und durch meine Berufung auf gesundheitliche Bedenken hatte ich die Sekretärin rasch um den Finger gewickelt. Bereits ein paar Sekunden, nachdem ich hereingekommen war, hatte ich die kleinen Anzeichen einer Hypochondrie bemerkt: die leicht aufgescheuerten Hände vom übermäßigen Waschen, die drei Flaschen Handdesinfektionsmittel auf ihrem Schreibtisch und der schwache Geruch von Teebaumöl, der sie umgab. Es musste furchtbar schwer sein, keimfrei zu bleiben, wenn sie den ganzen Tag von Grundschulkindern umgeben war.

„Natürlich." Mit einem nervösen Kichern tippte sie auf ihrer Tastatur herum. Die Tasten waren so strahlend weiß, dass ich mich fragte, ob sie täglich gebleicht wurden. Die Frau zog die Stirn in Falten und starrte auf den Bildschirm. „Nolan und Marie Gauntt, sagten Sie?"

„Ja." Nachdem ich mehrere Tage lang alle Informationen aus den verfügbaren Quellen studiert hatte, hatte ich herausgefunden, dass die Erben von Nolan und Marie, die wir alle kannten und hassten, ihre Enkelkinder umbenannt hatten. Der Junge und das Mädchen auf dem Familienfoto waren Nolan und Marie Junior. Wie süß. Ich könnte kotzen.

Zweifellos hatten sie die beiden nach ihrem eigenen Vorbild erzogen.

„Sie waren am Wochenende bei mir", fügte ich in einem schrofferen Tonfall hinzu. „Die Angelegenheit ist ziemlich dringend. Ich habe gerade die Testergebnisse zurückbekommen."

„Das verstehe ich vollkommen. Ich werde tun, was ich kann, um Ihnen zu helfen. Normalerweise haben wir diese Informationen in den Akten … oh!"

„Oh?", fragte ich mit schiefgelegtem Kopf und lächelte sie an.

Obwohl sie vorhin positiv auf meine Neckerei reagiert hatte, erwiderte die Sekretärin mein Lächeln nicht. Ihre Stirn war in tiefe Falten gelegt. An ihrer angespannten Haltung konnte ich erkennen, wie sie sich von mir und dem Gespräch zurückzog. „Ich fürchte, ich kann Ihnen in dieser Angelegenheit nicht helfen", sagte sie.

Frustration stieg in mir auf. Bevor sie mich ganz abwimmeln konnte, griff ich über den Tresen und gab ihr einen leichten Klaps auf die Schulter, wobei ich etwas übernatürliche Energie auf sie übertrug. „Zeigen Sie mir den Computerbildschirm, ohne einen Aufstand zu machen."

Meine Macht ermöglichte es mir nicht, ihr zu befehlen, etwas Bestimmtes zu sagen, sonst hätte ich ihr einfach befohlen, auszuspucken, was sie wusste. Aber diese Methode funktionierte gut genug. Mit verkrampftem Kiefer drehte sie den Monitor so, dass ich ihn von der anderen Seite des Tresens aus sehen konnte.

Nolan Juniors Akte enthielt eine Information, nach der ich gesucht hatte: Das Datum seiner Einschulung. Die Privatschule, die die Gauntt-Kinder besuchten, begann mit dem Kindergarten, aber Nolan Junior, der jetzt zehn Jahre alt war und die fünfte Klasse besuchte, war erst vor zwei Jahren an der Schule angemeldet worden. Ausgehend von anderen Informationen, die ich gesammelt hatte, bedeutete das, dass er ungefähr zu dieser Zeit adoptiert worden war. Die wenigen Fakten, die ich hatte, fügten sich langsam zu einem Bild zusammen.

Ich fühlte mich, als wäre ein erhobener Mittelfinger auf mich gerichtet, als ein Fenster erschien, das den Rest der Akte überdeckte. *VERTRAULICHE INFORMATIONEN. Passwort eingeben.*

Ich klopfte der Sekretärin erneut auf die Schulter. „Geben Sie das Passwort ein."

„Das kann ich nicht." Sie starrte auf meine Hand, als glaubte sie, ein Schwarm Bienen könnte gleich aus meinen Fingern strömen. „Ich habe kein Passwort. Dieses Fenster habe ich noch nie gesehen."

Mist. Es war eine besondere Sicherheitsmaßnahme der Gauntts. Ich biss die Zähne zusammen und gab ihr einen letzten Klaps. „Zeigen Sie mir die Akte von Marie Gauntt."

Das Profil der Enkelin war ebenfalls passwortgeschützt, aber zumindest konnte ich sehen, dass auch sie vor zwei Jahren eingeschult worden war, ein Jahrgang unter ihrem

Bruder. Die mittlere Generation der Gauntts hatte die beiden etwa zur gleichen Zeit adoptiert. Ich glaubte allerdings nicht, dass sie tatsächlich Geschwister waren. Sie sahen einander noch weniger ähnlich als ihren jetzigen Eltern.

Genervt biss ich die Zähne zusammen und nickte der Sekretärin zu. Es war nicht ihre Schuld, dass die Gauntts solche Arschlöcher waren. Und ein wenig Höflichkeit könnte Türen für das nächste Mal öffnen … Sofern sie vergaß, dass ich sie durch Gedankenkontrolle dazu gebracht hatte, meine Befehle zu befolgen. „Danke für Ihre Hilfe."

„War mir ein Vergnügen", antwortete sie mit einem leichten Quietschen und klang überrascht über ihre eigene Höflichkeit.

Ich verließ das Gebäude, bevor sie auf die Idee kommen konnte, den Sicherheitsdienst zu rufen. Für die meisten Menschen wäre der Schreck über etwas derart Unerwartetes und Unerklärliches, das sie nicht beweisen oder erklären können, Motivation genug, den Mund zu halten. Wenn sie tatsächlich ausplauderte, dass ein junger Mann sie gezwungen hatte, private Informationen über Schüler preiszugeben, würden ihre Vorgesetzten sie eher zurechtweisen, als ihre wilde Geschichte weiterzuverfolgen.

Ich hätte mir nur gewünscht, dass mich die Mühe weitergebracht hätte. Trotz all der Zeit, die ich damit verbracht hatte, mit Leuten zu reden, mir Akten zu erschleichen und Beobachtungen zu machen, wusste ich kaum mehr als die Namen der Kinder und das ungefähre Adoptionsdatum. Und nichts davon hatte mich unserem eigentlichen Ziel, Lilys Schwester zu finden, näher gebracht. Diese angebliche Tagesstätte nahm sicherlich keine gehirngewaschenen Teenager auf.

Bei dem Gedanken an Marisol schaltete ich mein Handy ein und prüfte die Video-App. Neue Einträge mit dem Hashtag Pullover-Challenge nahmen exponentiell zu. Bis jetzt waren es weniger als hundert, doch die Dynamik war erfolgversprechend. In ein paar Tagen sollten es Tausende sein, dann konnten wir hoffen, dass auch ein paar aus der Region auf den Zug aufsprangen.

Mit einem leichten Anflug von Genugtuung schwang ich mich auf mein Motorrad und fuhr quer durch die Stadt, um eine völlig andere Angelegenheit zu erledigen. Eine weitere Lieferung von Waffen und Munition war fällig. Ich hatte sie in Auftrag gegeben, um sicherzustellen, dass unsere neuen Rekruten gut ausgerüstet waren. Wenn wir es mit dem Skeleton Corps aufnahmen, wollte ich nicht, dass wir mitten in einer Schießerei mit leeren Kammern dastanden.

Der Schwarzmarkthändler operierte im Hinterzimmer eines irischen Pubs im zwielichtigen Teil der Innenstadt von Mayfield. Der Laden war so scheußlich, dass sogar ich zusammenzuckte: Die Fassade war voller riesiger vierblättriger Kleeblätter aus Neonröhren, während der Innenraum mit lindgrünen Wänden und auberginefarbenen Tischen ausgestattet war. Ich hatte bereits beschlossen, Jett niemals hierherzubringen, um nicht zu riskieren, dass er einen Herzinfarkt erlitt. Oder einen psychotischen Anfall, der womöglich dazu führen würde, dass er jeden Menschen in diesem Lokal in Stücke riss.

Andererseits konnte ich sein künstlerisches Empfinden nicht immer nachvollziehen. Vielleicht hätte er die Einrichtung erfrischend ungewöhnlich gefunden. Es schien mir jedoch besser, das Risiko nicht einzugehen.

Ich ging geradewegs durch die Bar ins Hinterzimmer und schritt durch den Perlenvorhang – natürlich in Form von Kleeblättern –, ohne mich anzukündigen. Dirk erwartete mich.

Er hatte gerade ein paar Kisten in einem Regal hinter sich sortiert und drehte sich um, als ich eintrat. Leider erkannte ich sofort, dass er mich mit einer gehörigen Portion Angst erwartet hatte. Seine Schultern sackten nach unten, und seine Finger krümmten sich, als wünschte er, er hätte eine AK-47 in der Hand, damit er mich einfach wegpusten könnte und sich nicht mit mir herumschlagen müsste.

Das war eine völlig andere Reaktion als bei unseren ersten beiden Treffen, als ich die Verbindung hergestellt und unsere erste Ladung Waffen besorgt hatte. Ich hatte nicht damit gerechnet, dass Dirk ein Arschloch werden würde. Irgendetwas war passiert.

Ich ging auf ihn zu, um notfalls in Schlagweite zu sein, und verschränkte die Arme vor der Brust. „Hast du unsere Ware? Ein paar Jungs sind auf dem Weg, um sie abzuholen."

Dirks spitzer Kiefer zuckte. „Wie sich herausgestellt hat, kann ich nicht mit euch ins Geschäft kommen."

Ich hob die Augenbrauen. „Ach, wirklich? Und warum nicht? Gab es ein Problem mit dem schönen Haufen Bargeld, den ich dir letztes Mal gegeben habe?"

Er hustete. „Mit dem Geld war alles in Ordnung. Aber du hast in Mayfield nicht das Sagen. Ich muss andere … Interessen berücksichtigen."

Mehr brauchte er nicht zu sagen. Ich konnte die Puzzleteile sofort zusammensetzen.

Ich musste dem Drang widerstehen, ihm die Waffe auf den Kopf zu schlagen, die er mir bereits verkauft hatte. Wenn ich ihn schlagen musste, konnte ich das auf eine produktivere Weise tun.

„Das Skeleton Corps war bei dir", sagte ich. „Sie haben dir verboten, an uns zu verkaufen."

Dirk zuckte hilflos mit den Schultern, als wäre er demjenigen ausgeliefert, der am stärksten an seiner Kette zog. Kein Problem. Er wusste noch nicht, wie stark wir ziehen konnten. Das war zweifellos der Grund, warum er vor diesen dummen Idioten gekuscht hatte.

„Wir können es auf die leichte oder auf die harte Tour

machen", sagte ich ihm, denn es schien nur fair, ihm eine Chance zu geben, seine Meinung zu ändern. „Du wirst uns diese Waffen so oder so verkaufen. Mir wäre es allerdings lieber, wenn wir die Sache friedlich regeln könnten." Wir hatten echte Feinde zu bekämpfen. Dirk, der Idiot, gehörte nicht dazu.

„Es tut mir leid", erklärte er und breitete seine Hände aus.

Ich seufzte. „Gut." Dann schlug ich ihm gegen die Stirn, vielleicht ein wenig fester, als nötig gewesen wäre.

Übernatürliche Energie kribbelte an meinem Arm entlang und in sein Gehirn. „Halt die Klappe und bring die Kisten mit den Waffen, die du uns verkaufen wolltest, zum Auto", befahl ich ihm. Ich hatte schnell gelernt, dass die Idioten herumbrüllten, wenn ich ihn nicht auch Befehle still zu sein.

Dirk klappte den Mund zu, drehte sich mit großen Augen zu den Regalen um und nahm zwei Plastikkisten heraus. Ich schnappte mir eine davon und bedeutete ihm, die andere zu nehmen. Gemeinsam gingen wir zur Hintertür. Seine Turnschuhe schleiften über den Boden, während er sich vergeblich bemühte, die Kontrolle über seine Füße wiederzuerlangen.

Ich hörte bereits das Geräusch des Motors in der Gasse hinter dem Haus. Wenigstens waren ein paar der Idioten auf unserer Seite pünktlich. Als ich die Tür öffnete, standen die neuen Rekruten vor dem alten Bronco, den sie fuhren. Die Türen zum Laderaum waren offen, und sie wippten auf ihren Füßen, als könnten sie es nicht erwarten, sich zu bewegen.

„Schön!", sagte einer, als wir die Kisten zur Ladefläche trugen, als wären die Container beeindruckend.

Ich klopfte Dirk auf die Schulter. „Geh wieder in dein Büro und tu nichts weiter." Während er hineinging, wandte ich mich den anderen Jungs zu. „Bringt die Ware sofort zurück ins Clubhaus. Nox hat einen Bonus für euch."

Der eine Kerl johlte, und beide stürzten zurück ins Auto. Als sie davonrasten, ging ich wieder hinein.

Dirk stand wie befohlen direkt vor der Tür zu seinem Büro, sodass ich ihn zur Seite schieben musste, um an ihm vorbeizugehen. Ich kramte das Bündel Bargeld aus meiner Tasche, auf das wir uns als Bezahlung geeinigt hatten, und knallte es auf den Tisch.

„Ich muss dich nicht bezahlen, aber ich tue es trotzdem", sagte ich und blickte in seine verzweifelten Augen. „Ich hoffe, du denkst daran, wenn du das nächste Mal entscheidest, wer hier das Sagen hat. In etwa zehn Minuten wirst du dich wieder bewegen können. Nutze diese Zeit, um dir genau zu überlegen, auf welcher Seite du stehst. Ich kann jederzeit zurückkommen und dich wieder schlagen."

Ein Muskel in seiner Wange zuckte, und seine Stirn sah ein wenig feucht aus. Mein Instinkt sagte mir, dass er mehr wusste, als er zugab.

Ich dankte der heiligen Hölle für meine Beobachtungsgabe. Da ich das Pub mit erhöhter Wachsamkeit verließ, war ich nicht völlig überrascht, als sich drei Idioten auf mich stürzten.

Da sie zu dritt waren, konnten sie mich nicht alle auf einmal umschwärmen, weil sie sich sonst gegenseitig geschlagen hätten. Ich verpasste dem ersten Kerl, der mich erreichte, einen Fausthieb gegen die Schläfe und befahl ihm: „Töte die beiden anderen."

Der Erste wirbelte herum, und das Messer in seiner Hand blitzte auf, als er es seinem Kollegen direkt hinter ihm in den Hals rammte. Der Kerl kippte wie ein gestrandeter Fisch auf den Bürgersteig und verdrehte die Augen, während das Blut in einer Fontäne aus seiner Halsschlagader spritzte.

Der dritte Mann wich seinem Kollegen aus und stotterte

überrascht. Falls sich unsere ungewöhnlichen Kampftechniken herumgesprochen hatten, nahm ich an, dass die meisten, die davon erfahren hatten, sie als Lügen und Ausreden abgetan hatten. Pech, denn jetzt waren *sie* nicht richtig vorbereitet.

Als der dritte Kerl erneut versuchte, sich auf mich zu stürzen, stellte der Erste sich ihm in den Weg. Sie kämpften miteinander, und das Messer flog durch die Luft. Als ich meine Waffe zog, um das Problem endgültig zu lösen, drehte sich der Kerl um, dem ich befohlen hatte, seine Begleiter zu ermorden, und riss eine der Metallklammern vom Fensterrahmen ab.

Er wirbelte auf seinen ehemaligen Freund zu und schwang das Kleeblatt durch die Luft, als wäre es ein Hackbeil, wobei er wie ein wahnsinniger Kobold aussah. Ich trat zurück, um mir die Show anzusehen. Da sie gerade anfing, gut zu werden, sah ich keinen Grund, sie zu beenden.

Die beiden Männer wichen hier und dort mit einer Finte aus. Dann schlug der Erste die Kante des Kleeblattes so heftig gegen den Arm des anderen, dass er dessen Shirt durchtrennte und Blut floss. Der andere Kerl fluchte und versuchte, ihm das Kleeblatt aus den Händen zu schlagen, doch sein Gegner fiel nicht zweimal auf denselben Trick herein.

„Leo, du Trottel", rief der andere Kerl verzweifelt. Leo stürzte sich auf ihn und stieß ihm das Kleeblatt in die Kehle. Ich schätze, sein Kollege hatte ihn noch nie gut leiden können, denn in diesem Moment zog der andere Kerl seine Waffe und schoss Leo ins Gesicht.

Als Leo zu Boden fiel und der andere Kerl auf mich zustürzte, jagte ich ihm eine Kugel in den Schädel.

Die drei Gangster - Mitglieder des Skeleton Corps, wie ich annahm, - lagen zusammengesunken auf dem

Bürgersteig. In der Ferne ertönten Sirenen. Vermutlich hatte ein besorgter Bürger Schüsse gehört und die Polizei alarmiert.

Das war nicht wichtig. Ich wollte sowieso von hier verschwinden. Wieder einmal hatte uns das Corps fast überlistet, und wir hatten ihnen nicht einmal einen Dämpfer verpasst. Warum konnte ich ihre Schritte nicht weiter voraussehen?

Als ich meine Pistole wieder in meine Jeans steckte, fiel mein Blick auf das Blut, das noch immer wie ein makabrer Springbrunnen aus der Kehle der ersten Leiche sprudelte. Schade, dass es Vampire im Gegensatz zu Geistern nicht wirklich gab, sonst wäre das eine schöne Mahlzeit gewesen.

Bei diesem Gedanken kam mir auf einmal ein Geistesblitz. Mit einem tiefen Atemzug und einem Lächeln auf den Lippen rannte ich zu meinem Motorrad.

Bisher waren die Gauntts und das Skeleton Corps uns stets einen Schritt voraus gewesen und hatten mich überlistet. Doch vielleicht war ich gerade über den Schlüssel gestolpert, der das Blatt wenden würde.

neun

Lily

Als Kai mich zu sich an den Esstisch holte und ein gefährlich aussehendes Schälmesser hervorholte, war mir klar, dass mir nicht gefallen würde, worüber er mit mir reden wollte.

„Ich hätte es früher merken müssen." Er ließ das Messer wie einen Schlagstock zwischen seinen geschickten Fingern kreisen. „Du hast die Macht, *jeden* zu besiegen, sogar die Gauntts."

„Natürlich hat sie das!", stimmte Ruin fröhlich zu, der auf der Armlehne des Sofas hockte. „Nächstes Mal werden wir wirklich bereit sein."

„Das habe ich nicht gemeint", erwiderte Kai leicht gereizt.

Nox drehte einen der anderen Esszimmerstühle herum, setzte sich darauf und verschränkte die Arme auf der Lehne.

„Warum erzählst du uns nicht von deiner neuen genialen Idee?"

Als Jett aus der Küche kam und sich an die Wand lehnte, krempelte Kai seine Ärmel bis zu den Ellbogen hoch. Die hellbraune Haut darunter war glatt und mit feinen Härchen bedeckt.

„Ich habe über deinen Trick mit dem Kaffee nachgedacht." Er sah zu mir auf. „Und an deine Bierattacke bei der Schlägerei neulich. Erst da ist mir in den Sinn gekommen, dass Blut zu etwa neunzig Prozent aus Wasser besteht."

Übelkeit stieg in mir auf, als ich begriff, was er damit andeuten wollte. Nein, die Richtung, in die dieses Gespräch ging, gefiel mir definitiv nicht.

„Kai", begann ich, und meine instinktive Abscheu kribbelte in meiner Brust.

„Hör zu", sagte er nachdrücklich. „Das könnte die Antwort auf alles sein. Mit deiner Hilfe könnten wir es mit den Gauntts und dem Skeleton Corps aufnehmen. Vielleicht können wir so sogar deine Schwester finden. Immerhin habt ihr beide die gleiche Blutlinie. Wenn du Blut kontrollieren kannst, kontrollierst du das *Leben*. Wir müssen meine Theorie allerdings erst testen und sicherstellen, dass ich keine heiße Luft verbreite."

„Nicht mehr als sonst", murmelte Jett, der uns jedoch neugierig musterte.

„Scheiße", sagte Nox. „Wieso habe *ich* nicht daran gedacht."

Ruin klatschte in die Hände, und seine Augen leuchteten. „Lily wird diese reichen Arschlöcher mit ihrem eigenen Blut bespritzen!"

„Wir wissen nicht einmal, ob ich das kann", protestierte ich. „Und wie sollen wir es ausprobieren …"

Kai machte sich nicht die Mühe, mit Worten zu

antworten. Er führte das Messer an seinen Arm und hinterließ einen flachen, etwa drei Zentimeter langen Schnitt in seiner Haut.

Mein Magen verkrampfte sich erneut. Winzige Blutperlen sickerten aus dem dünnen Schnitt. Er hatte nicht einmal gezuckt, also war es wohl nicht allzu schmerzhaft gewesen. Aber trotzdem. Er hatte sich geritzt, damit ich dieses Experiment durchführen konnte. Selbst wenn er die Ergebnisse genauso sehr sehen wollte wie alle anderen, schien das nicht richtig zu sein.

Und was, wenn ich es vermasselte? Ich hatte nicht einmal Wasser perfekt unter Kontrolle. Wenn ich aus Versehen eine Flutwelle auslöste, würden wenigstens nur ein paar Leute nass werden. Blut war etwas völlig anderes.

Wie Kai gesagt hatte, es war Leben. Und in diesem Fall war es sein Leben, mit dem ich spielen würde.

Ich schluckte schwer. Kai sah mir wieder in die Augen, und in seinem Blick lag nichts als zuversichtliche Erwartung. „Versuch es wenigstens, Lily. Sei der Barrakuda, der du sein kannst. Schaffe etwas Kunst.“

Sein eifriger Tonfall und die Formulierung dämpften meine Abscheu nur ein wenig. Ich betrachtete die Blutstropfen entlang des Schnittes und holte tief Luft.

Ich konnte versuchen, sie zu bewegen, um herauszufinden, ob ich sie nach meinem Willen lenken *konnte*. Es war doch nicht so schrecklich, es auszuprobieren, oder? Es war ja nicht so, dass ich den Rest des Blutes in seinem Körper manipulieren wollte. Der Verlust von ein paar Tropfen hatte ihn offensichtlich nicht umgebracht.

Verdammt, selbst eine Kugel in den Kopf hatte ihn vor einundzwanzig Jahren nicht *ganz* umgebracht.

Meine aufgewühlten Emotionen hatten das Summen in meiner Brust ausgelöst. Ich wollte es nicht mehr so aufstacheln wie in der Vergangenheit. Ich musste nicht viel mit dem Blut spielen, um sicherzugehen, dass ich es beeinflussen konnte. Kleine Schritte schienen mir die sicherste Methode zu sein.

Ich legte meine Hand auf die Tischplatte und trommelte mit den Fingerspitzen einen sanften Rhythmus, um mein pochendes Herz zu beruhigen. Dann lenkte ich etwas von meiner übernatürlichen Energie auf die Blutstropfen und versuchte, sie auf mich zuzubewegen.

In dem Moment, als meine Kraft die rote Flüssigkeit berührte, spürte ich, wie sie mit dem Summen in mir in Resonanz ging. Die Tropfen flossen ein paar Zentimeter über Kais Arm auf mich zu, wobei sie eine dünne rote Spur hinterließen.

Auf Kais Gesicht breitete sich ein Grinsen aus. „Ich hatte recht. Du wirst sie alle beherrschen. Du wirst verdammt unaufhaltsam sein."

Ich hörte auf, meine Hand zu bewegen, und das Summen in mir wurde leiser. Meine Abscheu war verblasst. Stattdessen hatte sich Angst in meinem Bauch eingenistet. „Wie denn? Soll ich herumlaufen und den Leuten das Blut aus dem Leib rufen oder so?"

Ich hatte schon mehr als einmal mitbekommen, wie die Jungs aus Notwehr gemordet hatten. Ich hatte ihnen mit Kleinigkeiten vom Rande aus geholfen. Doch ich hatte noch nie selbst ein Leben genommen. Allein der Gedanke daran jagte mir einen Schauer über den Rücken. Vor allem, weil es eine extrem schmerzhafte Art und Weise zu morden wäre, das Blut aus den Leuten herauszuwringen, während sie noch lebten.

„Wenn sie es verdienen, warum zum Teufel nicht?" Nox grinste.

Kai warf ihm einen bösen Blick zu. „Ich hatte an eine elegantere Methode gedacht. Du musst keine Sauerei machen, wenn du nicht willst. Ich könnte mir vorstellen, dass du es mit ein wenig Übung schaffen könntest, dass du das ganze Blut im Körper einer Person zum Herzen schickst und es direkt in der Brust platzen lässt. Das ist sauber und diskret, aber trotzdem effizient."

Auch wenn mir bei dem Gedanken nach wie vor unbehaglich zumute war, verspürte ich gleichzeitig eine dunkle Erregung, als ich mir vorstellte, wie Nolan Gauntts kühles, gönnerhaftes Gesicht sich vor Angst verzog, wenn ich sein Herz mit seinem eigenen Blut zum Platzen brächte.

Könnte ich das wirklich tun? Und wenn ich es könnte … Dann könnte er mich nicht aufhalten, oder?

Egal, welche Kräfte er hatte, niemand konnte ohne Herz überleben.

„Versuch es noch einmal." Kai richtete seinen Blick wieder auf mich. Seine Augen schimmerten hinter den Gläsern seiner Brille. „Zieh ein bisschen was raus. Ich habe genug. Nur, um zu sehen, wie weit deine Fähigkeiten reichen."

Ich starrte auf seinen Arm, gefangen in einer seltsamen Mischung aus Unbehagen und Aufregung. Die anderen drei Jungs lehnten sich erwartungsvoll ein wenig näher heran. Meine Gedanken wanderten wieder zu Nolan Gauntt. Ich dachte daran, wie er mir meine Schwester entrissen hatte, gerade als ich sie von Mom und Wade weggeholt hatte, und das Summen hallte in einer höheren Tonlage in meiner Brust wider.

Ich befeuchtete meine Lippen und meine Finger klopften wieder in dem gleichmäßigen Rhythmus auf die Tischplatte. Eine kleine Menge würde reichen. Ich musste nur ein wenig von dem Blut, das durch Kais Adern pulsierte, durch den Schnitt in seiner Haut sickern lassen. Das konnte ich schaffen, oder? Ich hatte inzwischen deutlich mehr Kontrolle über meine Kräfte als noch vor ein paar Wochen.

Ich zerrte mit meinem Geist und meiner kribbelnden

übernatürlichen Energie an der Flüssigkeit, die durch seinen Arm floss. Etwas mehr Blut sprudelte aus dem kleinen Schnitt und sickerte über seinen Unterarm. Ein metallischer Geschmack bildete sich in meinem Mund, und ein berauschendes Gefühl der Macht durchströmte mich.

Leider brachte mich dieser Rausch aus dem Gleichgewicht. Als sich die Erregung in mir ausbreitete, zog ich fester, als ich beabsichtigt hatte, und ein ganzer Schwall scharlachroter Flüssigkeit spritzte aus dem Schnitt auf den Esstisch.

Ich schrie auf, und meine Verbindung zu Kais Blut wurde unterbrochen. Auf dem Tisch lag noch ein Stapel Papierservietten von unserem letzten Essen. Ich schnappte mir eine Handvoll und drückte sie auf Kais Arm. Die Blutung hatte nachgelassen, sobald ich meine Kontrolle aufgegeben hatte.

Kai drückte beruhigend meinen Arm. In seinem Gesicht war kein Zeichen von Schmerz zu erkennen. „Ist schon gut. Es war nur ein kleiner Ruck. Mir geht es gut.“

Wie konnte er nur so ruhig sein?

Ich verzog bedauernd das Gesicht. „Ich will dir nicht wehtun.“

Kai stieß ein leises Kichern aus, bei dem ich ein lustvolles Kribbeln im Bauch spürte. Er rutschte auf seinem Stuhl nach vorne und griff nach meiner anderen Hand. „Keine Sorge. Dir bei der Arbeit zuzusehen, hat den gegenteiligen Effekt.“

Ich wusste nicht, was er meinte, bis er meine Hand zu seiner Leiste führte. Meine Handfläche kam auf der unverkennbaren Beule seiner Erektion zum Liegen. Kais Augenlider senkten sich schwer vor Lust, und ich errötete.

„Ich bin mir ziemlich sicher, dass ich *dort* kein Blut hingeschickt habe“, konnte ich mir nicht verkneifen, zu sagen. Ich konnte dem Drang nicht widerstehen, seine Erektion durch die Jeans hindurch zu streicheln, und mir wurde noch wärmer, als ich den konkreten Beweis für seine begierige Zustimmung spürte.

Mit einem leisen, drängenden Laut zog Kai mich auf seinen Schoß und fuhr mit seinen Händen durch mein Haar. „Doch das hast du. Und zwar, indem du einfach du selbst warst. Du kannst mir die Lebenskraft entziehen, indem du nur *atmest*. Hast du eine Ahnung, wie sehr mich das anmacht?"

Das hatte ich nicht, aber die Beule in seiner Hose, die jetzt zwischen meine Beine drückte, ließ keinen Zweifel daran. Genauso wenig wie seine Finger, die glühende Linien über meine Kopfhaut zogen, oder der Kuss, den er mir auf die Lippen presste.

Sein Mund brannte auf meinem, als er mich verschlang, und seine Finger zerrten so stark an meinem Haar, dass ich einen stechenden Schmerz verspürte, der gleichzeitig Lust in mir aufflackern ließ.

Ich wimmerte, und er lächelte an meinem Mund. Seine Zunge glitt zwischen meinen Lippen hindurch, und seine Hände wanderten seitlich an meinem Körper hinunter. Er hielt inne, um über meine Brüste zu streichen, bevor er meinen Hintern drückte und mich noch fester an sich zog. Als ich seine Härte an meiner Mitte spürte, rieb ich mich verzweifelt an ihm.

Kai neigte seinen Kopf gerade so weit nach hinten, dass er seine Brille abnehmen und mit einem Klirren auf den Tisch werfen konnte, und plötzlich wurde mir bewusst, dass wir nicht allein waren. Die anderen drei Schädelbrecher waren immer noch hier.

Nox hatte sich von seinem Stuhl erhoben. Sein Blick brannte auf meiner Haut und versengte mich mit einer berauschenden Mischung aus Hunger und Besitzanspruch. Ruin kaute auf seiner Unterlippe, und ich wäre am liebsten zu ihm gegangen, um ihn zu küssen. Verlangen funkelte in seinen Augen. Und Jett …

Jett lehnte nach wie vor an der Wand. Seine Schultern waren angespannt und seine Miene starr. Doch er hatte seinen Blick nicht von mir abgewandt.

Kai sah die anderen an. „Es ist genug Lily für alle da", erklärte er beiläufig. „Kein Grund, einfach nur dazustehen." Dann zog er meinen Mund wieder auf seinen.

Während wir uns küssten, drückte er meinen Hintern erneut und ließ seine Hand zwischen uns gleiten, um meinen Kitzler durch meine Hose hindurch zu streicheln. Ein knisternder Blitz der Glückseligkeit schoss durch mich hindurch, und ich stöhnte. So schlimm konnten die neuen Dimensionen meiner Kräfte nicht sein, wenn es bedeutete, dass Kai das mit mir machte, oder?

Und nicht nur er. Auf einmal spürte ich Nox' massive Präsenz neben mir. Sein Mund fand meinen Hals, und während seine Lippen eine glühende Spur bis zu meiner Schulterbeuge zeichneten, griff er um mich herum und umfasste meine Brüste. Ich rieb mich an Kais Hand und wölbte meinen Rücken, um mich Nox' Liebkosungen entgegenzustemmen, wobei mich ein Sturzbach der Lust durchflutete.

Kai zog sich zurück. „Zieh ihr das Shirt aus", befahl er Nox mit rauer Stimme. Nicht zum ersten Mal wurde er herrisch, wenn es zur Sache ging. Doch ich würde mich nicht darüber beschweren.

Nox auch nicht. Glucksend zog er mir mein Oberteil aus und öffnete meinen BH. Während er mit seinen Händen über meine Brüste strich und meine Nippel kniff, bis ich keuchte, trat Ruin an meine andere Seite.

„Unsere wunderschöne, mächtige Waterlily", murmelte er, bevor er mich küsste.

Mit zwei Männern zusammen zu sein, war eine neue

Erfahrung gewesen. Bei dreien drehte sich mein Kopf angesichts des Wirbelwinds des gemeinsamen Verlangens. Ich ließ meine Hände über Kais Brust gleiten und zog ihm sein Shirt über den Kopf, weil ich fand, dass die Nacktheit nicht einseitig sein sollte.

Als Ruin erst meinen Kiefer und dann mein Ohrläppchen küsste und leicht daran knabberte, brummte Nox anerkennend. „Du wirst auch für Kai ein braves Mädchen sein, oder?", murmelte er mit dieser Stimme, die mich augenblicklich dahinschmelzen ließ.

Ich fuhr in kreisenden Bewegungen über Kais harte Brustwarzen und lächelte ihn an. „Ich glaube, Kai mag mich lieber unanständig."

Die Erinnerung an unser erstes Techtelmechtel entlockte Kai ein hitziges Lachen und er schob seine Hand in meine Hose, um mich besser streicheln zu können. „Verdammt, ja, allerdings."

„Dann kannst du ruhig unartig sein." Nox senkte seinen Kopf, um die andere Seite meines Halses zu beanspruchen, während er weiter meine Brüste bearbeitete.

Wieder umfasste ich Kais Erektion. Verlangen breitete sich in meiner Brust aus und mir lief das Wasser im Mund zusammen. Ich war eine Expertin für Unartigkeit.

Ich erhob mich von seinem Schoß und ließ mich zwischen seinen Knien auf den Boden sinken. Als ich nach dem Knopf von Kais Hose griff, gab Jett einen schroffen Laut von sich. Er stieß sich von der Wand ab und ging zur Eingangstür, die mit einem lauten Schlag hinter ihm zufiel.

Ich zögerte. Mein Magen verkrampfte sich, und mein Blick war fest auf die Tür gerichtet. Nox legte zwei Finger unter mein Kinn, um meine Aufmerksamkeit wieder auf die drei verbliebenen Jungs zu lenken.

„Mach dir keine Sorgen um unseren gequälten Künstler",

sagte er. „Er wird sich schon wieder einkriegen. Was hast du für den Rest von uns im Sinn, Sirene?"

Ich blickte zu Kai auf. Sein Hals war gerötet, und er leckte sich über die Lippen. Ohne Aufforderung öffnete er den Reißverschluss seiner Jeans.

Ich wollte ihn. Ich wollte sie alle. Das hatte nichts mit Jett zu tun oder damit, was *er* verdammt noch mal wollte. Wenn er nicht zuschauen oder mitmachen wollte, war das in Ordnung. Das sollte mich nicht davon abhalten, mich mit den Männern zu vergnügen, die sich ihrer Wünsche sicher waren.

Ich zerrte Kai die Jeans von den Hüften und befreite seinen steifen Schwanz aus seiner Boxershorts. Allein die Berührung meiner Finger ließ ihn aufstöhnen.

„Verdammt, Lily", sagte er und sein Kopf kippte im Stuhl zurück. „Mach weiter und verschling mich." Er sah Nox und Ruin mit zusammengekniffenen Augen an. „Sorgt dafür, dass sie auch auf ihre Kosten kommt."

Nox schnaubte. „Als ob wir den besten Teil vergessen würden."

Als ich mich vorbeugte und Kais heißen Schaft zwischen meine Lippen nahm, begann Nox an der Stelle seines Freundes mit meinem Kitzler zu spielen. Anstatt sich damit zu begnügen, um meine Kleidung herum zu arbeiten, zerrte er meine Hose und mein Höschen bis zu den Knien herunter. Dann strich er mit seinen Fingern über meine Mitte und knurrte, als er spürte, wie feucht ich war.

Ich saugte Kais Schwanz tiefer in meinen Mund und genoss es, wie er unter den wirbelnden Bewegungen meiner Zunge zuckte und sich sein Atem beschleunigte. Da er normalerweise immer so beherrscht war, fühlte es sich geradezu magisch an, ihn auf diese Weise um den Verstand zu bringen.

Während Kai meine Kopfhaut massierte, glitt Ruin an

mir hinunter. Er saugte an einem Nippel, während Nox' Hand meine Mitte bearbeitete, bis ich mit Kais Schwanz im Mund vor Lust stöhnte.

„Ich glaube, du bist bereit für mehr", sagte Nox und führte erst einen und dann zwei Finger in mich ein. „Du kannst uns alle nehmen, oder? Eines Tages werden wir dich bis zum Anschlag füllen. Aber jetzt …"

Das Knistern einer Verpackung war zu hören, dann drückte sein Schwanz gegen meine Öffnung. Als er in mich eindrang und mich mit einem ekstatischen Brennen erfüllte, schloss ich meinen Mund so fest um Kais Schaft, dass meine Zähne die weiche Haut streiften. Kai fluchte und seine Hüften zuckten nach oben, doch in seiner Stimme schwang mehr Lust als Schmerz mit.

Ruin wanderte noch tiefer und knabberte an meinem Bauch, bis er meinen Schamhügel erreichte. Ohne sich um Nox' Schwanz zu kümmern, der nur den Bruchteil eines Zentimeters entfernt in mich stieß, leckte er mit seiner Zunge über meinen Kitzler.

Ein Schrei, den ich nicht unterdrücken konnte, brach aus mir heraus. Verloren in der Flut der Lust widmete ich mich wieder Kais Schwanz.

Nox drang immer wieder in mich ein und ließ seine Hüfte dabei leicht kreisen, was mich auf noch höhere Ebenen der Ekstase brachte. Ruin saugte währenddessen an meinem Kitzler und Kai massierte meine Kopfhaut mit seinen Fingernägeln. Ich kam, brach auseinander und schmolz unter der Hitze wieder zusammen, die durch meine Nerven floss.

Ich saugte heftig an Kais Schwanz, und er ergoss sich mit einem salzigen Schwall in meinen Mund. Keuchend schluckte ich seinen Samen hinunter.

„Du melkst uns beide so süß", murmelte Nox, bevor seine Hüfte zuckte und er stöhnte. Bei seinen letzten Stößen verkrampfte ich mich erneut, und Hitze schoss durch meinen Körper.

Erschöpft vor Befriedigung ließ ich mich gegen die Vorderseite von Kais Stuhl sinken und griff nach seinem Bein. Ruin kraulte meine Schläfe mit einem zufriedenen Gemurmel, das verriet, dass es ihn nicht im Geringsten störte, dass er dieses Mal keine Erlösung erfahren hatte. Nox kauerte sich neben mich und zog mich auf seinen Schoß. Es schien ihn nicht zu stören, dass meine Hand auf Kais Bein verweilte.

„Unsere Frau", sagte er stolz. „Sie gehört nur uns. Der Rest der Welt sollte sich verdammt noch mal in Acht nehmen."

zehn

Lily

Eine kühle Herbstbrise wehte durch mein Haar, während ich die hohen Backsteinhäuser um uns herum betrachtete. „Warum fangen wir hier an?"

Als Kai heute Morgen aus dem Schlafzimmer gestürmt war, um uns seinen neuesten brillanten Geistesblitz mitzuteilen, und vorgeschlagen hatte, dass ich meine neue Blutmagie vielleicht dazu nutzen könnte, Marisol aufzuspüren, hatte ich keine Zeit verlieren wollen. Das bedeutete, dass er nicht viel Zeit gehabt hatte, mir alle Einzelheiten zu erklären, bevor er zur Arbeit gegangen war. Er hatte Nox mehrmals angerufen, während er die Idee durchdacht hatte, und kurz darauf waren wir losgefahren.

Jetzt kicherte Nox. „Mr. Allwissend hatte eine komplizierte Erklärung dafür, warum er dies für den besten Ort hielt. Es hat wohl etwas damit zu tun, dass es auf halbem Weg zwischen dem Thrivewell-Gebäude und deiner

Wohnung liegt, aus der deine Schwester geflohen ist, typischen Entführungsmustern und einem Haufen anderer Dinge. Ich wette, wenn du ihm eine Nachricht schickst, wird er dir alles ausführlich erklären."

Jett stieß ein genervtes Stöhnen auf seinem Motorrad aus. „Können wir diesen Teil überspringen?"

Als ich zu dem Künstler hinüberblickte, überkam mich ein mulmiges Gefühl. Er war so schroff und wortkarg wie immer, doch ich konnte nicht sagen, ob er einfach nur normal mürrisch war oder sauer, weil er gestern Abend gesehen hatte, wie ich mit seinen Kumpels herumgemacht hatte. Falls es Letzteres war, wusste ich nicht, was ich tun könnte, um es besser zu machen.

„Ich glaube, das wäre besser", sagte ich schnell. „Kai ist bei der Arbeit. Ich möchte ihn nicht ablenken."

Wenigstens hatte er sich, während er im Thrivewell-Gebäude war, vergewissern können, dass die Gauntts auch dort waren und sich nicht in der Nähe meiner Schwester aufhielten. Es sei denn, sie hatten sie in einem ihrer Büros versteckt, was ich für unwahrscheinlich hielt.

Ruin wippte eifrig auf seinen Füßen. „Es spielt keine Rolle, wo wir anfangen. Dein Blut kann uns direkt zu ihr führen! Und dann zeigen wir diesen Arschlöchern, wo es langgeht."

Ich sah auf meine Arme hinunter und stellte mir vor, wie das Blut durch meine Arterien und Venen pulsierte. „Wir sind uns noch nicht sicher, ob es funktioniert. Es war nur eine Theorie."

„Kais Theorien sind praktisch Tatsachen", meinte Nox. „Komm schon, lass es uns ausprobieren. Hast du einen persönlichen Gegenstand von Marisol?"

„Ja." Ich zog ein T-Shirt aus meiner Handtasche, das ich aus Marisols Koffer genommen hatte. Als ich es vor mein Gesicht hielt, stieg mir ein schwacher Hauch ihres süßlichen Parfums in die Nase, das sie seit ihrer Teenagerzeit benutzte.

Ich schloss meine Augen und dachte an das letzte Mal, als ich sie umarmt hatte. Das Gefühl ihres zierlichen Körpers. Ihr freudig strahlendes Gesicht, als ich sie in die Wohnung begleitet hatte. Die Begeisterung, die in ihrer Stimme mitschwang, als sie ihr Zimmer gesehen hatte, und das Funkeln in ihren Augen, als sie sich vorstellte, wie sie es einrichten würde.

Aber ich dachte auch an andere Dinge: an die furzenden Einhörner und die drolligen Drachen, die sie immer gezeichnet hatte, an die albernen Spiele, mit denen wir uns die Zeit unten am Sumpf vertrieben hatten und nach denen sie sich immer Gras und Schilf aus den Haaren gezupft hatte. Und daran, wie sie fröhlich Pfannkuchen gegessen hatte, bevor sie mir plötzlich Vorwürfe gemacht hatte.

All diese Puzzleteile formten den Eindruck meiner Schwester. Ich musste die Erinnerungen in mich aufsaugen, bis möglichst viel von ihrer Essenz in meine Poren eingedrungen war. Vielleicht würde es auch meinem Teint guttun.

Mit jedem Bild schwoll das Summen der Kraft in mir an und umhüllte das Gefühl von Verlust und Sorge. Was war mit ihr geschehen, nachdem sie aus der Wohnung gestürmt war? Wie ging es ihr jetzt? Hatten die Gauntts ihr wehgetan? Noch mehr, als sie es in ihrer Kindheit bereits getan hatten? War sie überhaupt noch am Leben?

Bei der letzten Frage steigerte sich das Summen zu einem regelrechten Brüllen. Ich konzentrierte mich auf die Energie, die durch meinen Körper strömte, und auf mein Gefühl für meine kleine Schwester, die durch das Pochen meines Herzens miteinander verwoben waren.

Finde sie, dachte ich, wobei ich mir nicht ganz sicher war, an wen der Befehl gerichtet war. *Finde das Mädchen, dessen*

Blut besser zu meinem passt als zu jedem anderen auf der Welt. Orientiere dich an meiner DNA und mach dich auf die Suche nach dem Mädchen, das einen Großteil davon mit mir teilt.

Die Theorie war gut, doch Kai war sich nicht sicher gewesen, wie sie konkret funktionieren würde. Er hatte mir gesagt, ich solle alles versuchen, was mir einfiel, um mit meinem Bewusstsein für meine Schwester in Kontakt zu kommen und die Gemeinsamkeiten in meinem Blut zu wecken, die ich durch meine seltsamen Wasserkräfte vielleicht auch in ihrem spüren konnte. Ich hatte noch nie versucht, jemanden mit meiner Magie aufzuspüren.

„Funktioniert es?", flüsterte Ruin hoffnungsvoll.

Ich öffnete meine Augen nicht, aber das leise Klatschen verriet mir, dass Nox ihm eine Ohrfeige verpasst hatte. „Sie muss sich konzentrieren."

Ich hatte noch kein Gefühl, in welcher Richtung sie sich befinden könnte. Ich verlagerte mein Gewicht von einem Fuß auf den anderen und zerbrach mir den Kopf über weitere Möglichkeiten, die Kraft in mir für meine Zwecke zu nutzen. Ich musste sie auf die Eigenschaften ausrichten, die ich mit Marisol teilte, die Gemeinsamkeiten unseres Blutes ... Wie zum Teufel sollte ich das anstellen? Ich arbeitete in einer Poststelle, nicht in einem Labor für Genetik.

Aus einem Impuls heraus setzte ich mich in Bewegung, meine Turnschuhe knirschten auf dem Bürgersteig. Ich hielt meine Augen geschlossen und vertraute darauf, dass die Jungs aufpassten, dass ich nicht in ein Auto lief. Schwankend drehte ich mich und schwang meine Arme durch die Luft, wobei ich die wilden Tänze nachahmte, die wir als Kinder aufgeführt hatten und die ich mir vor meinem geistigen Auge vorstellte.

Wahrscheinlich sah ich für jeden, der vorbeikam, wie eine manische Pantomimin aus, aber von mir aus konnten sie sich ihre Urteile sonst wohin stecken. Ich wollte einfach nur meine Schwester finden.

Der Rhythmus meines seltsamen Tanzes brachte die anderen Melodien, die mich durchströmten, in einen engen Fokus. Das Dröhnen der vorbeifahrenden Autos und das Rascheln einer Markise in der Brise vermischten sich damit. In meiner Kehle kribbelte der Drang, die Melodie in Worte zu fassen, doch einen Augenblick später verspürte ich einen Schmerz.

Ich konnte nicht singen. Nicht, solange sie weg war. Ich konnte mich nicht dazu durchringen.

Stattdessen stürzte ich mich schneller in den Tanz. Der Wind wirbelte um mich herum. Ein Zittern durchdrang das Summen in mir und schloss sich mit einem leichten Ruck um mein Herz.

„Da lang", murmelte ich. Mein Herz machte einen Sprung, als ich mich in die Richtung drehte, in die mich meine Kraft zu lenken schien.

Ohne auf weitere Anweisungen zu warten, hob Nox mich vom Boden auf, setzte mich hinten auf sein Motorrad und sprang vor mir auf. Als er den Motor startete, schlang ich einen Arm um ihn, während ich die andere Hand in die Luft hielt, um Marisols Essenz zu spüren. Mit dem Dröhnen des Motors wurde das Ziehen in mir stärker.

Nox fuhr in die Richtung, in die ich zeigte. Ich hielt meine Augen geschlossen, hörte aber, wie die beiden anderen Jungs neben uns losfuhren. In meinem Kopf tanzte Marisol weiter, und ich passte ihre Bewegungen dem Rhythmus meines Herzschlags an.

Durch ihren Körper floss so viel von demselben Blut wie durch meinen. Ich musste die Hand danach ausstrecken. Ich musste mich davon zu ihr ziehen lassen.

Wieder spürte ich einen Zug. „Da!", sagte ich und stieß meinen Finger erneut in die Luft. Ich wagte es nicht, nachzusehen, wohin wir fuhren, aus Angst, die Verbindung zu verlieren.

Nox bog nach links ab, und mein Körper bewegte sich mit seinem. Die anderen Motorräder fuhren hinter uns her. Der Wind peitschte über mich hinweg und zerrte an meiner Kleidung, aber das war mir egal. Freude stieg in mir auf.

Ich hatte es geschafft. Ich folgte dem familiären Band zwischen meiner Schwester und mir, als wäre es eine Angelschnur, an der ich mich zu ihr aufrollte.

Dann veränderte sich das Ziehen. Ich wechselte den Arm und hielt den anderen in die Luft. Jemand schien daraufhin eine unhöfliche Geste gemacht zu haben, denn Nox rief: „Ich wette, das würde deiner Mutter gefallen!" Ein unaufgefordertes Lächeln huschte über meine Lippen.

Das Ziehen in mir wurde immer stärker, und mein Puls schien mit jeder Sekunde lauter durch meine Brust und meinen Schädel zu pochen. Wir schienen uns zu nähern. Wo hatten die Gauntts sie versteckt? Was hatten sie ihr gesagt?

Es spielte keine Rolle. Ich musste sie von ihnen wegbringen. Danach konnten wir uns um den Rest kümmern. Solange sie in ihren Fängen war, war alles andere unwichtig.

In meinen Ohren ertönte ein leises Brummen, wie das Summen einer Mücke. Ich widerstand dem Drang, nach dem nicht vorhandenen Insekt zu schlagen, und konzentrierte mich auf das Bild meiner Schwester in meinem Kopf. Ich stieß mit dem Finger in die eine oder andere Richtung und kippte zur Seite, wenn sich das Motorrad in die Kurve legte.

Dann begann das Ziehen nachzulassen. Es entschwand meinem Griff wie eine Kerze kurz vor dem Erlöschen. Ich klammerte mich daran, so gut ich es mit meinen geistigen Fähigkeiten konnte, doch die Verbindung wurde immer schwächer und glitt mir durch die Finger.

„Schneller!", rief ich Nox über das Rauschen des Windes

hinweg zu. „Ich glaube, sie bewegen sie. Vielleicht haben sie uns bemerkt."

„In welche Richtung?", rief er und gab mehr Gas.

Ich versuchte mich auf das Gefühl zu konzentrieren, das mich vorhin in die richtige Richtung geführt hatte, doch ich hatte die Verbindung verloren. Das Ziehen war jetzt so schwach, dass ich nur noch den vagen Eindruck hatte, wo sie sich befand. Sie war nicht in der Nähe.

Allerdings war sie definitiv am Leben. Ein paar Minuten lang hatte ich fast ihren Herzschlag gespürt, der im selben Rhythmus pochte wie mein eigener.

„Ich weiß es nicht", musste ich zugeben. „Sie entfernt sich zu schnell."

Nox raste durch die Straßen, als wäre er auf der Jagd nach einer Art Phantom. Vermutlich sollte mich das nicht überraschen, schließlich war er bis vor etwa einem Monat selbst ein Geist gewesen. Mein Herz pochte immer noch wie wild, und die kleine Marisol hüpfte vor meinem geistigen Auge herum, doch alles, was ich wahrnahm, war ein schaler Geschmack in meinem Mund.

Schließlich schüttelte ich meinen Kopf an Nox' Rücken. Er brachte das Motorrad zum Stehen, und als ich die Augen öffnete, starrte ich auf die grelle Auslage des Kids Paradise Toy Superstore. Die Puppen mit den Käferaugen und die Neonplüschtiere waren geradezu eine Beleidigung für unsere Mission. Welches Kind wollte schon diese albtraumhaften Kreaturen zu Hause haben?

Besser die als einer der Gauntts, musste ich zugeben.

„Was ist passiert?", fragte Ruin, der von seiner Maschine sprang.

Ich ließ mir von ihm von Nox' Motorrad helfen, und rieb mir die Stirn. Das Pochen meines Pulses hatte sich zu Kopfschmerzen verdichtet.

„Ich bin mir nicht sicher", sagte ich. „Ich dachte, ich

hätte sie gespürt. Ich dachte, wir hätten uns auf sie zubewegt. Aber dann brach die Verbindung auf einmal ab, als wäre sie zu weit weg. Vielleicht habe ich mir das alles aber auch nur eingebildet. Es sind schon seltsamere Dinge passiert." Die drei Jungs um mich herum waren der beste Beweis dafür.

„Die Gauntts könnten überall in der Stadt Augen haben", meinte Jett. „Sie wollen nicht, dass du sie findest."

„Sie wissen noch nichts von ihren geheimen Kräften", sagte Ruin.

„Nein", stimmte ich zu. „Aber vielleicht merken sie trotzdem, dass wir uns ihnen nähern." Ich lehnte mich an ihn, und die Erschöpfung, die mich überrollte, war noch schwerer abzuschütteln als das Pochen hinter meinen Schläfen.

Ruin drückte mir einen sanften Kuss auf den Hinterkopf. „Dann versuchen wir es noch einmal, wenn sie uns *nicht* sehen können", sagte er.

Jett kommentierte den einfach klingenden Vorschlag mit einem Schnauben. Nachdem mein müdes Hirn Ruins Worte verarbeitet hatten, musste ich jedoch zugeben, dass er nicht unrecht hatte. Wenn wir subtiler vorgingen, anstatt am helllichten Tag durch die Stadt zu rasen, hätten wir eine bessere Chance, an Marisol heranzukommen, bevor uns die Schergen der Gauntts entdeckten.

Ich griff mit einer Hand nach Ruins Arm und mit der anderen nach dem von Nox. „Okay. Nächstes Mal versuchen wir es nachts. Und wenn einer der Gauntts bei ihr ist, dann … werde ich mit ihm fertig."

Nox grinste. „Das wollte ich hören. Wir sind ihnen auf den Fersen, und bald werden sie nicht wissen, wie ihnen geschieht."

elf

Jett

Ich kratzte mit dem Bleistift über den Skizzenblock auf meinem Schoß. Ein Rascheln ertönte und die Spitze hinterließ krakelige Linien auf dem Papier. Normalerweise zog ich es vor, meine Werke mit meinen Fingern auf die Leinwand zu bringen. Das erlaubte es mir allerdings nicht, feinere Details herauszuarbeiten.

Ich blickte vom Sessel zum Sofa auf, wo Lily sich mit einem Buch zusammengerollt hatte. Auf den ersten Blick sah es so aus, als würde sie sich von den Strapazen des Tages erholen und etwas lesen. Obwohl ich nicht so aufmerksam war wie unser Besserwisser Kai, entging mir nicht, dass sie nur etwa alle fünf Minuten eine Seite umblätterte. Ein paar Mal blätterte sie sogar zurück, um etwas nachzulesen.

Ich war zwar alles andere als ein Bücherwurm, aber das verhieß nichts Gutes.

Sie wollte heute Abend wieder nach ihrer Schwester

suchen, aber ihr vorheriger Versuch, sie über ihr Blut aufzuspüren, hatte sie erschöpft. Wir waren nach draußen gegangen und hatten beschlossen, dieses Mal dort zu beginnen, wo sie Marisol zuletzt gesehen hatte. Leider war sie nicht in der Lage gewesen, die Verbindung herzustellen, die sie zuvor gespürt hatte. Nach ein paar Versuchen, bei denen sie auf dem Bürgersteig herumwirbelte und immer verzweifelter die Tänze nachahmte, die sie als Kinder vollführt hatten, war sie zusammengesackt wie eine Marionette, deren Fäden durchgeschnitten wurden.

Zum Glück hatte Nox sie aufgefangen, bevor sie gegen etwas geprallt war. Dann hatte er ihr befohlen, sich bis morgen auszuruhen, und sie nach oben in die Wohnung getragen, bevor sie protestieren konnte.

Ich versuchte, den Stich in meiner Brust zu ignorieren, als ich daran dachte, wie sie sich in seine Arme geschmiegt hatte. Mich durchfuhr ohnehin schon eine ganze Reihe anderer Zuckungen, jedes Mal, wenn ich sie ansah. Einige davon waren akzeptabel.

Wir hatten neue Wege gefunden, wie sie ihre Kräfte einsetzen konnte, neue Strategien, um es mit den Gauntts aufzunehmen, doch wie viel würde dieser Kampf ihr noch abverlangen, bevor er zu Ende war?

Würden wir das Ende überhaupt erleben, oder würden wir sie in unserem eigenen Krieg mit in den Abgrund reißen, anstatt sie aufzurichten, wie wir es vorgehabt hatten, als wir wieder in die Stadt gekommen waren?

Da ich auf keine dieser Fragen eine Antwort hatte, trank ich den letzten Schluck meiner Cola, ließ den Zuckerrausch ein wenig von meiner Besorgnis wegspülen und zeichnete ein paar weitere Linien. Als ich die Wölbung ihres Kinns und die Beugung ihres Knies zu Papier gebracht hatte, legte ich den Bleistift beiseite und griff nach meinem Tuschkasten. Er bot genug Farben, um mich zu befriedigen, ohne dass es zu einer großen Sauerei kam, und war daher am besten für kleinere Porträts wie dieses geeignet.

Ich hätte meine übernatürlichen Kräfte einsetzen können, um Farbe auf das Papier zu bringen, doch irgendwie kam mir das wie Betrug vor. Außerdem sollte ich meine Energie nicht für etwas verbrauchen, das ich mit normalen Methoden genauso gut hinbekommen konnte, wenn nicht sogar besser.

Als ich mit dem blauen Schimmer in ihrem Haar fertig war und begann, ihr Shirt auszumalen, bewegte sich Lily auf der Couch. Sie hob ihre Arme über den Kopf und streckte sich. Mein Blick huschte sofort zu ihr und wanderte über die weichen Kurven, die ihr Shirt ausfüllten. Ich konnte mich noch gut daran erinnern, wie sie sich an meinem Körper angefühlt hatten, als sie sich an meinen Oberkörper gedrückt hatte.

Hitze durchflutete mich und verdichtete sich in meiner Leiste. Im Handumdrehen war mein Schwanz auf halbmast. Ich biss die Zähne zusammen, doch meinem besten Stück war egal, was ich davon hielt.

Es war eine schlechte Idee gewesen, sie zu zeichnen. Zumindest so kurz nach unserem frühmorgendlichen Intermezzo, nach dem ich mich noch nicht unter Kontrolle hatte. Irgendwann *musste* ich wieder in der Lage sein, mit ihrem Ebenbild zu arbeiten. Wozu hatte ich eine Muse, wenn ich sie nicht auf Papier oder eine Leinwand bringen konnte?

Abrupt stand ich auf, klappte den Skizzenblock zu und legte ihn neben den Farben auf den Beistelltisch, den ich für mich beansprucht hatte. Dann ging ich in das Schlafzimmer, das ich mir mit den drei anderen Schädelbrechern teilte.

Da hineinzugehen, war vielleicht keine gute Idee gewesen. Das Schrankbett, auf dem ich letzte Woche neben Lily gelegen hatte, war hochgeklappt, und wir hatten eine Kommode, einen Stuhl und einen Haufen Motorradteile hineingebracht, mit denen Nox seine Maschine aufrüsten wollte, sodass das Zimmer nicht mehr so aussah wie in jener Nacht. Doch der trübe Schein der Straßenlaternen, der durch das Fenster fiel, für das wir immer noch keinen Vorhang hatten, brachte die Erinnerungen doppelt so deutlich zurück.

Ich wandte mich vom Fenster ab und betrachtete das Bild, das ich auf die gegenüberliegende Wand gemalt hatte. Im Moment befanden sich dort keine Möbel, sondern nur die Tür zum Kleiderschrank, was ich in meiner groben Vorstellung von der Gestaltung berücksichtigt hatte. Die Farben, die ich verwendet hatte, wogten und flossen über die Oberfläche wie eine Sturzflut oder ein Wirbelsturm, Blau-, Lila- und Orangetöne verschlangen sich miteinander. Hier und da gab es auch leere Stellen. Ich wusste noch nicht, was ich daraus machen würde.

Während ich das Bild betrachtete, verspürte ich ein Kribbeln der Inspiration. Ich schnappte mir eine der kleinen Farbdosen auf der Kommode, öffnete den Deckel und tauchte zwei Finger hinein.

Die Farbe war heller als die Rottöne, die ich normalerweise bevorzugte, aber hier schien es zu passen. Vielleicht würde ich die Farbe mit ein paar Tropfen meines Blutes mischen, um ein paar Schattierungen hinzuzufügen, sobald ich die Form vollständig erfasst hatte, die in meinem Kopf entstand.

Nachdem ich mit den Ranken fertig war und die Umgebung mit ein paar Sprenkeln in demselben Rot versehen hatte, wischte ich mir gerade die Finger an einem Lappen ab, als Lily das Zimmer betrat.

Sie blieb kurz in der Tür stehen und ein Lächeln erhellte ihr Gesicht, als sie mein Werk betrachtete. Plötzlich nahm ich den Geruch der Farbe nicht mehr wahr, sondern nur noch ihren süßen Wasserduft. Jeder Zentimeter meiner Haut kribbelte, nur weil sie ein paar Meter entfernt von mir stand … Gewisse Teile von mir wollten diese Distanz unbedingt überwinden.

Die anderen Jungs gingen immer völlig unbedarft zu ihr. Aber aus genau diesem Grund wollte ich es nicht tun. Ich war nicht nur ein weiterer Idiot von vielen.

Und wenn ich mich auf diese Weise in Lily verlor, war ich mir nicht sicher, wie viel von meiner Kontrolle noch schwinden würde. Welche Fehler ich machen würde. Ihr *so* nahe zu sein, sie mit meinen Händen, meinem Mund und meinen Augen in mich aufzunehmen, brachte Gefühle zum Vorschein, die mich früher im schlimmsten Moment überwältigt hatten. Nur, dass sie noch intensiver waren.

Die Anziehungskraft, die ich zu ihr verspürte, war gefährlich – für die anderen um mich herum noch mehr als für mich selbst. Diesmal würde ich nicht egoistisch sein.

Also ließ ich meinen Blick etwas unscharf werden und tat mein Bestes, um die Frau vor mir in ein abstraktes Sammelsurium aus Formen zu verwandeln, so wie ich jeden außerhalb meines inneren Kreises betrachtete. Ich konnte sie nicht ganz auf bloße Farbkleckse reduzieren, aber ich ließ ihren Anblick schmelzen und verschwimmen, bis ich sie mir eher wie einen Dali vorstellte, mit verzerrten Zügen, die Amok liefen. Daran war nichts reizvoll.

Wenn mein Schwanz wieder ein wenig zuckte, ignorierte ich es einfach.

„Hey." Lily biss sich auf die Lippe, die ich mir gerade etwa einen halben Meter rechts von ihrer Nase vorstellte. „Das sieht wirklich toll aus."

Ich richtete meinen Blick wieder auf das Wandgemälde. Trotz der Dali-Methode wirkte die weitläufige Farblandschaft flach und leblos, wenn sie direkt daneben stand. Aber Lily sah etwas darin. An ihrem Tonfall konnte ich erkennen, dass sie nicht nur Blödsinn redete, wie es die meisten Leute taten, wenn sie über Kunst sprachen. Oft lobten sie Dinge, von denen sie dachten, dass sie ihnen gefallen müssten, und gaben unbeholfene Kommentare ab.

„Es ist noch nicht fertig." Es war mir ein Bedürfnis, sie darauf hinzuweisen. Ich war mir nicht sicher, wie lange es dauern würde, bis ich das Gefühl hatte, dass es so weit war. Vielleicht nie. In meinem Leben hatte ich nur wenige Werke geschaffen, mit denen ich wirklich zufrieden war … Wahrscheinlich kein einziges, seit Lily in mein Leben getreten war.

Nicht, weil sie mich runtergezogen hat. Oh, nein, ganz und gar nicht. Dank ihr hatte ich einen höheren Anspruch an mich selbst, den ich mit jeder Faser meines Seins erfüllen wollte. Das war es, was eine gute Muse einem verschaffte: Ehrgeiz und Visionen.

Ich musste mich dieser Gaben nur würdig erweisen.

„Nun, hoffentlich bleiben wir lange genug hier, dass du es fertigstellen kannst." Lily neigte den Kopf zur Seite und ließ ihren Blick erneut darüber schweifen. „Ich finde es jetzt schon spektakulär. Bestimmt wird es atemberaubend sein, wenn du fertig bist."

„Schön, dass du so denkst", brummte ich schroff, da ich keine passenderen Worte fand, um meine Anerkennung auszudrücken.

Lily zögerte und senkte kurz den Kopf. Dann sagte sie: „Kann ich kurz mit dir reden? Ich glaube, es gibt da etwas, das du besser verstehst als die anderen, aber wenn ich dich störe …"

Ihre Unsicherheit ärgerte mich. Dass sie glaubte, um Erlaubnis bitten zu müssen, um mit mir zu sprechen, als könnte ich sie wegstoßen, weil sie es wagte, mehr zu tun, als meine Kunstwerke zu loben …

Allerdings *hatte* ich sie schon einmal weggestoßen. Nun,

eigentlich hatte ich mich selbst von ihr weggestoßen, aber aus ihrer Sicht wäre es dasselbe, oder?

„Natürlich", antwortete ich schnell. Ich zwang mich, mich zu ihr umzudrehen und ihr wieder in die Augen zu sehen, was gar nicht so leicht war, da ich mir gerade vorstellte, dass eines ihrer Augen über ihre Wange und das andere über ihre Stirn glitt. „Was gibt es denn?"

„Ich wollte nur …" Sie lehnte sich mit dem Rücken gegen die Kommode und presste die Lippen kurz zusammen. „Ich kann mir vorstellen, dass es dir mit der Kunst ähnlich geht wie mir mit dem Singen. Als wäre etwas in dir, das einfach da ist und heraus will. Als hättest du etwas zu sagen, das du durch Reden allein nicht ausdrücken kannst. Verstehst du, was ich meine?"

Mir wurde warm in der Brust, weil sie die Impulse so treffend beschrieben hatte, die mich seit meiner Kindheit leiteten. „Das ergibt absolut Sinn. Genau so ist es."

„Okay. Dann hältst du mich wohl nicht für verrückt. Zumindest nicht, was das betrifft." Sie stieß ein raues Kichern aus und fuhr sich mit einer Hand durchs Haar, sodass die blau gefärbten Strähnen wie ein tropischer Wasserfall über ihre Schulter fielen. Plötzlich stellte ich mir vor, wie ich mich unter einem solchen Wasserfall an sie drängte, sie an einen glatten Felsen presste und ihre salzigen Lippen küsste ….

Mein Schwanz zuckte erneut und ich lenkte meine Gedanken zurück in die Gegenwart. Im Geiste verpasste ich mir eine Ohrfeige und verstärkte die Abstraktheit ihres Anblicks. Jetzt war eines ihrer Augen über dem anderen und ihr Kinn fast auf der anderen Seite des Zimmers.

Sie war trotzdem umwerfend, verdammt noch mal.

„Ich habe immer noch dieses Gefühl in mir", sagte sie. „Und ich höre Rhythmen und Melodien um mich herum, die ich mit einem Lied zum Ausdruck bringen möchte. Doch wenn ich es versuche, bleiben mir die Worte im Halse stecken. Als ich in die Psychiatrie eingewiesen wurde, konnte ich ewig nicht singen. Es kam erst wieder, nachdem ihr mich gefunden habt … Dann habe ich Marisol wieder verloren, und seitdem ist es, als wäre meine Singstimme in mir eingesperrt. Ich weiß nicht, wie ich sie herauslassen soll. Ich bin mir nicht sicher, ob ich es überhaupt verdiene.“

Bei den letzten Worten senkte sich ihre Stimme auf ein Flüstern. Meine Kehle war wie zugeschnürt. Entgegen meinen Vorsätzen ging ich auf sie zu und drückte ihre Schulter so sanft und beruhigend, wie ich konnte. „Du verdienst alles“, sagte ich ihr.

Selbst trotz der verzerrten Wahrnehmung ihres Gesichts konnte ich Lilys trauriges Lächeln erkennen. „Aber *wenn* Singen meine Bestimmung und eine Art Kunst ist, sollte es dann nicht automatisch kommen? Du hast nie aufgehört, zu malen. Du warst zwei Jahrzehnte lang *tot* und hast sofort danach wieder damit angefangen.“ Sie rieb sich die Schläfe. „Aber das ist nicht der Punkt. Natürlich kannst du mir nicht sagen, was ich tun soll. Ich fasle nur vor mich hin. Ich dachte, du hättest vielleicht eine Idee, wie ich es wieder herauslassen könnte, oder dass du sagen würdest, ich solle es gar nicht erst versuchen, oder … Ich weiß nicht.“

Ich spürte die Wärme ihres Körpers durch ihr Oberteil an meiner Handfläche, aber ich bewegte meine Hand nicht. Das konnte ich nicht. Nicht, nachdem sie sich mir gegenüber geöffnet hatte. Sie war zu *mir* gekommen, nicht zu Nox, dem Boss, oder Ruin, dem Tröster, oder Kai, dem Genie.

Und möglicherweise hatte sie recht. Es gab Dinge, die ich ihr sagen konnte, auch wenn ich mir nicht sicher war, ob sie ihr helfen würden.

Als ich den Mund öffnete, blieben mir die Worte im Hals stecken. Normalerweise sprach ich nicht über diese Dinge. Manches davon wollte ich mir nicht einmal selbst eingestehen. Doch wenn Lily meine Muse war, sollte ich offen zu ihr sein. Ich sollte ihr alles sagen können, zumindest wenn es um diese Seite von mir ging.

„Ich male immer", sagte ich, „aber das heißt nicht, dass ich immer in der Lage bin, das, was in mir ist, auch wirklich auf die Leinwand oder zu Papier zu bringen. Das Gefühl, das du beschrieben hast, habe ich immer, egal wie viel Farbe ich auf das Papier schmiere."

Lily zog die Stirn in Falten. „Was meinst du? Deine Werke sind fantastisch." Sie deutete auf die Wand.

„Es ist nicht ganz …" Ich hielt inne und überlegte, wie ich es am besten erklären sollte.

„Meine Eltern waren scheiße", fing ich wieder an. „Ich bin nicht einmal schockiert über den Mist, den wir über die Gauntts und die Kinder herausgefunden haben, denn meiner Erfahrung nach sind die Menschen nun mal so. Es gab keinen Tag, an dem sie mich nicht beschimpft oder eine Ausrede gefunden haben, um mich zu ohrfeigen oder mir die Beine wegzutreten. So war das Leben bei mir zu Hause. Man wusste nie, wann der nächste Schlag kommen würde. Es musste nicht einmal einen Grund dafür geben."

Ich schaute auf meine andere Hand hinunter und ballte sie zur Faust. Als ich alt genug war, fing ich an, ihnen die gleiche Behandlung zukommen zu lassen. Und nicht nur ihnen. In mir steckte viel mehr als Kunst, die herausgelassen werden wollte.

Lily legte ihre Hand auf meine, die immer noch auf ihrer Schulter ruhte. „Es tut mir so leid, Jett."

Ich zuckte mit den Achseln. „Das ist Vergangenheit. Ich hatte schon vor meinem Tod jahrelang keinen Kontakt mehr zu ihnen. Es ist ein Teil dessen, was mich ausmacht. Auch wenn dieser Teil …" Ich schluckte und sah ihr wieder in die Augen. „Ich kann die Kunst herauslassen, ja. Doch es fühlt sich selten vollkommen richtig an. Manchmal denke ich, dass ich einfach zu verkorkst bin und zu viele Scherben in mir trage, als dass es jemals so zusammenpassen könnte, wie es sollte. Ich weiß, wo ich hinwill, aber ich kann es nicht ganz erreichen, und vielleicht wird sich das auch nie ändern."

Unfairerweise erwartete ich, dass sie beruhigende Worte murmeln würde, die ich nicht glauben würde. Stattdessen umarmte sie mich. Plötzlich war ihr Körper an meinen gepresst, ihre Arme um mich geschlungen, und ich konnte kaum noch denken.

„Wenn ein Teil von dir verkorkst ist, gehört das genauso zu dir wie alles andere", raunte sie. „Und das ist in Ordnung. Kunst darf verkorkst sein, oder? Sie soll nicht sauber und ordentlich sein. Und was auch immer du tust, es ist *dein* Werk. Selbst wenn es nicht perfekt ist, finde ich das viel besser als Bilder, die Fotokopien sein könnten, aber völlig seelenlos sind."

Ich legte meine Arme um sie und schloss für einen Moment die Augen. Ich wusste nicht, ob ihre Annahme richtig war, aber etwas konnte ich ihr sagen. „Vielleicht. Ich wollte damit nur sagen, dass du nie denken würdest, ich wäre kein echter Künstler, nur weil ich nicht alles tue, was ich tun möchte. Wenn du also Schwierigkeiten hast, so zu singen, wie *du* es möchtest, bedeutet das nicht, dass du keine Sängerin bist. Wenn etwas in dir kaputt ist, werden wir es so gut es geht reparieren. Wir werden deine Schwester retten. Und wenn du noch etwas anderes brauchst, werden wir das auch hinbekommen."

Ich hörte, wie sie schluckte, und atmete ihren Duft ein. Dann löste sie sich vorsichtig und respektvoll von mir, als wolle sie meine Grenzen nicht überschreiten. Sie hatte keine Ahnung, dass mein Körper in diesem Moment nach nichts Geringerem verlangte, als sie auf die Kommode zu setzen und mein Gesicht zwischen ihren Schenkeln zu vergraben, bis sie meinen Namen stöhnte.

„Danke", hauchte sie. „Ich weiß nicht, wie das funktionieren soll … doch jetzt, wo ich nicht mehr allein bin, ist alles viel einfacher. Wir müssen nur dafür sorgen, dass Marisol auch nicht allein ist."

„Wir werden sie finden", versicherte ich ihr. Falls die Gauntts sie zu weit weggebracht hatten und Lily sie nicht aufspüren konnte, würden wir diese Arschlöcher in der Luft zerreißen.

Lily schenkte mir ein letztes Lächeln. Es war ein wenig strahlender als zuvor, und ich konnte meinen Blick nicht von ihr abwenden, als sie zurück ins Wohnzimmer ging. Zumindest nicht, bis ich bemerkte, dass Nox am Fenster stand und uns beobachtete.

Als sich unsere Blicke begegneten, verzog sich sein Mund zu einem wissenden Grinsen, als wüsste er genau, woran ich gedacht hatte.

Ich warf ihm einen bösen Blick zu und schloss die Tür.

zwölf

Lily

Offenbar hatten die Jungs den ersten Angreifern des Skeleton Corps ordentlich Angst gemacht, denn keiner von ihnen hatte uns verpfiffen. Der Mann, den wir erwarteten, tauchte pünktlich hinter dem Lebensmittelladen auf.

Zu seinem Pech wurde er dort nicht von dem Trupp erwartet, dem er Befehle erteilen sollte, sondern von den Schädelbrechern.

„Wer zum Teufel …", stieß er hervor, als die vier Kerle aus dem Schatten traten. Mehr konnte er nicht sagen, bevor Kai ihm einen Schlag auf den Kopf verpasste und ihm befahl: „Halt die Klappe und bleib, wo du bist."

Der Mann erstarrte. Er schien etwas älter zu sein als der Haufen, mit dem wir es zuvor zu tun gehabt hatten. Er hatte keine grauen Haare, aber seine harten Gesichtszüge enthielten keine Spur von Jungenhaftigkeit. Ich schätzte ihn auf etwa dreißig. Das könnte ein Zeichen dafür sein, dass er ein wenig mehr Autorität besaß als die anderen.

„Was jetzt?", fragte Jett und ging um den Mann herum. „Ich nehme an, er wird nicht einfach so ausplaudern, für wen *er* arbeitet."

Der Corps-Typ starrte ihn nur an und sah aus, als wollte er uns all die Drohungen, die er gerne ausgesprochen hätte, mit seinen Augen entgegenschleudern.

Nox musterte den Kerl von Kopf bis Fuß und verkündete dann mit seiner typischen Zuversicht: „Ich glaube nicht, dass wir ihn besser in die Unterwerfung prügeln können als die anderen. Ruin, wie wäre es mit einer Einstellungsänderung?"

Ruin grinste und trat mit erhobenen Fäusten vor. Er hielt kurz inne, als müsste er entscheiden, welche Einstellung er genau erwirken wollte. Dann schlug er unserem Gefangenen auf die Schulter.

Offensichtlich überlagerte ein neuer Schub an übernatürlicher Energie den vorherigen. Der Mann stolperte zur Seite und versuchte, sein Gleichgewicht zu halten, als die von Kai auferlegte Bewegungslosigkeit aufgehoben wurde. Die Augen des Mannes blitzten und bevor ich mir Sorgen machen konnte, dass Ruin sich verkalkuliert und die Wut des Kerls auf uns verstärkt hatte, drehte er sich um und rannte aus der Gasse.

Nox stürmte hinter ihm her. „Wo zum Teufel willst du hin?"

„Ich werde diesen Arschlöchern, die mich herumkommandiert haben, eine Lektion erteilen", schnauzte der Typ, und ich begriff. Ruin hatte ihn tatsächlich wütend gemacht. Allerdings galt die Wut seinen Kollegen, die er jetzt zur Rede stellen wollte. Und im Gegensatz zu den letzten Typen schien er zu wissen, wo sie waren.

Nox bedeutete uns, ihm zu folgen, und wir eilten zu den Motorrädern. Der Typ sprang in sein Auto, als müsste er eine lebensrettende Operation durchführen, anstatt seine Gangsterkollegen zusammenzustauchen.

Er raste die Straße hinunter, und wir folgten ihm dicht auf den Fersen. Es gab keinen Grund, uns unauffällig zu verhalten, solange er nichts anderes im Sinn hatte, als ein paar Tiraden loszulassen.

Kurze Zeit später hielt der Kerl an einem Pfandleihhaus. An der Tür hing ein Schild mit der Aufschrift „Geschlossen". Von Ruins auferlegter Wut angetrieben, ignorierte er das Schild und riss die Tür mit einer solchen Wucht auf, dass das Schloss aufbrach.

„Was zum Teufel, Mann?", brüllte eine Stimme aus dem Inneren.

Der Mann stürmte in den Laden. In den wenigen Sekunden, die wir brauchten, um ihm hinterherzueilen, hatte er ein ganzes Teeservice zertrümmert, das er auf den Kassierer hinter dem Tresen geschleudert hatte. Als wir den Laden betraten, schlug er ihm gerade die Kanne an den Kopf. Den Scherben nach zu urteilen, war das Service nicht besonders schön gewesen, also war das vielleicht die beste Verwendung dafür.

Der Kerl, den er angegriffen hatte, war mit erhobenen Händen zurückgewichen. „Was zum Teufel ist in dich gefahren, du Irrer?", fragte er.

„Wir", verkündete Nox und gestikulierte zu seinen Männern. Kai gab dem Ersten eine Ohrfeige mit der Aufforderung: „Setz dich hin und halt die Klappe", während Ruin dem Mann hinter dem Tresen einen Schlag verpasste.

Der Gesichtsausdruck des neuen Mannes verwandelte sich von wütender Verwirrung in ehrfürchtiges Staunen. Er senkte den Kopf, bis seine Stirn den Tresen berührte. „Oh, wow. Es ist mir eine Ehre, euch hier willkommen zu heißen. Ich bin nicht würdig, euren großartigen Racheakten beizuwohnen."

Jett warf Ruin einen finsteren Blick zu. „Hast du ihm neben der Bewunderung auch noch eine Vorliebe für die viktorianische Zeit eingeimpft?"

Ruin breitete die Arme aus und lachte. „Ich weiß nicht, wie das funktioniert."

Nox legte seine Hände auf die andere Seite des Tresens. „Du kannst deine Würdigkeit unter Beweis stellen, indem du uns alles über die Anführer des Skeleton Corps erzählst."

Der Typ schaute zu ihm auf, wobei er seinen Kopf nur ein paar Zentimeter hob. „Es tut mir so leid. Ich habe keine Ahnung, wer an der Spitze steht. Ich bin ihrer auch nicht würdig. Nicht, dass sie euch das Wasser reichen könnten", antwortete er immer noch in voller Ehrerbietung.

Nox plusterte sich ein wenig auf. Ich glaubte nicht, dass er etwas gegen die übertriebenen Komplimente einzuwenden hatte, ob sie nun übermäßig formell waren oder nicht. „Na schön. Dann erzähl uns von den Obersten, die du *kennst*. Von wem erhältst du deine Befehle?"

Der Mann verzog den Mund. „Ihr Name ist mir nicht bekannt, aber ich weiß, wo sie normalerweise arbeitet. Ich kann euch zu ihr bringen, wenn das eurem Wunsch entspricht."

„Sicher." Nox bedeutete ihm, weiterzugehen.

„Das ist wie eine verdammte Schnitzeljagd", murmelte Kai. „Wir sammeln alle Hinweise und bekommen am Ende vielleicht einen Preis."

„*Jemand* muss doch wissen, was zum Teufel in dieser Stadt vor sich geht", brummte Nox.

Jemand wusste es vermutlich auch, allerdings nicht die Frau, zu der uns der neue Typ führte. Sie richtete eine Waffe auf uns, als wir das Hinterzimmer ihres Waschsalons betraten. Glücklicherweise war unsere Geisel so besorgt um das Wohlergehen seiner verehrten Gehirnwäscher, dass er sofort zwischen sie und uns sprang. Das verschaffte Kai die Möglichkeit, ihr die Waffe aus der Hand zu schlagen. Anschließend befahl er dem Kerl, auf den Trocknern ein Nickerchen zu machen, während Ruin der Frau ein wenig Angst einjagte.

Sie zitterte heftig am ganzen Körper. „Bitte tut mir nicht weh", flehte sie. „Ich tue, was immer ihr wollt, aber lasst mich in Ruhe."

Nox verschränkte die Arme vor der Brust, und seine Stimme klang, als würde er einen Seufzer unterdrücken. „Wir wollen wissen, wer für das Skeleton Corps verantwortlich ist, und wo wir ihn finden können."

Obwohl sie es auch nicht wusste, murmelte sie hastig etwas von einer Baustelle, auf der ein paar Typen arbeiteten, die es uns vielleicht sagen könnten. „Und es geht weiter!", rief Kai auf dem Weg zu den Motorrädern mit einer Singsang-Stimme.

Als wir an der Baustelle ankamen, war es schon spät und alle normalen Arbeiter waren längst nach Hause gegangen. In der Dunkelheit konnte ich nicht viel mehr erkennen als die vagen Umrisse einiger Stahlträger und eine große, schwarze Grube. Soweit ich das beurteilen konnte, bauten sie entweder ein riesiges Schwimmbad oder ein Tor zur Hölle.

In dem kleinen Büroanhänger in der Ecke des Geländes war das Licht an. Wir stapften über den unebenen Boden darauf zu. Mehrere Stimmen drangen aus dem Inneren. Jett, der mit seinen künstlerischen Talenten nicht viel zur Verteidigung der Gruppe beitragen konnte, zog die Pistole hinten aus seiner Jeans und hielt sie bereit. Ich schaute mich nach etwas Flüssigem um, das ich zu unserem Vorteil nutzen konnte. Ich fühlte mich noch nicht bereit, Menschenblut zu manipulieren.

Doch anscheinend waren die Mitglieder des Skeleton Corps nicht so abgelenkt, wie es den Anschein gemacht hatte. Noch bevor wir den Wohnwagen erreichten, flog die Tür auf, und drei Männer stürmten auf uns zu, wobei sie bereits ihre Waffen abfeuerten.

Nox schwang brüllend seine Hand durch die Luft und nutzte seine geisterhafte Energie, um eine der Kugeln buchstäblich aus dem Weg zu schlagen. Kai, der sich beim ersten Knarren der Türscharniere geduckt hatte, wich einer weiteren aus und riss einen der Männer von den Füßen. „Schieß auf deine Kollegen, sodass es wehtut, aber töte sie nicht", befahl er, als er mit dem Mann zu Boden fiel.

Der Mann versuchte, zu zielen, doch sein Arm zitterte nach dem Sturz. Seine Kugel ging daneben. Dann stieß Ruin mit dem dritten Mann zusammen, ohne auf die Blutspur an seinem Oberarm zu achten, wo ihn der letzte der ersten Schüsse gestreift hatte.

Der Mann sank wimmernd am Boden zusammen. Der erste Kerl drehte sich um und zog eine weitere Waffe, aber Jett gelang, was Kai nicht geschafft hatte, und schoss sie ihm aus der Hand, wobei er ihm ein paar Finger abtrennte.

Nox hievte den einen Mann, der nicht unter übernatürlicher Kontrolle stand, hoch und hängte ihn an den Haken eines Kranwagens, der in der Nähe stand. Während der Mann stotternd und fluchend herunterbaumelte, hüpfte ein Frosch auf mich zu und gab ein neugieriges Quaken von sich.

„Der Kerl da oben klingt fast so, als würde er deine Sprache sprechen", sagte ich ihm.

Der zweite Kerl zielte erneut, obwohl seine Dienste nicht mehr benötigt wurden, also verpasste Kai ihm einen weiteren Schlag und befahl ihm, alle nützlichen Unterlagen aus dem

Büro zu holen. Nox blickte zu dem Kerl auf, den er an den Kran gehängt hatte.

„Wir brauchen nicht wirklich alle drei, oder?", fragte er. „Und dieser hier ist besonders lästig."

Die Erinnerung an unseren vergangenen Kampf mit einer Gruppe von Skeleton-Corps-Mitgliedern jagte mir einen Schauer über den Rücken. „Wartet. Wir sollten sie auf Gauntt-Male untersuchen."

„Richtig!" Ruin riss den Hemdsärmel seines Opfers hoch, das um Gnade wimmerte. „Hier ist nichts", verkündete er.

Nox zog ein Messer aus seiner Hosentasche und schnitt das Shirt des Mannes auf, der am Kran hing, um sich auch seinen Arm anzusehen. Er schlug die strampelnden Beine des Kerls weg und runzelte die Stirn. „Verdammt noch mal. Der hier hat die Gauntt-Behandlung bekommen. Am besten, du kümmerst dich um ihn."

Mit einem flauen Gefühl im Bauch ging ich auf ihn zu. Der Kerl schlug noch heftiger um sich, obwohl meine Methode deutlich weniger blutig war als die von Nox.

„Lass mich raten", sagte ich zu ihm. „Vor langer Zeit, als du noch ein Kind warst, haben Nolan und vielleicht auch Marie Gauntt dir einen Besuch abgestattet, um über spezielle Schulprogramme oder so einen Scheiß zu reden."

„Was redest du da für einen Mist, du verrückte Schlampe?", höhnte der Kerl, als wäre er nicht gerade ein übergroßer Fischköder.

Kais Mann hatte einen Haufen Papiere vor dem Büro auf den Boden gekippt. „Sieh nach, ob er das Mal hat, und dann komm her und bring dieses Arschloch zum Schweigen", befahl Nox Kai.

Da der Mann aus dem Büro auch kein Mal hatte, erteilte Kai ihm mit einem Schlag die Anweisung, so schnell wie möglich einen der Träger hochzuklettern. Er wartete, bis der Kerl so hoch war, dass er Mühe hätte, herunterzukommen, und verpasste dem vor mir baumelnden Trottel eine Ohrfeige. „Halt die Klappe und beweg dich nicht."

Nox ließ den Haken sinken, damit ich den Mann an der Schulter packen konnte. Er starrte mich an, und panische Wut loderte in seinen Augen.

„Ich helfe dir nur, dich zu erinnern", teilte ich ihm ein wenig schroff mit, denn schließlich hatte er versucht, uns zu erschießen. Dann richtete ich meine Aufmerksamkeit auf die Magie, die von dem Mal ausging.

Diesmal war ich mir sicherer, was den Einsatz meiner summenden Kraft betraf. Ich richtete sie gegen die Barriere, die die schrecklichen Momente aus der Vergangenheit des Mannes abschirmte. Einmal, zweimal, dreimal, mit jedem Schlag härter. Beim letzten biss ich die Zähne zusammen und verlieh ihr mithilfe meiner Frustration zusätzlich Kraft.

Der Bann der Gauntts brach. Der Mann zuckte zusammen, und die Wut verschwand aus seinen Augen. Sie wurde durch einen gequälten Ausdruck ersetzt.

Kai stieß ihn in den Bauch. „Bleib ruhig, aber rede."

„Was zum Teufel hast du mit mir gemacht?", wollte der Kerl sofort wissen und zappelte am Haken. „Ich habe nicht … Das kann nicht echt sein …"

„Ich habe gar nichts getan", antwortete ich. „*Sie* haben das getan. Die Gauntts. Sag uns, was sie dir angetan haben, dann können wir sie dafür bezahlen lassen."

Er schnappte nach Luft und erschauderte. Durch Kais Anweisungen war er gezwungen, *etwas* zu sagen, doch leider beantwortete er meine Frage nicht genau. „Nein. Verdammt nein. Ich wollte nie … Ich habe ihnen gesagt, sie sollen verschwinden … Aber trotzdem … *Nein*. Und dann da draußen im Sumpf …"

Ich wurde sofort hellhörig und musste an die Sumpfpflanzen denken, die wir in den Schlafzimmern im

Haus der Gauntts gefunden hatten. „Was ist mit dem Sumpf? Haben die Gauntts dich hierhergebracht?“

„Ich erzähle euch gar nichts, verdammt“, knurrte der Typ. „Das ist Wahnsinn. Ich …“

Kai verpasste ihm einen letzten Schlag. „Halt die Klappe und komm mit uns. Wenn du es uns nicht sagen willst, kannst du es uns zeigen.“

dreizehn

Lily

Ich konnte nichts Besonderes an der Stelle im Sumpf erkennen, zu der uns der Skeleton-Corps-Typ letzte Nacht geführt hatte. In der Dunkelheit war es gruselig hier, doch das galt für den gesamten Sumpf. Selbst bei Sonnenlicht vermittelten das raschelnde Schilf und die ächzenden Baumstämme keine fröhliche Atmosphäre.

Wir standen auf einer schmalen, von Rohrkolben gesäumten Landzunge, die etwa sechs Meter vom Ufer entfernt wie ein Steg aus fester Erde in den Sumpf ragte.

Rascheln und Ächzen vermischten sich mit dem leisen Flüstern der Brise und dem Summen der Insekten in der Nähe zu einem Lied. Als sich meine Kehle zuschnürte, dachte ich daran, was Jett neulich Abend gesagt hatte. Dass wir trotz unserer Verkorkstheit Kunst schaffen konnten. Vielleicht konnte ich keine Musik zum Leben erwecken, solange ich nicht wusste, dass Marisol in Sicherheit war. Das bedeutete allerdings nicht, dass etwas mit meiner Kreativität nicht stimmte, sondern nur, wie wichtig mir meine Schwester war.

Ich wünschte, ich könnte Jett eine ebenso einfache Antwort auf seinen eigenen Schmerz geben. Der Gedanke daran, was er mit seinen Eltern durchgemacht hatte – die Anspannung in seiner Stimme, als er zugegeben hatte, dass er nicht sicher war, ob er jemals die Kunst schaffen könnte, die er wollte, – versetzte mir immer noch einen Stich ins Herz.

Im Moment sah er aus wie immer, grimmig und stur, ohne ein Anzeichen dafür, dass er sich über dieses Thema aufregte. Da er wohl sein ganzes Leben lang damit gelebt hatte, war das nicht verwunderlich.

Er steckte die Hände in die Taschen und ließ seinen Blick über die Landzunge schweifen. „Wo sollen wir die Dinger abstellen? Wir hätten Kai mitnehmen sollen. Wahrscheinlich wird er sich beschweren, dass wir alles falsch gemacht haben, wenn er kommt.“

Nox schritt über die grasbewachsene Landzunge, die so schmal war, dass darauf kaum zwei Leute nebeneinander Platz hatten. Noch schwieriger war es, wenn einer zunehmend bulliger wurde. „Kai kümmert sich um *berufliche* Angelegenheiten. Verdammte Anzugträger.“ Er hielt inne und betrachtete die Schilfbüschel und die sich wiegenden Rohrkolben auf beiden Seiten der Nehrung. „Der Typ vom Skeleton Corps sagte, die Gauntts hätten ihn hierhergebracht und ins Wasser getaucht, stimmt's?“

Ich nickte. Bei *dieser* Erinnerung wurde mir noch mulmiger zumute. Als wir mit dem Kerl mitten in der Nacht hier waren, hatte ein leichter Klaps von Ruin sein Schweigen gebrochen. Er hatte uns berichtet, wie die Gauntts ihn in den Sumpf gebracht hatten. Eine Schar Frösche hatte sich zu uns gesellt und sich im Halbkreis um ihn herum versammelt, als wären sie von seiner Darbietung begeistert.

Doch er hatte sich die Geschichte nicht ausgedacht. Es war offensichtlich wirklich passiert. Nolan und Marie Gauntt hatten den damals neunjährigen Jungen vor fünfundzwanzig Jahren hierhergebracht. Sie hatten ihn gezwungen, sich auszuziehen, und ihn in das Sumpfwasser getaucht, bis er so stark gezittert hatte, dass er ohnmächtig geworden war. Gott allein wusste, was sie ihm danach angetan hatten.

„Keiner der anderen Betroffenen, mit denen wir gesprochen haben, hat erwähnt, dass er hierhergebracht wurde", sagte ich. „Ich frage mich, ob das eine Ausnahme war."

Doch selbst als ich diese Worte sagte, glaubte ich sie nicht wirklich. Die Gauntts hatten Teile des Sumpfes in ihrem Haus. Sie schliefen direkt daneben. Womöglich hatten sie einige Kinder betäubt, bevor sie mit ihnen hergekommen waren. Und vielleicht waren nicht alle Kinder für ihre Machenschaften infrage gekommen, die sie im Sumpf trieben. Der Kerl konnte sich nur daran erinnern, einmal hier gewesen zu sein. Und bisher hatten wir nur die Erinnerungen einiger weniger Missbrauchsopfer wachgerufen.

Hatte Nolan auch Marisol auch hierhergebracht? Vor Jahren oder vor Kurzem?

Die Frösche, die sich heute um meine Füße versammelt hatten, quakten nur, ohne mir weitere Hinweise zu geben. Stirnrunzelnd blickte ich auf sie hinab. „Es wäre wirklich schön, wenn ihr mit mir sprechen könntet. Ich wette, ihr habt schon alles Mögliche gesehen."

Ruin gluckste. „Wahrscheinlich achten sie auf nichts anderes als auf das Wasser und die Fliegen, die sie fressen wollen. Muss schön sein, ein Frosch zu sein." Er ging zu Nox ans Ende der Landzunge und ließ seinen Blick über den Sumpf schweifen.

Die Stelle, wo die Leichen der Jungs entsorgt worden

waren, war etwa drei Kilometer von hier entfernt. Das Gelände dazwischen war so hügelig, dass ich das Haus meiner Eltern von hier aus nicht sehen konnte.

„Der Sumpf muss magisch sein!", verkündete Ruin abrupt. „Er hat uns irgendwie am Leben erhalten und Lily ihre Kräfte verliehen. Und die Gauntts nutzen ihn auch für seltsame Machenschaften."

„Viele Leute kommen hierher", gab ich zu bedenken. „Vielleicht nicht genau an diese Stelle." Es gab nicht einmal eine richtige Straße, die hierherführte. Den letzten Kilometer hatten wir zu Fuß zurückgelegt. „Aber viele gehen auf der anderen Seite des Sees am Yachthafen baden. Oder sie springen von ihren Booten aus ins Wasser. Und zumindest ein Teil des Leitungswassers muss aus diesem Wasser gefiltert werden. Trotzdem haben nicht *alle* hier besondere Fähigkeiten."

„Das spielt keine Rolle", erklärte Nox. „Wenn die Gauntts wieder hierherkommen, müssen wir sie stellen und herausfinden, was zum Teufel *sie* hier treiben."

Er zog ein kleines schwarzes Gerät aus seiner Tasche und befestigte es am Ende der Landzunge auf dem Boden, sodass es auf das Ende der Landzunge zeigte. Nachdem er es mit ein paar Schilfrohren getarnt hatte, ohne den Sensorbereich zu blockieren, platzierte er ein weiteres Gerät am Ende der Nehrung und richtete es quer an der Landzunge aus, bevor er es ebenfalls unter der Vegetation versteckte.

„Werden wir das Signal in Mayfield empfangen können?", fragte ich. Bevor er zur Arbeit gegangen war, hatte Kai Kontakte zu ein paar Technikexperten geknüpft und diese Bewegungssensoren für uns besorgt. Leider nützten sie uns nicht viel, wenn wir nicht mitbekamen, dass Bewegungen registriert wurden.

Nox nickte. „Solange die Batterien halten. Wir sollten sie erst in einer Woche austauschen müssen. Sie sind mit einem

Router verbunden, der das Signal zu uns weiterleitet. So etwas in der Art. Kai klang so, als hätte er den Durchblick. Und er scheint zu denken, dass die Frau, die *ihm* davon erzählt hat, weiß, wovon sie spricht.“

Mein Blick fiel auf ein paar vorbeihüpfende Frösche. „Und der Bewegungsmelder wird nicht durch kleinere Lebewesen ausgelöst?“

Nox’ Lippen zuckten. „Ich glaube, Kai hat extra nachgefragt, in Anbetracht deiner Frosch-Fangemeinde.“

Ich schnitt eine Grimasse, woraufhin er lachte und seinen Arm um meine Schultern legte. „Gut, dass das nicht deine einzigen Fans sind“, stichelte er und lehnte sich so nah zu mir, dass sein Atem mein Ohr kitzelte.

Ich errötete und gab ihm einen leichten Klaps. „Sie waren auf ihre eigene Weise nützlich.“

Jett kniete sich neben den nächsten und richtete ein paar der umgeknickten Schilfrohre neu aus. Ich war mir nicht sicher, ob es ihm dabei um Ästhetik oder um bessere Tarnung ging.

Als ich einen Schritt auf ihn zumachte, richtete er sich im selben Moment auf und prallte versehentlich rückwärts gegen mich. Er hielt mich am Arm fest, als ich stolperte. Wir waren uns so nahe, dass die Wärme, die von ihm ausging, eine intensive Hitze in mir auslöste. Wenn Jett mich berührte, fiel es mir schwer, nicht daran zu denken, wie er neulich frühmorgens im Bett mein Haar gepackt und meinen Hintern massiert hatte, während er seinen Unterleib gegen meinen presste.

„Tut mir leid“, murmelte er schroff und wich zurück, als hätte ihn meine Hitze verbrüht. Ein sichtbarer Schauer durchzuckte seinen Arm, und ein Kloß bildete sich in meiner Kehle.

Mir war klar, dass er mich genauso beschützen wollte wie die anderen, doch abgesehen davon fiel es mir schwer, unsere

Beziehung zu beurteilen. Fand ich einen Teil von ihm abstoßend? Womöglich fand er es obszön, dass ich es nicht nur mit ihm, sondern auch mit seinen drei Freunden treiben wollte.

Die anderen Jungs schienen nichts dagegen zu haben, zu teilen. Das bedeutete allerdings nicht, dass Jett damit einverstanden war.

Ich wandte mich ab und sah Nox, der uns mit einem nachdenklichen Gesichtsausdruck und einem Funkeln in den Augen beobachtete. Er deutete mit dem Kinn auf die Motorräder. „Lasst uns losfahren. Wir wollen schließlich nicht, dass die Gauntts mitbekommen, dass wir ihren besonderen Ort entdeckt haben.“

Wir stapften über das feuchte Gras, und die Frösche hüpften in einer Prozession hinter uns her, bis wir die kiesige Stelle erreichten, wo die Jungs ihre Motorräder geparkt hatten. Nox musterte seine Freunde. „Ruin, warum besorgst du uns nicht was zu essen? Ich habe Lust auf das Grillhähnchen von diesem Laden in Bedard.“

„Perfekt!“, stimmte Ruin zu, obwohl er für die Fahrt eine Stunde Umweg in Kauf nehmen musste. „Die haben die besten Chicken Wings.“ Er leckte sich über die Lippen und dachte dabei vermutlich an die Soße, die so scharf war, dass sie jedem anderen die Zunge verbrannt hätte. Dann stieg er auf seine Maschine und fuhr los.

Nox winkte Jett zu sich, löste den Riemen des Ersatzhelms von seinem Lenker und reichte ihn Jett. „Du nimmst Lily mit. Ich muss etwas erledigen, bei dem ich sie nicht dabeihaben will.“

„Was?“, fragte Jett erschrocken, hatte aber keine Gelegenheit, zu widersprechen. Nox schwang sein Bein über sein Motorrad und brauste einen Augenblick später davon.

Der Künstler warf mir einen Blick zu und fuhr sich mit

der Hand über den Mund. „Nun, ich denke, wir sollten besser losfahren."

Er schwang sich ebenfalls auf seine Maschine, und ich setzte meinen Helm auf und nahm vorsichtig hinter ihm Platz. Auf dem Sitz war nicht viel Platz, und der Gedanke, mich an ihn zu pressen, wie ich es bei Nox getan hätte, Brust an Rücken und Schritt an Arsch, ließ meine Nerven flattern. Ich wollte nicht, dass Jett sich auf der Fahrt zur Wohnung unwohl fühlte.

„Setz dich richtig hin", befahl er schroff und ließ den Motor aufheulen. „Ich will nicht, dass du runterfällst. Der Helm schützt nur deinen Kopf."

Ich rückte etwas näher an ihn heran und schlang meine Arme um seine Taille. Nachdem Jett sich vergewissert hatte, dass ich richtig saß, raste er die mit Schlaglöchern übersäte Straße entlang.

Ich versuchte, etwas mehr Abstand zu halten, als ich es bei Nox getan hätte, sodass zwischen unseren intimsten Bereichen ein winziger Spalt war. Das bedeutete allerdings, dass ich mich an Jetts Rücken pressen musste, um mein Gleichgewicht zu halten. Ich schmiegte meinen Kopf an seine abgewetzte Lederjacke und schloss die Augen.

Es war einfacher, mir keine Gedanken zu machen, wenn ich mich auf das schnelle, stetige Pochen seines Herzens unter meinem Ohr und das Brummen des Motors konzentrierte.

Neben dem Ledergeruch stieg mir auch Jetts Duft in die Nase: der beißende Geruch von Farbe, weil er wahrscheinlich irgendwo einen Fleck hatte, und ein Hauch von Cola. Er trank so viel von dem süßen Zeug, dass es mich nicht wundern würde, wenn es aus seinen Poren drang. Sein unverwechselbarer Geruch versetzte mir einen Stich ins Herz. Eine Mischung aus Zuneigung und Bedauern stieg in mir auf.

Er behielt so viel für sich, dass ich nicht sicher war, ob ich ihn annähernd so gut kannte wie die anderen. Trotzdem bedeutete er mir viel. Er war für mich da, beschützte mich und redete mir meine Zweifel aus, obwohl er kein Mann der großen Worte war.

Ich wünschte, da wäre nicht so oft dieses Unbehagen zwischen uns.

Wie sich herausstellte, hatte Nox auch darüber nachgedacht. Wir hielten vor der Wohnung neben seinem Motorrad, das bereits auf dem Parkplatz stand. Es musste eine schnelle Erledigung gewesen sein, falls es nicht nur eine Ausrede war, um mir Zeit mit Jett zu verschaffen. Als wir die Treppe hinaufstiegen, fanden wir den Anführer der Schädelbrecher im Wohnzimmer vor. Die freudige Erwartung, die von ihm ausging, war regelrecht greifbar.

„Also gut“, begann er mit gebieterischer Autorität. „Kommt mit mir.“

Er geleitete uns in das Schlafzimmer der Jungs. Das Bett war noch vom Vorabend ausgeklappt und auf dem Nachttisch lag eine Packung Kondome. Jett blieb kurz auf der Schwelle stehen und versteifte sich ein wenig.

„Was ist los?“, fragte er.

Nox legte seine Hände von hinten auf meine Schultern und ließ sie zu meiner Taille hinuntergleiten, wo er den Saum meines Shirts betastete. Er blickte an mir vorbei zu Jett. „Du willst sie. Das ist für jeden offensichtlich, der Augen im Kopf hat. Wahrscheinlich auch für dich. Ich weiß nicht, warum du dich zurückhältst.“

Jetts Wangen erröteten. „Weil ich nicht will …“

„Doch du *willst* sie, verdammt noch mal“, unterbrach Nox ihn scharf. „Du fickst sie mindestens zehnmal am Tag mit deinen Augen. Ich denke, es ist an der Zeit, dass du dich selbst, sie und uns alle von unserem Elend befreist und es im wahren Leben tust.“

Die Hitze, die sich tief in meinem Bauch sammelte, war nicht ausschließlich angenehm. „Nox", begann ich.

Doch Jett sprach genau meinen Einwand aus. „Befiehlst du mir ernsthaft, Sex mit Lily zu haben?"

„Ich befehle dir, deinen Kopf aus dem Arsch zu ziehen und dir nicht selbst im Weg zu stehen." Nox strich mit den Fingerspitzen über meine Taille. „Du willst ihn doch auch, nicht wahr, Sirene?"

Mein Puls stotterte. Ich würde nicht lügen. „Ja", gab ich zu, und meine Wangen erröteten. „Aber nicht, wenn er nicht will. Ich will nicht, dass Jett sich zu etwas zwingt, dass er nicht möchte."

Nox schnaubte. „Er zwingt sich, dich *nicht* zu berühren." Er zerrte an meinem Shirt, und ich hob instinktiv die Arme, damit er es mir ausziehen konnte. Nachdem er es auf den Boden geworfen hatte, umfasste er meine Brüste durch meinen BH hindurch und blickte wieder zu Jett. „Sag mir, dass ich mich irre. Sag mir, dass du nicht deine gesamte Beherrschung aufbringen musst, um unsere Frau nicht zu vernaschen."

Jetts glühender Blick wanderte über meine Haut, und einen Moment lang dachte ich, Nox hätte recht. Dann sagte er mit fester Stimme: „Nur weil mir die Vorstellung gefällt, heißt das nicht, dass es richtig ist."

„Was sollte falsch daran sein?", fragte Nox. „Nenn mir einen guten Grund, warum es besser für dich wäre, dir nicht zu gönnen, was du dir wünschst."

„Sie hatte schon euch alle", erwiderte Jett ungewohnt energisch. „Vielleicht will ich etwas anderes mit ihr. Stört *dich* das so sehr?"

Nox hob nur die Augenbrauen. „Nur weil du ihr auch näherkommst, heißt das nicht, dass es dasselbe wäre." Er knabberte an der Seite meines Gesichts und fuhr mit seiner Zunge über die Rückseite meines Ohrs. Seine Daumen tauchten in meinen BH und kniffen in meine Nippel, wobei mich Funken der Lust durchzuckten und mir ein Keuchen entlockten, sosehr ich auch versuchte, mich auf Jett zu konzentrieren. „Ist es mit uns Dreien gleich? Ficke ich dich wie Ruin? Oder wie Kai?"

Der Gedanke war so absurd, dass ich beinahe gelacht hätte. „Nein", antwortete ich. „Ihr seid alle verschieden. Vollkommen unterschiedlich." Aber trotzdem alle gut. Allein bei der Erinnerung daran, wie sie mich neulich alle gemeinsam verwöhnt hatten, wurde mein Höschen feucht.

„Ganz genau." Nox benutzte dieselbe tiefe Stimme, mit der er mich immer ‚braves Mädchen' nannte. „Du gibst ihr nichts Besseres, indem du dich zurückhältst, Jett. Du verweigerst ihr nur etwas, was nur du ihr geben kannst. Und dir selbst auch."

Jett stand immer noch einfach nur da und schien seinen Blick nicht von Nox' Händen auf meiner Brust abwenden zu können. Schließlich richtete er ihn auf mein Gesicht und anschließend auf Nox. „Das kannst du nicht wissen." Seine Stimme war rau.

„Doch, das weiß ich", beharrte Nox. „Deshalb habe ich auch das Sagen. Du fühlst dich nicht wohl bei der Entscheidung, es zu tun? Na schön. Ich nehme dir die Entscheidung ab. Fick sie auf deine eigene spezielle Jett-Art. Bring sie zum Schreien, bis die Leute unten neidisch werden. Du willst, dass es Kunst ist? Mach *sie* zu einem Kunstwerk." Er ließ mich los, schnappte sich ein paar der Farbdosen von der Kommode und stellte sie auf das Bett.

Jetts Blick folgte der Bewegung, und seine Zunge schoss heraus, um seine Lippen zu befeuchten. Die Anspannung in seinem Gesicht wich ein wenig und seine Augen leuchteten auf. Ein weiterer Hitzeschwall raste durch meine Adern.

Waren das die magischen Worte? Musste er mehr in dem Akt sehen als ein sinnloses Techtelmechtel? Vielleicht war ihm nicht klar gewesen, dass es für mich ohnehin mehr bedeutet hätte.

Mittlerweile sollte er wissen, dass ich nichts dagegen hätte, Nox' Vorschlag in die Tat umzusetzen. Ich griff hinter mich, um meinen BH zu öffnen, und ließ ihn auf den Boden fallen. Dann entledigte ich mich der Schuhe, der Hose und meines Höschens, bis ich nackt vor den beiden stand. Ich ignorierte den Anflug von Verlegenheit, der meine Haut kribbeln ließ, und stieg auf das Bett.

„Es wäre mir eine Ehre, deine Leinwand zu sein", raunte ich.

Ein leiser Laut drang aus Jetts Kehle. Er schaute Nox an, als bräuchte er die endgültige Bestätigung, dass sein Boss dies nicht nur guthieß, sondern ihn sogar dazu drängte. Auf Nox' Signal hin ging er auf das Bett zu, ohne seinen Blick von mir abzuwenden.

„Bist du dir sicher?", fragte er heiser. „Es wird wahrscheinlich eine Sauerei werden."

Ich grinste. „Ich habe gesehen, was du tun kannst. Selbst wenn, wird es eine wunderschöne Sauerei werden."

Langsam ließ er sich direkt neben mir nieder. Seine Hand schwebte über meiner Schulter, und eine Sekunde lang dachte ich, er würde mich küssen. Stattdessen griff er nach einer Farbdose, öffnete sie und tauchte seine Finger hinein. Als er sie herauszog, tropfte ein tiefes Mitternachtsblau von ihnen.

Jett strich über meinen Kiefer und meinen Hals, bevor er mit dem Daumen über mein Kinn fuhr. Der Ausdruck in seinen Augen veränderte sich, und er zog mein Gesicht zu sich und presste seine Lippen auf meinen Mund.

Während unsere Lippen miteinander verschmolzen, strichen seine Finger weiter über meinen Körper, bemalten mein Schlüsselbein mit blauer Farbe und tauchten vorsichtig unter eine Brust. Er unterbrach den Kuss, um eine weitere

Dose zu öffnen. Diese enthielt ein leuchtendes Karmesinrot, das er auf meiner Schulter, meinem Arm und einer Brust verteilte. Kurz vor dem Nippel hielt er inne. Sein Atem ging stockend.

Meine Atemzüge beschleunigten sich. Ich brannte darauf, ihn wieder zu küssen und mich seinen Berührungen hinzugeben, doch ich wollte ihm die Kontrolle über die Situation überlassen, die er für sich beansprucht hatte. Also umklammerte ich die Decke, obwohl ich spürte, wie sich Erregung zwischen meinen Beinen sammelte.

Jett tupfte lila Kleckse auf meine Nippel, wobei mir ein Keuchen entwich. Nach einem kurzen Zögern vermischte er die Farbe mit dem Rot weiter unten. Immer wieder strich sein Daumen über die Spitzen, bis sie härter waren, als ich es je für möglich gehalten hatte. Ein bedürftiges Wimmern entwich meinen Lippen.

Jett beugte sich vor, um mich erneut zu küssen, dieses Mal etwas härter und wilder. An der Vorderseite seiner Jeans hatte sich eine unverkennbare Beule gebildet. Der Drang, ihn zu berühren, schwoll in mir an.

Ich griff nach seinem Shirt. „Kann ich dich auch bemalen?"

Jett wich zurück und starrte mich einen Moment lang an, als wäre es ihm nie in den Sinn gekommen, dass ich das fragen könnte. Er nahm einen zittrigen Atemzug, und seine Pupillen weiteten sich. „Ja. Bitte."

Ich zog ihm das Shirt aus, wobei ich darauf achtete, die Ärmel nicht mit der Farbe an seinen Fingern zu verschmieren. Es war das erste Mal, dass ich aus der Nähe sah, wie sein Geist den einst dürren Körper von Vincent Barnes ausgefüllt hatte. Auch wenn er nicht annähernd so stämmig wie Nox war, waren seine Brust und sein Bauch deutlich athletischer geworden. Ich strich mit meinen Fingern über die straffen Muskeln, bevor mir einfiel, dass ich eigentlich mehr vorgehabt hatte, als sie nur zu berühren.

Ich streckte meinen Arm nach einer der Farbdosen aus und tauchte meinen Finger hinein. Als ich blaue Linien auf Jetts Brust malte, stockte ihm der Atem. Eine Minute lang berührte er mich nicht, sondern legte nur seine Hände leicht auf die Seiten meiner Taille und sah zu, wie ich die blaue Farbe auf seinen Schultern und seinem Hals, über seinen Bauch und seinen Brustwarzen verteilte.

Ein leises Stöhnen drang aus seiner Brust. Dann war er wieder bei mir, küsste mich heftig und bemalte meinen Oberkörper.

Er fuhr meine Rippen mit Grün nach und umkreiste meinen Bauchnabel mit Lila. Als er meine Hüften erreichte, zog er dicke rote Linien von meinen Pobacken zu den Vorderseiten meiner Oberschenkel. Ich trug die gleiche Farbe auf seine Wangen auf, bevor ich ihn für einen Kuss zu mir zog.

Ich hatte fast vergessen, dass Nox im Raum war. Jett möglicherweise auch, bis der Anführer der Schädelbrecher, der am Türrahmen lehnte, sich leise räusperte.

„Verdammt", sagte er. „Das ist verdammte Kunst." Seine Hand wanderte in den Schritt seiner Jeans, wo sich eine deutliche Beule abzeichnete. „Stört es dich, wenn ich den Anblick in vollen Zügen genieße, Jett?"

Die Implikation seiner Frage war klar, aber allein die Tatsache, dass er so respektvoll um Erlaubnis fragte, überraschte mich. Besonders nachdem er vorhin so herrisch gewesen war. Die Jungs waren mir treu ergeben, aber sie standen genauso sehr füreinander ein.

Jett machte sich nicht die Mühe, seinen gierigen Blick von mir abzuwenden. „Solange es Lil nichts ausmacht, ist es in Ordnung für mich. Kunst ist dazu da, gewürdigt zu werden."

Bei dem alten Spitznamen wurde mir warm ums Herz. „Mir macht es nichts aus", murmelte ich und zog Jett wieder zu mir.

Die bunten Wirbel und Linien auf unseren Körpern verschmolzen miteinander, als wir immer eifriger übereinander herfielen. Ich zerrte an Jetts Jeans, die er zwischen unseren fordernden Küssen auszog. Ich hörte, wie Nox den Reißverschluss seiner Hose öffnete und sich streichelte, während er zusah. Das Feuer des Verlangens in mir brannte noch heißer.

Jett strich über meine blauen Schenkel und vergrub sein Gesicht zwischen meinen Beinen. Er leckte mich, als wollte er mich mit seiner Zunge zum Leben erwecken. Sie wirbelte über meinen Kitzler und kreiste über meine Öffnung, bis ich vor Glückseligkeit keuchte. Meine Finger fuhren durch sein lila Haar und hinterließen rote und blaue Strähnen darin. Nox erwiderte mein Stöhnen mit einem Seufzen von der anderen Seite des Raumes.

Jett brummte geradezu verzweifelt an meiner Mitte, während er mich bearbeitete, und ich zitterte. Trotz der Lust, die meinen Körper zum Beben brachte, gelang es mir, meine Stimme zu finden. „Bitte. Ich muss dich in mir spüren!"

Jett beugte sich stöhnend über mich. Er nahm das Kondom vom Tisch und streifte es sich über. Als er seine Hüften senkte, sodass seine Erektion über meinen Kitzler rieb, hielt er inne und schaute an unseren Körpern herab.

Jeder Zentimeter unserer Brust war mit Farben bedeckt, die ineinander übergingen. „Das ist eine ziemliche Sauerei", bemerkte ich und fuhr mit dem Finger durch die Farben auf seiner Schulter.

„Ja." Jett fing meinen Blick auf. Seine dunkelbraunen Augen waren stürmisch. „Aber du hattest recht. Es ist eine schöne Sauerei. *Meine* schöne Sauerei."

Ich hob meine Hand an seine Wange. „*Unsere*", sagte ich.

Ein rauer Laut entwich ihm. Er beugte sich vor, um meine Lippen zu erobern, während er in mich eindrang.

Ich keuchte und stöhnte an Jetts Mund. Er legte ein schnelles Tempo vor, und nachdem er mich vorhin mit seiner magischen Zunge verwöhnt hatte, war ich bereits kurz vor dem Höhepunkt. Durch die glitschige Farbe fühlte sich das Zusammentreffen unserer Körper doppelt so intensiv an.

Ich schlang meine Beine um seine Hüften, um ihn tiefer in mich aufzunehmen. Jett stöhnte und stieß noch schneller in mich hinein als zuvor. Mit jedem Stoß erreichte meine Lust neue Höhen, bis ich wie ein Feuerwerk explodierte und zitternd und atemlos in Licht und Farbe zerfiel.

Meine Finger gruben sich in seinen Rücken, und meine Schenkel drückten gegen seine Hüften. Jett senkte den Kopf und knabberte an meiner Halsbeuge, ohne sich an der Farbe dort zu stören. Als er noch ein wenig fester zubiss, kam ich erneut und ritt eine Welle der Ekstase nach der anderen. Ich spürte Jetts heißen Atem an meinem Nacken, als er mir schaudernd folgte.

Er sank neben mir auf die Laken und legte einen Arm um meine Taille. Wir starrten uns an, bevor wir die farbige Sauerei betrachteten, die wir gemeinsam angerichtet hatten. Ein Kichern sprudelte aus mir heraus. Jett schenkte mir ein seltenes Lächeln.

„Das war …“, begann er.

Im selben Moment flog die Wohnungstür auf.

vierzehn

Lily

Jett und ich sprangen aus dem Bett, als hätten wir einen Stromschlag abbekommen. Nox war bereits dabei, seine Jeans wieder hochzuziehen. Er wirbelte herum, als eine Horde von mindestens zehn Typen hereinstürmte. Alle trugen Skimasken, die wie Totenköpfe aussahen.

Die Eindringlinge kamen schlitternd zum Stehen und erstarrten kurz, als sie Jett und mich in unserer nackten, farbigen Pracht erblickten. So hatte ich mir unsere erste Begegnung nicht vorgestellt, doch der Schock, den unser Anblick bei ihnen auslöste, kam uns zugute.

„Was zum *Teufel*?", sagte einer der Eindringlinge. Nox nutzte ihr kurzes Zögern, um sich auf sie zu stürzen.

Im Gegensatz zu Kai und Ruin konnte der Anführer der Schädelbrecher mehrere Personen auf einmal angreifen. Die übernatürliche Energie, die bei jedem Schlag aus seinem

Körper strömte, wirkte unabhängig davon, wie viele Gegner er verprügelte.

Er schlug mit seinen Fäusten, Knien und Füßen um sich und verpasste einem Kerl eine übernatürliche Kopfnuss aus ein paar Metern Entfernung. Sein Gegner krachte prompt gegen die Wand, als wäre er von einem Rammbock getroffen worden. Bei jedem Schlag erfüllte ein elektrisches Knistern die Luft.

Aufgrund der Totenkopfmasken nahm ich an, dass es sich bei unseren Angreifern um Abgesandte des Skeleton Corps handelte. Die Männer liefen hin und her, woraufhin blaue Flecken und blutige Nasen wie aus dem Nichts auftauchten. Es waren zu viele, als dass Nox mehr als ein paar von ihnen überwältigen konnte. Als weitere Gestalten ins Wohnzimmer stürmten, versammelten sich die Angreifer um ihn herum. Nur ein paar von ihnen gingen benommen zu Boden.

Jett sprang zu seiner Pistole, die beim Ausziehen seiner Jeans beinahe verloren gegangen wäre. Ich war so panisch wegen all der Skelettgesichter, die sich auf Nox stürzten, dass es mir nicht einmal etwas ausmachte, dass ich splitternackt war. Ich rannte in den Raum und das verzweifelte Summen erfüllte mich, als ich die nächstgelegenen Flüssigkeitsquellen erreichte.

Wasser sprudelte aus dem Wasserhahn in der Spüle und peitschte durch die Türöffnung in die Gesichter von zwei Angreifern. Ich konnte sie nicht hart genug treffen, damit sie zu Boden gingen, doch dem Grunzen und Blinzeln nach zu urteilen, hatte ich ihnen wehgetan und vielleicht sogar ihre Sehkraft beeinträchtigt. Ich schickte eine weitere Flut über den Holzboden, sodass sie ausrutschten und auf der nassen Oberfläche stolperten. Das Wasser spritzte gegen meine Beine und leckte Farbschlieren ab, die in der Strömung verblassten.

Jett stürmte neben mir hervor. Er war immer noch nackt, aber deswegen nicht weniger furchteinflößend. Sein lila Haar stand in alle Richtungen von seinem Kopf ab, seine Augen glühten vor Wut und sein Körper war mit farbigen Linien und Wirbeln übersät, die in diesem Kontext als Kriegsbemalung durchgehen würden. Ich hätte es ganz sicher nicht mit ihm aufnehmen wollen. Er zielte mit seiner Waffe auf drei Angreifer, die ihm am nächsten und am weitesten entfernt von Nox waren.

Leider schafften es einige trotzdem, dem Anführer der Schädelbrecher ein paar Schläge zu verpassen. Als sie ihn zu Boden warfen, schlug er mit allen Gliedmaßen um sich und traf einen in den Bauch und einen anderen am Kiefer. Sie taumelten zurück, doch diejenigen, die er nicht treffen konnte, zückten selbst Messer und Pistolen.

„Ihr habt einiges zu erklären", knurrte einer von ihnen, was mir zumindest ein wenig Hoffnung gab, dass sie Nox nicht *sofort* umbringen würden. Auch wenn sie offenbar keine Skrupel hatten, in der Zwischenzeit so viel Schaden wie möglich anzurichten. Ich würde es vorziehen, wenn alle seine Körperteile dran bleiben würden.

Mit einem Ruck meiner Kräfte gelang es mir, ein paar Dosen Limonade vom Küchentisch quer durch den Raum zu schleudern. Sie trafen einige Männer so heftig am Kopf, dass das dünne Metall brach und sich klebrige Limonade über sie ergoss.

Jett feuerte ein paar weitere Schüsse ab, wobei er darauf achten musste, seinen Freund nicht zu treffen. Eine Kugel schlug in die Schulter eines Mannes ein, eine andere in seinen Hintern. Unterdessen stürzten sich drei weitere auf Jett, schlugen ihm die Pistole aus der Hand und warfen ihn zu Boden.

Genau in diesem Moment kam Ruin durch die offene

Tür, voll bepackt mit genug Essen, um eine ganze Armee zu ernähren. Leider hatte er keine Armee mitgebracht.

„Was ist das für ein Krach?", fragte er fröhlich. „Habt ihr eine Party angefangen, ohne …"

Man musste ihm zugutehalten, dass er nicht stehenblieb, um das Chaos zu betrachten. Stattdessen ließ er die Taschen fallen und stürzte sich mitten im Satz ins Getümmel.

Eine Minute lang sah es so aus, als könnte Ruins Ankunft das Blatt zu unseren Gunsten wenden. Er verprügelte erst einen und dann einen weiteren Kerl, bevor er einen von Nox wegriss und einen anderen zu Boden warf, der im Begriff war, Jett in die Stirn zu schießen. Er übertrug seine Emotionen auf die Menge, und die Gegner mit den Totenkopfmasken stürzten sich wütend auf ihre Kollegen. Sie ließen allerdings nach, als er zu viele weitere Idioten verprügelt hatte. Im ganzen Raum herrschte verwirrtes Chaos.

Nox schaffte es, sich wieder aufzurappeln. Jett schlug einem seiner Gegner mit der Hand ins Gesicht, wobei er bewies, dass er nicht nur Farben, sondern auch Formen verändern konnte. Die Nase des Mannes schwoll unter seiner Maske so stark an, dass sie ihm die Sicht versperrte. Jett kicherte und schlug ihm so fest auf die Nase, dass Blut aus seinen Nasenlöchern spritzte.

Einer der Skeleton-Corps-Schwachköpfe schien beschlossen zu haben, dass ich eine gute Geisel wäre, weil ich eine Frau war, – vielleicht hatte auch meine Nacktheit etwas damit zu tun – denn er stürzte sich auf mich statt auf die Jungs. Rasch griff ich nach einer Getränkedose und schlug sie ihm mit voller Wucht auf den Kopf. Er taumelte zur Seite, und Jett fand seine Waffe schnell genug wieder, um dem Idioten ins Herz zu schießen.

In diesem Moment stürmten fünf weitere maskierte Männer in den Raum, und plötzlich waren wir trotz der vielen gefallenen Feinde wieder in der Unterzahl. Nox fluchte und holte erneut mit seinen Fäusten aus. Jett drückte den Abzug seiner Pistole, doch ein hohles Klicken verriet, dass er keine Munition mehr hatte. Ruin rammte zwei der Neuankömmlinge, nur um von einem dritten zu Fall gebracht zu werden. Er landete mit dem Gesicht voran auf dem Boden.

Als sich einige der Männer um Jett und Nox versammelten, stürzten sich zwei auf Ruin. Einer zückte ein Messer. Ein Aufschrei entwich meinen Lippen, und ich schlug mit meiner Kraft zu, bevor ich richtig durchdacht hatte, was ich da tat.

Ich musste ihn aufhalten. Und zwar *schnell*, sonst würde Ruin sterben.

Mit dieser Gewissheit konzentrierte ich mich auf das Blut, das durch die Adern des Mannes floss, und drückte es mit einer eisernen Faust aus übernatürlicher Energie zusammen. Der Mann versteifte sich und zitterte. Er holte weit mit seinem Arm aus, und ich spürte bis ins Innerste meines Wesens, wie sich sein Herz verkrampfte und der Rest seines Körpers protestierte.

Mein eigenes Herz schlug in einem Rhythmus, der zu einer Beerdigung passte. Ich könnte die baldige Beerdigung dieses Mannes in diesem Moment sicherstellen. Ich musste nur sein Herz zum Platzen bringen, wie Kai es vorgeschlagen hatte.

Übelkeit stieg in mir auf. Ich *wollte* nicht zur Mörderin werden. Doch wenn ich das nicht tat, dann würde dieser Mistkerl Ruin töten. Zum zweiten Mal.

Wenn ich zu meinen Männern stehen wollte, musste ich aufs Ganze gehen.

Innerhalb weniger Herzschläge traf ich meine Entscheidung. Ich zerrte an dem Blut im Körper des Mannes wie an einem Seil beim Tauziehen, bei dem der Gewinner das Schicksal des Universums bestimmen würde.

Ein Schwall Blut prallte gegen das Herz des Mannes. Das Reißen der zerberstenden Muskeln hallte durch mein Bewusstsein. Wenige Sekundenbruchteile später sackte der Trottel zusammen, und Blut sickerte aus seinem Mundwinkel.

Ich hatte es geschafft. Mir war flau im Magen, aber gleichzeitig fühlte ich mich unbesiegbar. Ruin fing meinen Blick auf, als er sich unter dem Kerl hervorrollte und mir ein strahlendes Lächeln schenkte, das meine furchtbare Tat wieder wettzumachen schien.

Er schlug dem anderen Corps-Mann in seiner Nähe gegen die Wade, der sich daraufhin sofort auf seine Kameraden stürzte, die Nox umringten. In dem Getümmel schnappte Nox sich eines der Messer der Angreifer und tobte sich damit aus, bis sie alle in einem Haufen zusammensackten. Ruin war Jett zu Hilfe geeilt, und die beiden kämpften mit den letzten Skeleton-Corps-Mitgliedern wie Katzen mit verwundeten Mäusen.

„Wartet!", rief ich schnell, bevor sie die letzten tödlichen Schläge austeilen konnten. „Vielleicht weiß einer von ihnen etwas Nützliches über die Anführer."

Mit einem zustimmenden Grunzen versetzte Jett einem der Kerle einen kräftigen Stoß. Nox fing ihn auf, trat ihm die Füße weg und drückte ihn auf den Boden. Ruin holte zu einem Doppelschlag aus und traf die beiden anderen Idioten in den Magen. Beide brachen schmerzerfüllt und ängstlich zusammen.

„Es reicht", begann einer von ihnen zu plappern. „Ihr seid Dämonen."

„Nicht ganz", meldete sich Nox amüsiert zu Wort.

„Und jetzt erzählt uns, was ihr über die Leute wisst, die

euch befohlen haben, uns anzugreifen", erklärte Ruin freudig.

Einer der Männer kippte zur Seite, wand sich auf dem Boden und lutschte an seinem Daumen. Der andere zitterte von Kopf bis Fuß.

„Ich kann nicht", jammerte er. „Wenn sie es herausfinden, hängen sie meine Eingeweide an einen Fahnenmast."

Nox legte den Kopf schief, als würde er das für keine schlechte Idee halten, dann fletschte er die Zähne. „Was denkst du, was *wir* mit dir machen, wenn du nicht redest?"

Der Mann erschauderte erneut. „Ihr wisst nicht, wie sie sind. Bitte bestraft mich nicht. Lasst mich einfach gehen. Oder tötet mich. Was auch immer. Ich kann das nicht tun", wimmerte er.

Jett schnaubte. „Ich glaube, du hast sie ein bisschen zu hart getroffen, Ruin."

Ruin blickte auf seine Fäuste hinunter. „Ich weiß nicht, wie ich das rückgängig machen soll."

Mir kam eine Idee, die perfekt und schrecklich zugleich war. Ich hob mein Kinn und sagte: „Vielleicht müssen wir ihm zeigen, wie schlimm *wir* sein können. Wir können viel mehr tun, als ihn nur zu töten. Wir können ihn von innen heraus zerreißen."

Ich hob die Hand, und ein zustimmendes Funkeln trat in Nox' Augen. Er nickte und warf unserem ehemaligen Angreifer einen weiteren bösen Blick zu. „Und Lily ist die Netteste von uns. Betrachte das als Vorgeschmack."

Irgendwie war es dieses Mal leichter. Vielleicht, weil ich wusste, dass ich ihn möglicherweise nicht töten musste. Vielleicht, weil ich bereits jemanden getötet *hatte* und die Welt nicht über mir eingestürzt war. Ich rief das Summen in mir hervor und klopfte mit den Fingern gegen meine Hüfte, um den Rhythmus besser zu kontrollieren, als ich nach der Flüssigkeit griff, die durch die Adern des Mannes floss.

Es fiel mir überhaupt nicht schwer. Wenn überhaupt, war es erschreckend einfach. Ich drückte und zog an seinem Blutkreislauf, ließ eine Vene anschwellen und eine andere sich zusammenziehen, bevor ich mit kleinen, ruckartigen Impulsen sein Herz attackierte. Der Mann zuckte zusammen und sein Gesicht wurde bleich. Schuldgefühle stiegen in mir auf, doch ich zwang mich, weiterzumachen.

Er musste uns sagen, was er wusste. Wir mussten diesen Krieg beenden, bevor das Skeleton Corps meine Männer noch einmal vernichtete.

„Was machst du da?", fragte er mit zitternder Stimme und schluckte gequält, als ich ihm einen weiteren Stoß verpasste. Sein Mund verzog sich und er presste eine Hand auf seine Brust.

„Sie kann damit weitermachen. Und sie kann es mit jedem deiner Freunde machen", erklärte Nox düster. „Und nur damit du es weißt: Sie ist gerade sanft. Willst du herausfinden, wie schlimm es werden kann, wenn jemand mit dem Blut in deinem Körper spielt?"

Der Mann zitterte noch stärker, und sein Mund öffnete sich. „In Ordnung! Schon gut, schon gut! Bitte aufhören. Schluss damit. Ich … Ich werde euch von meinen Bossen erzählen."

fünfzehn

Nox

Ich betrachtete das Gebäude auf der anderen Straßenseite und stieß ein fassungsloses Schnauben aus. „*Das* ist also das Gebäude, in dem das große, böse Skeleton Corps operiert?"

„Vorläufig." Kai schob seine Brille hoch. „Der Kerl meinte, dass sie ihre Operationsbasis oft wechseln."

Ruin gluckste. „Hey, wer mag schließlich kein Eis?"

Da könnte er recht haben. Trotzdem hatte die Eisdiele gegenüber nicht die imposante Größe, die ich mir für das Hauptquartier des Skeleton Corps vorgestellt hatte. Sie war in Pastellfarben gestrichen und auf dem Schild war ein süßes kleines Kätzchen abgebildet, das an einer Eistüte leckte. Ich würde tausend Dollar darauf wetten, dass eine Glocke ein helles Läuten von sich gab, wenn die Tür geöffnet wurde.

„Vielleicht wusste der Trottel nicht, wovon er sprach", gab Jett mit einer ähnlich skeptischen Miene zu bedenken.

„Oder vielleicht hatte er so viel Angst vor *ihnen*, dass er uns angelogen hat."

„Oder vielleicht ergibt es tatsächlich Sinn, dass sie diese Eisdiele benutzen", warf Lily ein. „Wenn niemand erwartet, dass eine Bande von hier aus operiert, wird auch niemand kommen und sie belästigen."

„Außerdem", fügte Ruin hinzu, „gibt es kostenloses Eis." Dem Glanz in seinen Augen nach zu urteilen, würde er sich am liebsten selbst eine Portion holen, sobald wir drin waren.

Lily verdrehte liebevoll die Augen. „Ja, das ist auch ein Vorteil."

Ich verlagerte mein Gewicht von einem Fuß auf den anderen. Es *gefiel* mir immer noch nicht, sie bei einer solchen Konfrontation dabei zu haben. Mir wäre es lieber, wenn sich mehrere Kilometer und Stahlbarrieren zwischen ihr und den Kerlen befänden, die uns vor zwei Jahrzehnten abgeschlachtet und seit unserer Rückkehr mindestens ein paar Mal versucht hatten, uns zu ermorden. Doch es ließ sich nicht leugnen, dass sie sich bei dem gestrigen Angriff wacker geschlagen hatte. Hätte sie nicht ihre Kräfte eingesetzt und ihr Blut manipuliert, wäre es den Angreifern des Skeleton Corps womöglich *gelungen*, uns zu ermorden.

Und als ich ihr vorgeschlagen hatte, uns die Sache allein regeln zu lassen, hatte sie sich geweigert, bevor ich meinen Satz zu Ende gesprochen hatte. *Euer Kampf gegen sie ist auch meiner, genauso wie ihr mich in meinem Kampf gegen die Gauntts nicht allein gelassen habt. Ihr habt gesagt, ich gehöre jetzt zu den Schädelbrechern, oder?*

Dem konnte ich nicht widersprechen. Und es war jetzt auch aus allen möglichen anderen Gründen ihr Kampf. Nicht zuletzt wegen der Tatsache, dass es ihre Wohnung war, in der wir letzte Nacht mehrere Stunden damit zugebracht hatten, Leichen und Blut zu beseitigen.

In ihrem Haar waren immer noch ein paar violette

Strähnen zu sehen. Sie hatte es nicht geschafft, die Farbe komplett auszuwaschen, die von den angenehmeren Aktivitäten am frühen Abend stammte. Trotz des bevorstehenden Kampfes zuckte mein Schwanz bei dem Anblick.

Ich hätte mich nie als Kunstliebhaber bezeichnet, aber das Bild, das sie und Jett gestern gemalt hatten, war ein verdammtes Meisterwerk.

Jett knackte mit den Fingerknöcheln. „Also, seltsamer Ort hin oder her, halten wir uns an den Plan?"

Ich glaubte nicht, dass es eine gute Idee wäre, uns direkt vor der Nase unserer Feinde einen neuen Plan zu überlegen. Ich warf Kai einen Blick zu, da diese Art Vorbereitungen seine Spezialität war. Er nickte.

„Vielleicht funktioniert es dort sogar besser als in der Umgebung, die wir uns vorgestellt haben. Sie haben weniger Platz zum Manövrieren. Wir müssen nur darauf achten, dass wir unsere einzelnen Zielpersonen voneinander trennen. Gemeinsam wären wir nur halb so effektiv."

Ich bin zwar von der Highschool abgegangen, aber selbst meine Mathematik-Kenntnisse reichten aus, um das nachzuvollziehen. Ich nickte und winkte den anderen zu. „Zeigen wir ihnen bei, was es bedeutet, sich mit den Schädelbrechern anzulegen."

„Brecht nicht allen den Schädel", erinnerte uns Kai. „Wir wissen noch nicht, wer uns umgebracht hat. Es könnten alte Hasen sein, die nicht mehr aktiv sind. Aber irgendjemand da drinnen sollte es wissen."

Jett und er holten ihre Waffen heraus. Ich ließ meine hinten in meiner Jeans, da meine Fäuste dank der neuen, übernatürlich verstärkten Schlagkraft als Waffen besser geeignet waren. Dann stürmten wir über die Straße auf die Eisdiele zu.

Der Laden war geöffnet, aber das Skeleton Corps schien

nicht viel getan zu haben, um das Geschäft anzukurbeln, seit sie den Laden übernommen hatten. Als wir eintraten, saßen nur ein paar Männer mittleren Alters an zwei kleinen Formica-Tischen, die zu einem langen Tisch zusammengeschoben waren. Ein Kerl in der Mitte des Haufens aß einen verdammten Eisbecher.

Die Lichter erhellten die polierten Tische und die gläserne Vitrine auf der linken Seite, in der sich die Eisbecher befanden. Der süße, cremige Geruch ließ es absurd erscheinen, dass hier gleich Gewalt losbrechen würde. Doch sie hatten diesen Ort gewählt, nicht wir.

„Seid ihr vom Skeleton Corps?", fragte ich, als die Männer aufsprangen. Ich hätte es vorgezogen, die Vorstellung zu überspringen, doch wir waren uns nicht sicher, ob die Informationen des Verräters stimmten. Es würde uns nichts nützen, wenn wir die falschen Bandenchefs töteten und den Zorn eines anderen Syndikats auf *uns* zogen.

Der Typ, der uns am nächsten war, stürzte sich auf uns. Das war Antwort genug. Wäre dies ein Missverständnis, hätten sie es einfach sagen können.

Sie sprangen *alle* auf und stürzten sich auf uns, wobei mit wilden Bewegungen Pistolen und Messer gezückt wurden. Wir konzentrierten uns auf die Gestalten an der Spitze der Gruppe.

Wie geplant stürzten sich Kai und Ruin zuerst auf sie. Kai verpasste dem ersten Kerl eine Ohrfeige und befahl ihm gleichzeitig: „Schütze uns vor deinen Freunden und schlag sie zurück". Ruin rammte dem anderen Arschloch sein Knie in den Bauch.

Ich war mir nicht sicher, ob er die emotionale Programmierung, die wir besprochen hatten, wirklich durchziehen konnte, da er nicht immer die volle Kontrolle darüber zu haben schien, wie sie ausfiel, doch der Kerl drehte sich sofort zu seinen Kollegen um und stellte sich ihnen mit einem johlenden Kampfschrei entgegen.

„Der Tod gebührt allen, die sich den Königen der Stadt in den Weg stellen", brüllte er.

Die Tatsache, dass er offensichtlich uns und nicht die Männer meinte, mit denen er noch vor wenigen Sekunden zusammengestanden hatte, brachte seine Freunde aus dem Konzept. Sie schwankten eine Sekunde lang mitten in ihrem Angriff. In dieser Sekunde brach der Erste einem der Männer die Nase, und der zweite rammte dem anderen seinen Kopf in den Bauch.

Die anderen riefen um Hilfe, und ein paar Untergebene kamen aus einer Tür im hinteren Teil des Raumes. Doch diese Auseinandersetzung war etwas völlig anderes als ihr gestriger Angriff. Offenbar hatten sie sich hier sicher gefühlt und damit gerechnet, dass ihre Leute uns zu Fall gebracht hätten, die sie auf uns angesetzt hatten.

Pech gehabt.

Die beiden Männer, die Ruin und Kai auf übernatürliche Weise auf unsere Seite gezogen hatten, bildeten einen Puffer zwischen uns und den restlichen Skeleton-Corps-Mitgliedern. Sie schlugen auf jeden ein, der versuchte, an ihnen vorbeizukommen. Da noch so viele auf der anderen Seite waren, wichen ein paar von ihnen aus, aber Ruin erwischte einen von ihnen. Sein Schlag entlockte dem Gegner ein Jammern, das sich anhörte, als wäre er in einem wahr gewordenen Albtraum gelandet.

Jett schleuderte das andere Arschloch über die Glastheke. Ich stürmte gerade darum herum, als der Idiot taumelnd auf die Füße kam, und tauchte seinen Kopf in einen Eiskübel. Was er wohl von diesem Hirnfrost hielt?

Aus den Augenwinkeln konnte ich erkennen, wie Lily ihre eigene Art von Magie wirkte. Auf dem Tisch stand eine offene Wodkaflasche, die sie mit ihren übernatürlichen

Fähigkeiten geleert hatte. Alkoholblasen schossen durch die Luft und trafen die Männer in die Augen. Als ihr der Alkohol ausging, flog ein Blutstropfen aus der gebrochenen Nase des Mannes und traf einen anderen ins Gesicht, sodass dieser vorübergehend geblendet war.

Sie könnte viel mehr Schaden anrichten, wenn sie wollte. Bei dem Gedanken daran, wie sie diese Schwachköpfe letzte Nacht besiegt hatte, wurde ich wieder hart. Ich wollte allerdings nicht, dass sie die Grenzen ihrer Kräfte oder ihres Gewissens überschritt.

Ein weiterer Kerl rannte um die Vitrine herum und auf mich zu. Energie knisterte in meinen Armen, und ich hob ihn auf die Eisbehälter, ohne ihn zu berühren. Jetzt konnte er sich den Arsch abfrieren.

Ich hoffte sehr, dass derjenige, der hier die eigentliche Arbeit machte, es besser wusste, als dieses Zeug morgen zu servieren.

Die Bosse des Skeleton Corps waren klug genug, um zu wissen, wann sie verloren hatten und es sinnlos war, aus Dummheit Selbstmord zu begehen. Von den sieben, die noch standen, rannten drei zur Hintertür. Ich gab Jett ein Zeichen, und wir sprinteten ihnen hinterher. Er schoss auf die Flüchtenden und erwischte einen von ihnen an der Ferse, sodass er stürzte.

Gerade als der erste der Gruppe die Tür erreichte, die noch einige Meter vor uns lag, zuckte er zusammen. Er klammerte sich mit einer Hand am Türrahmen fest, während er die andere auf seine Brust presste. Direkt auf sein Herz.

Mein Blick huschte zu Lily. Sie starrte ihn von der anderen Seite des Zimmers aus an, eine ihrer Hände war zur Faust geballt, die andere trommelte einen Rhythmus auf ihren Oberschenkel. Ihr Haar schwebte elektrisiert über ihren Schultern. Ein berauschender Schauer kribbelte auf meiner Haut.

Sie war eine Wahnsinnsfrau.

Ihr Opfer blockierte den Durchgang, sodass Jett den Kerl direkt dahinter einholte. Er stieß ihn auf einen Tisch, und Ruin ging mit seinen Fäusten auf ihn los. Nach einem Doppelschlag hatte sich der Kerl zusammengekauert und wimmerte um Gnade.

Der erste Kerl, auf den Ruin seine Emotionen übertragen und der seitdem tapfer an unserer Seite gekämpft hatte, kam wieder zu sich. Da sein Mitstreiter, der unter Kais Bann stand, in der Schlägerei zu Boden gegangen war, trat Kai auf ihn zu und schlug ihm mit den Fingerknöcheln auf den Kopf. „Bleib stehen und sei still."

Der Kerl versteifte sich, während sich der Mann in der Tür langsam umdrehte, die Hand immer noch auf die Brust gepresst, das Gesicht verhärmt. Er schwankte auf seinen Füßen.

„Worum geht es hier?", krächzte er. „Wer zum Teufel seid ihr, und was wollt ihr von uns?"

Endlich stellte jemand die wichtigen Fragen. Ich neigte meinen Kopf zu Lily, und ihr Kinn zuckte. Vermutlich hatte sie den Kerl ein wenig vom Haken gelassen. Jett zog den Mann hoch, dem er in den Fuß geschossen hatte, setzte ihn auf einen Stuhl und fesselte ihn mit seiner Krawatte an die Lehne. Mein Künstlerfreund hielt seine Waffe bereit, falls er ihm in den anderen Fuß schießen musste.

Alle Untergebenen lagen benommen da. Einer der sieben Bosse war tot, einer war vorübergehend außer Gefecht gesetzt, einer stand unter Kais Kontrolle und zwei hatten dank Ruin einen Nervenzusammenbruch erlitten. Das Arschloch mit dem verletzten Fuß und Mr. Herzinfarkt waren die Einzigen, die bei klarem Verstand und Bewusstsein waren.

Wenn ich die Chancen ausrechnen konnte, konnten sie das sicherlich auch. Man kam nicht an die Spitze, wenn man bereit war, sich aus Prinzip zu opfern, sondern indem man notwendige Kompromisse einging, um zu überleben.

Ich trat näher, verschränkte die Arme vor der Brust und starrte den Bastard an der Tür an. „Ihr müsst nicht wissen, wer wir sind, außer dass ihr euch nicht mit uns anlegen solltet. Das hat unsere heutige Demonstration hoffentlich hinreichend bewiesen, nachdem offenbar nicht zu euch durchgedrungen ist, was wir mit euren Untergebenen gemacht haben, die ihr auf uns angesetzt habt. Ihr könnt euch entweder auf einen Deal mit uns einlassen oder auch sterben."

Der Skeleton-Corps-Mann befeuchtete seine Lippen. „Ich frage euch noch einmal: Was wollt ihr?"

Ich hob meine Hand und streckte meinen Zeigefinger aus. „Erstens, keine weiteren Angriffe auf mich oder jemanden, der auf meiner Seite steht. Wenn ihr euch zurückhaltet, müssen wir kein weiteres ‚Treffen' wie dieses arrangieren. Wir sind nicht darauf aus, euer Revier zu erobern. Wir wollten nur Antworten."

Und eine angemessene Entschädigung für diese Antworten, doch das erwähne ich nicht.

„Antworten worauf?", schnauzte der Typ.

Ich neigte meinen Kopf zu Kai. Es sah immer besser aus, wenn klar war, dass mehr als einer in der Gruppe seine Fäuste zu gebrauchen wusste.

Das Superhirn trat vor, sein Gesicht war von der Anstrengung des Kampfes gerötet. „Vor einundzwanzig Jahren operierte eine Bande namens Schädelbrecher von ihrem Hauptquartier in der Nähe von Lovell Rise aus. Ein paar Jungs vom Skeleton Corps stürmten das Gebäude und töteten die Anführer. Vermutlich weiß wenigstens einer von euch noch, wer diesen Angriff angezettelt hat und wer daran beteiligt war?"

„Was geht euch das an?", fragte der Mann.

Er gewann mehr von seinem Temperament zurück, als mir lieb war. Ich winkte Lily mit einem aufmunternden Lächeln zu, und das Trommeln ihrer Finger wurde wieder schneller. Der Mann zuckte zusammen und fasste sich an die Brust.

„Es geht dich nichts an, *warum* wir das wissen wollen", teilte ich ihm mit. „Spuck die Antworten aus, oder wir erledigen dich und suchen uns jemanden, der bereit ist, sie uns zu geben."

Die Stimme des Arschlochs klang erstickt. „Ich weiß nur Bruchstücke", murmelte er. „Ich war damals neu und heute redet niemand mehr darüber. Branson war dabei." Er nickte zu dem bewusstlosen Kerl, der zuvor Kais Marionette gewesen war. „Ich glaube, McCallum und Perrucci haben die Befehle gegeben. McCallum ist tot, Perrucci ist im Ruhestand."

Eine Idee keimte in meinem Kopf auf. Wir hätten Branson auf der Stelle erschießen und verlangen können, mit Perrucci zu sprechen … Doch so leicht würde ich sie nicht vom Haken lassen. Ich wollte, dass sie mit maximalen Qualen für ihre Taten büßten. Sie hatten einundzwanzig Jahre Rache vor sich.

„Das mit McCallum tut mir leid", sagte ich beiläufig. „Aber wir müssen den Rest der Truppe zusammentrommeln. Es war ein großes Ereignis, das wir gerne feiern würden."

Der Mann blinzelte verwirrt. „Ich denke, das lässt sich einrichten."

Ruin stieß einen Jubelschrei aus. „Party!"

Ich schnippte mit den Fingern. „Na bitte. Das ist unsere letzte Bedingung – die Bedingung, damit wir nicht zurückkommen und dein Herz in deiner Brust explodieren lassen oder dich dazu bringen, es dir selbst herauszuschneiden. Eine Wiedervereinigung der Mörder der

Schädelbrecher, damit wir uns angemessen für ihre Tat revanchieren können."

Jetts Grinsen war möglicherweise ein wenig zu breit, um als freundlich durchzugehen. Die Augen des Mannes huschten zwischen uns hin und her. Doch ihm schien klar zu sein, dass ein „Nein" sein Todesurteil bedeuten würde.

Er räusperte sich. „Also gut. Es könnte eine Weile dauern, alle Beteiligten ausfindig zu machen, wenn wirklich alle dabei sein sollen."

„Alle, die noch leben", erklärte ich mit einem Lächeln. „Es wäre nicht fair, einen von ihnen auszuschließen."

sechzehn

Lily

Ich stützte meine Ellbogen auf den Tisch und beobachtete Nox, der am Fenster des Wohnzimmers auf und ab ging und sich angeregt mit Ruin unterhielt. Sie arbeiteten die Details ihrer großen „Party" aus, auf der sie sich angeblich für das vergossene Blut bei ihren Mördern bedanken wollten.

Es war schön, sie so gut gelaunt zu sehen. Sie hatten mehr als zwei Jahrzehnte auf diese Rache gewartet. Leider wurde meine schlechte Laune durch ihre Heiterkeit nur noch deutlicher.

„Glaubst du, sie werden uns erkennen?", fragte Ruin mit einem Grinsen.

Nox brummte vor sich hin. „Das bezweifle ich. Wir sehen nicht mehr so aus wie früher, und sie haben uns seit mehr als zwanzig Jahren nicht mehr gesehen. Außerdem haben sie uns möglicherweise nicht einmal richtig gesehen, als sie uns erschossen haben. Wir hatten davor nie mit dem Skeleton Corps zu tun. Es klingt so, als wären sie nur hinter uns her gewesen, weil diese Silver-Scythe-Arschlöcher Scheiße geredet haben."

„Außerdem rechnen sie wohl kaum damit, dass die Männer, die sie vor einundzwanzig Jahren ermordet haben, lebendig und ohne gealtert zu sein, wieder auftauchen", fügte Kai hinzu, als er sich mit einem Laptop neben mich setzte. So wie ich die Jungs kannte, war er vermutlich gestohlen. „Der Verstand neigt dazu, Fakten zu leugnen, die dem widersprechen, was er für möglich hält. Sie könnten sich höchstens fragen, ob wir direkte Nachfahren sind."

Ruin klatschte in die Hände. „Die Söhne der gefallenen Gangster, die zurückgekehrt sind, um Rache zu nehmen. Diese Geschichte gefällt mir auch."

Nox schnaubte. „Wir werden beides ausprobieren, falls wir daraus ein Bühnenstück machen. Es ist wichtig, dass wir alle Bastarde gleichzeitig erwischen, die für unseren Tod verantwortlich waren und noch am Leben sind. Sobald wir ein paar von ihnen erledigt haben, werden die anderen wissen, dass sie abhauen müssen."

Jett kam zu uns, um zu erklären, wie er seine Kräfte einsetzen könnte, um die Partydekoration auf subtile Weise so zu manipulieren, dass sie nicht flüchten konnten – oder um ihnen Schmerzen zuzufügen, bis er von Kai unterbrochen wurde. „Mittlerweile gibt es eine ganze Reihe von Beiträgen zu deinem Hashtag. Wir sollten uns die Videos aus der Gegend ansehen. Vielleicht ist jemand mit einem Mal dabei, dessen Bann wir brechen können. So können wir uns einen besseren Eindruck von der bevorzugten Demografie der Gauntts verschaffen."

„Klar", stimmte ich zu und richtete mich in meinem

Stuhl auf. Ich war begierig darauf, selbst mit einer konstruktiven Planung loszulegen. Wenn ich zu lange in Gedanken versunken war, kehrten die Erinnerungen daran zurück, wie ich das Blut der Skeleton-Corps-Kerle manipuliert hatte. Vor allem der Moment, als ich das Herz des einen Mannes zum Platzen gebracht hatte. Das Echo dieses Gefühls hinterließ eine klamme Empfindung auf meiner Haut, während sich mein Herzschlag durch einen Adrenalinschub noch mehr beschleunigte.

Ich war mächtig. Ich war eine Naturgewalt. Doch ich konnte nicht sagen, dass ich das volle Ausmaß meiner Macht genoss.

Kai tippte auf der Tastatur herum. Es war amüsant, ihm dabei zuzusehen, wie er suchend auf die Buchstaben starrte. Er mochte zwar der Kopf der Schädelbrecher sein, aber er war in seinem früheren Leben offensichtlich kein Computerexperte gewesen.

Stirnrunzelnd betrachtete er den Bildschirm, klickte auf dem Touchpad herum und tippte noch ein wenig mehr. Dann lehnte er sich mit gerunzelter Stirn in seinem Stuhl zurück. „Das gefällt mir nicht.“

Mir wurde flau im Magen. „Was?“, fragte ich und beugte mich vor.

„Sie sind einfach … weg.“ Er klickte sich von einem Suchergebnis zum nächsten. Als er eine URL in die Adressleiste kopierte, erschien die Meldung ‚Video nicht gefunden‘. „Computer“, murmelte er. „Jemand hat die ganze Webseite kaputtgemacht.“

Meine Stimmung verschlechterte sich zusehends. „Das glaube ich nicht“, sagte ich. „Die anderen Videos funktionieren doch noch, oder? Gib einen anderen Suchbegriff ein.“

Scheinbar wahllos tippte er „Froschparade“ ein. Vielleicht dachte er, dass der Begriff ohnehin keine nennenswerten

Ergebnisse liefern würde. Stattdessen erhielten wir eine lange Liste von Videos. Die Inhalte reichten von einer Parade animierter Frösche über einen singenden Kermit bis hin zu einer Froschstatue an einem Schrein in Japan, die größer als ich war. Am liebsten würde ich mit meinen kleinen Amphibienfreunden dorthin reisen, damit sie sahen, wie sehr sie anderswo verehrt werden.

Doch so erheiternd die Ergebnisse auch waren, sie schienen meinen Verdacht zu bestätigen. „Die Website ist nicht kaputt", sagte ich. „Jemand hat das Video gelöscht."

„*Alle?*", fragte Kai. „Gestern waren es Tausende. Wenn ich nach dem Hashtag oder anderen Schlüsselwörtern suche, erhalte ich kein Ergebnis. Sie waren definitiv nicht anrüchig. Warum sollte …" Er brach abrupt ab, ohne die Frage zu Ende zu stellen. „Die Gauntts."

Nox' Kopf ruckte bei dem Namen zu uns herüber. „Was haben sie jetzt getan?", knurrte er.

„Sie haben mein Pullover-Challenge-Video und alle Reaktionen darauf gelöscht", sagte ich. Bestimmt hatten Nolan und Marie mit einer imaginären Urheberrechtsklage oder Ähnlichem die ganze Kampagne mit einem Fingerschnippen zerstört. „So können wir nicht nach Leuten suchen, denen sie ein Mal verpasst haben."

„Das ist auch nicht nötig", sagte Ruin. „Wir haben schon ein paar gefunden – wir haben von ihrer speziellen Stelle im Sumpf erfahren! Wir werden sie trotzdem fertigmachen."

Dennoch war es eine weitere Erinnerung daran, wie viel Macht die Gauntts hatten. Eine Macht, die sich deutlich von der unterschied, mit der wir arbeiteten.

Ich rieb mir die Stirn, und Jett trat hinter mich. Seine Berührung war immer noch zaghaft, aber es war eine Erleichterung zu sehen, dass er sich wohl dabei fühlte, seine Hand auf meine Schulter zu legen und sie sanft zu drücken, statt Abstand zu halten. Das Verständnis, das wir in der letzten Nacht füreinander gefunden hatten, war nicht nur vorübergehend gewesen.

„Das werden wir", sagte er und ergänzte Ruins Aussage. „Wir zermalmen sie in kleine Stücke und dann pissen wir darauf."

So inspirierend diese Vorstellung auch war, sie trug nicht dazu bei, mich zu beruhigen. Ich hob den Kopf. „Wir haben immer noch nichts gefunden, was uns zu Marisol führen könnte. Ich möchte es noch einmal mit der Blut-Strategie versuchen. Ich sollte fit genug sein. Und wenn ich nachts rausgehe, ist die Wahrscheinlichkeit geringer, dass die Gauntts mich bemerken." Ich hielt inne. „Wenn einer von euch mich auf dem Motorrad herumfahren kann, wäre das großartig, aber wenn ihr euch alle auf das Skeleton Corps konzentrieren müsst, könnte ich mein Auto nehmen …"

Kai schüttelte bereits den Kopf und stand auf. „Ich fahre dich. Ich habe diesen Dummköpfen sowieso schon meine Meinung gesagt." Er schenkte seinen Freunden ein Lächeln, um zu zeigen, dass die Beleidigung liebevoll gemeint war. „Es ist meine Schuld, dass ich die Videos nicht so gespeichert habe, dass die Gauntts sie nicht löschen können."

„Du bist nicht gerade ein Internetexperte", antwortete ich. „*Ich* hätte daran denken sollen."

„Du solltest sowieso nicht alleine unterwegs sein." Nox verlagerte sein Gewicht von einem Fuß auf den anderen, als wäre er im Begriff, darauf zu bestehen, dass er mich fahren würde.

Kai schien das ebenfalls zu bemerken. Er signalisierte seinem Boss, sich zurückzuhalten. „Ich kann mich um Lily kümmern. Dank meiner Gedankenkontrolle und ihrer Blutmagie wird es jeder bereuen, der sich mit uns anlegt. Im Moment herrscht Waffenstillstand mit dem Skeleton Corps, also denke ich nicht, dass uns auf den Straßen etwas passieren wird. Ihr drei solltet weiter planen. Je eher wir diese

‚Party' veranstalten, desto weniger Zeit bleibt, dass jemand Verdacht schöpft."

Nox stieß einen verärgerten Laut aus und begnügte sich damit, mir einen schnellen, aber fordernden Kuss auf den Mund zu drücken. „Du wirst sie finden", sagte er überzeugt, als er sich zurückzog.

Als Kai und ich zu den Motorrädern hinuntergingen, begannen meine Nerven zu flattern. Die kühle Nachtluft trug nicht dazu bei, mich zu beruhigen. Ich unterdrückte meine Zweifel so gut ich konnte. Meine Kräfte funktionierten besser, wenn ich zuversichtlich und konzentriert war, und dieser spezielle Ansatz erforderte meine gesamte Konzentration.

Als ich auf Kais Motorrad saß und einen Arm um seine Taille geschlungen hatte, während ich ihm mit dem anderen die Richtung wies, schloss ich die Augen und ließ mich auf die summende Kraft in mir ein. Ich erinnerte mich an das Spiel, das Marisol und ich so oft als Kinder gespielt hatten. Das Summen breitete sich in mir aus, und ich wartete auf das Ziehen.

In der Ferne nahm ich ein Zittern wahr. Es war so schwach, dass ich nicht mit Sicherheit sagen konnte, woher es kam, wie ein Geräusch, bei dem man nicht sicher war, ob man es überhaupt gehört hatte.

Meine Miene verfinsterte sich, als ich die Energien verstärkte, während ich mich auf das genetische Band zwischen Marisol und mir und die Übereinstimmung unseres Blutes konzentrierte. Eine ferne Wahrnehmung schwankte und pulsierte, wurde für eine Sekunde etwas stärker und verblasste wieder. Ich konnte sie nicht richtig einordnen.

„Fahr los", wies ich Kai an und schluckte meine Frustration hinunter. „Lass uns eine Runde um die Außenbezirke der Stadt fahren. Ich glaube, sie haben sie weiter weg gebracht. Vielleicht kann ich sie unterwegs besser orten."

Kai nickte, ohne Fragen zu stellen, und wir fuhren die Straße entlang. Während der ersten Minuten, in denen wir durch die dunklen Seitenstraßen in Richtung des Stadtrandes von Mayfield fuhren, erholte ich mich von meinen anfänglichen Anstrengungen. Es hatte keinen Sinn, mich zu verausgaben, bis ich bessere Chancen hatte.

Die Geschäfte und Wohnhäuser im Stadtzentrum gingen in kleinere Gebäude über, die sich mit Reihenhäusern vermischten, bis wir eine Gegend mit überwiegend großzügigen Einfamilienhäusern mit Rasenflächen und Einfahrten erreichten. Kai bog ab und begann seine Runde um die Stadt. Ich holte tief Luft und fokussierte mich wieder auf Marisols Essenz.

Zuerst konnte ich überhaupt nichts erkennen. Ich fühlte mich wie eine Schwimmerin, die hinabtauchte, um den Grund eines Beckens zu berühren, ihn aber nie erreichte.

Als Kai weiterfuhr, nahm ich schließlich ein leichtes Kribbeln knapp hinter meinen mentalen Fingerspitzen wahr. Ich konzentrierte mich darauf und versuchte, mich mit aller Kraft daran festzuhalten. Es breitete sich in meinem Bewusstsein aus, nur noch einen Hauch von einem echten Ziehen entfernt …

Dann verschwand es wie eine Kerze, die erlosch. Was zur Hölle?

Ich tippte Kai auf den Arm und rief über das Rauschen des Windes hinweg. „Dreh um. Fahr zurück. Weiter raus aus der Stadt in die Gegend, durch die wir gerade gefahren sind."

Er wendete und raste eine andere Straße so schnell entlang, dass meine Haare unter dem Helm hervorpeitschten. Ich schloss die Augen und schärfte meine Sinne wieder.

Für einen kurzen Moment glaubte ich, ein *Beben* zu

spüren … Doch es verschwand so schnell, wie es gekommen war.

Meine Brust begann, vor Anstrengung zu schmerzen, obwohl ich nichts anderes getan hatte, als auf dem Motorrad zu sitzen. Ich biss die Zähne zusammen, doch als ich erneut versuchte, mich auf Marisol zu konzentrieren, spürte ich deutlich, wie meine Kräfte schwanden.

Ich signalisierte Kai, dass er anhalten sollte. Er parkte an einer ruhigen Straße. Im Schatten einer Eiche befand sich ein großes Haus, vor dem sich ein etwa zehn Meter langer Rasen erstreckte. „Hier?", fragte er.

„Nein." Meine Kehle war wie zugeschnürt. „Ich weiß es immer noch nicht. Diesmal war die Verbindung nicht so stark wie letztes Mal."

Er legte nachdenklich den Kopf schief. „Sie haben sie wahrscheinlich aus der Stadt gebracht, wie du vermutet hast. Womöglich bringen sie sie regelmäßig woanders hin, um sicherzustellen, dass sie möglichst schwer zu finden ist."

„Sie können sie doch nicht *ständig* woanders hinbringen", protestierte ich und unterdrückte einen frustrierten Aufschrei, als mein Handy in meiner Tasche klingelte.

Ich zog es heraus, und mein Herz setzte einen Schlag aus. Auf dem Display stand Marisol.

Noch nie in der Geschichte des Universums hatte jemand so schnell einen Anruf angenommen. Ich hielt mir das Handy ans Ohr und drückte gleichzeitig die Antworttaste. „Mare? Geht es dir gut? Wo bist du?"

Die Stimme, die sich meldete, war eindeutig die meiner Schwester, doch ihr hohler Tonfall jagte mir einen eiskalten Schauer den Rücken hinunter. „Lass mich in Ruhe, Lily. Ich will dich nicht sehen. Hör auf, nach mir zu suchen."

„Was?" Es gab so viele Dinge, die ich sagen wollte, dass ich eine Sekunde brauchte, um etwas davon auszusprechen.

„Du darfst nicht auf sie hören, Marisol. Sie täuschen dich. Ich will nur …“

„Lass mich *in Ruhe*!“, schnauzte Marisol, dann legte sie auf.

Ich ließ meine Hand sinken. Mein Arm fühlte sich plötzlich schwach an, als wären die Muskeln darin zu Gelee geworden. Bestimmt hatten die Gauntts sie dazu angestiftet, diesen Anruf zu tätigen. Sie hatten immer noch genug Kontrolle über sie, um sie dazu zu bringen, diese Dinge zu sagen. Entweder hatten sie meine Schwester einer Gehirnwäsche unterzogen oder sie hatten ihr gedroht. Meine Finger umklammerten das Telefon so fest, dass es mich nicht gewundert hätte, wenn der Bildschirm zersprungen wäre.

„Sie behalten dich offenbar genau im Auge“, meinte Kai. „Sie müssen gewusst haben, dass du die Wohnung verlassen hast. Bestimmt haben sie vermutet, dass du nach ihr suchst. Das Timing kann kein Zufall sein.“

Nein, wahrscheinlich nicht. Ich blickte in den Sternenhimmel, und meine Haut kribbelte bei der Vorstellung, dass ich aus der Ferne ausspioniert wurde. „Wie sollten sie das anstellen?“

Er schüttelte den Kopf. „Da gibt es viele Möglichkeiten. Vielleicht können wir ihnen aus dem Weg gehen, wenn wir dich an einen anderen Ort bringen, dir ein neues Handy besorgen und uns unauffällig verhalten … Wir müssten uns ein neues Motorrad oder Auto besorgen, da sie vermutlich unsere Nummernschilder kennen. Ich muss mit meinem Techniker über andere Möglichkeiten sprechen …“

All das, und es könnte trotzdem nicht funktionieren. Die Gauntts hatten eine Ahnung, was ich vorhatte, und sie hatten Marisol bereits so weit weggebracht, dass ich keinen Hinweis auf ihren Aufenthaltsort gefunden hatte.

Ich ließ den Kopf hängen. „Wenn sie mich im Auge behalten, können wir nicht sicher sein, dass sie mir nicht folgen. Außerdem müsst ihr euch auf das Skeleton Corps konzentrieren." Trotz des Engegefühls in meiner Brust rang ich mich dazu durch, die Worte auszusprechen. „Wir müssen uns einen anderen Weg überlegen. Ich glaube nicht, dass uns diese Strategie weiterbringt. Es hat keinen Sinn, es zu versuchen, nur um dann wieder zu scheitern."

siebzehn

Kai

Lily blieb während der gesamten Fahrt zurück ins Stadtzentrum ruhig. Ihre Arme fühlten sich schlaff um meinen Körper an, was mich in höchste Alarmbereitschaft versetzte. Abgesehen von den Ampeln und Stoppschildern achtete ich kaum auf meine Umgebung.

Die Tatsache, dass es ihr nicht gelungen war, ihre Schwester mithilfe ihrer neuen Kräfte zu finden und sie es für aussichtslos hielt, es noch einmal zu versuchen, hatte ihrer Stimmung einen Dämpfer versetzt. Auch wenn wir Schädelbrecher Fortschritte bei unseren Problemen gemacht hatten, war es uns bisher nicht gelungen, unserer Frau so zu helfen, wie wir es uns vorgenommen hatten. Die verdammten Gauntts hatten uns bei jeder Gelegenheit ausmanövriert.

Mit der gleichen Geschwindigkeit, mit der wir durch die Straßen rasten, ging ich in Gedanken unsere Möglichkeiten durch. Das Video hatte sich als Sackgasse erwiesen. Lilys Kräfte waren nicht stark genug, um den Aufenthaltsort ihrer Schwester einzugrenzen. Vielleicht sollten wir ihr helfen, ihre Kräfte zu trainieren und ihre Fähigkeiten zu erweitern? Das könnte allerdings eine ganze Weile dauern.

Gab es noch andere Möglichkeiten, die Opfer der Gauntts aufzuspüren oder mehr darüber zu erfahren, was sie mit ihnen gemacht hatten, um einen Hinweis auf Marisols Aufenthaltsort zu finden? Vielleicht konnte ich den Mitarbeitern bei Thrivewell, die am engsten mit den Gauntts zusammengearbeitet hatten, ein paar Informationen entlocken. Wobei sie bisher nicht viel geliefert hatten. Ich könnte mir vorstellen, dass ein Ehepaar, das eines der größten Unternehmen des Landes leitete, darauf achtete, persönliche Entgleisungen vom Arbeitsplatz fernzuhalten. Sonst hätten sie es vermutlich nicht so weit geschafft, ohne aufzufliegen. Man konnte nicht unbegrenzt viele Menschen einer Gehirnwäsche unterziehen.

Die meisten Informationen, die wir erhalten hatten, stammten von ihren früheren Opfern. Fergus hatte uns verraten, dass Marie auch involviert war. Dieser Skeleton-Corps-Typ hatte uns zu der Stelle im Sumpfgebiet geführt, auch wenn wir noch nicht wussten, warum sie wichtig war. Der Einfluss der Gauntts schien sich auf eine beträchtliche Anzahl von Corps-Mitgliedern zu erstrecken. Immerhin hatten wir schon zwei ausfindig gemacht. Wer wusste schon, wie viele Menschen in Mayfield ihre Male trugen?

Allerdings konnten wir nicht herumlaufen und die Corps-Mitglieder zur Unterwerfung prügeln, damit wir sie auf Male überprüfen und den Bann brechen konnten. Vor allem nicht jetzt, wo angeblich Waffenstillstand herrschte. Das würde uns wieder an den Anfang zurückwerfen. Zähneknirschend und mit einem erschöpften Seufzer justierte ich meinen Griff am Lenker.

Wir *hatten* jetzt einen Waffenstillstand. Die Gauntts schienen mehreren von ihnen mit einem Bann belegt zu haben. Vielleicht gab es Möglichkeiten, diese Fakten zu nutzen, ohne ihre Erinnerungen einzeln zu knacken. Schließlich mussten wir nicht nur erfahren, was die Gauntts vorhatten, sondern auch einen Weg finden, *sie* zu besiegen, sobald wir wussten, wo wir sie treffen mussten.

Dieser Gedanke verfolgte mich die gesamte Fahrt zur Wohnung. Mit einem berauschenden Gefühl der Erwartung und dem Hochgefühl eines brillanten Geistesblitzes stellte ich das Motorrad ab. Als ich Lily beim Absteigen half, bemerkte ich ihre hängenden Schultern und ihren unsicheren Gesichtsausdruck.

Meine Idee sollte sie aufmuntern. Ich konnte ihr einen alternativen Plan anbieten. Einen, der uns der Vernichtung des Paares einen Schritt weiterbringen würde, das ihrer Schwester und ihr das Leben schwer machte.

Ich nahm ihre Hand und drehte sie zu mir. „Das spielt keine Rolle", sagte ich. „Wir haben es versucht, und es hat nicht funktioniert. Nicht jedes Experiment ist erfolgreich. So grenzt man seine Strategien ein. Ich habe eine andere Idee, die besser funktionieren sollte."

Hoffnung flackerte in ihren Augen auf und sie hob neugierig ihr Kinn. „Und die wäre?"

„Im Moment kooperiert das Skeleton Corps mit uns", sagte ich. „Wir können sie zu Verbündeten in unserem Krieg gegen die Gauntts machen. Dann haben wir nicht mehr zwei verschiedene Feinde, sondern nur noch einen, und wir bekommen einen riesigen Hammer, mit dem wir sie zerschlagen können."

Lily runzelte die Stirn. „Warum sollte es das Skeleton Corps mit einem Großkonzern aufnehmen? Ihr habt sie davon überzeugt, *euch* nicht mehr anzugreifen, aber ich denke nicht, dass ihr sie dazu bringen könnt, jemand anderen anzugreifen. Schon gar nicht in dieser Größenordnung und jemand so Mächtiges wie die Gauntts."

Die Fähigkeit unserer Feinde, uns immer einen oder fünf Schritte voraus zu sein, hatte offensichtlich ihr Selbstvertrauen geschwächt.

Ich rieb meine Hände aneinander, begierig, ihr zu zeigen, wie einfach das sein konnte. „Ich würde wetten, dass mindestens ein hochrangiges Mitglied des Skeleton Corps eines dieser Gauntt-Male hat und als Kind auf irgendeine Weise von ihnen missbraucht wurde. Wir müssen nur herausfinden, wer es ist, und den Bann brechen. Womöglich sind es sogar mehrere. Wenn die Erinnerungen wieder hochkommen, werden sie selbst genug Motivation haben, um es mit ihnen aufzunehmen."

Lily sah immer noch nicht überzeugt aus. „Diejenigen, die es durchgemacht haben, auf jeden Fall. Doch ich glaube nicht, dass sie vor ihren Kumpels zugeben wollen, was ihnen passiert ist. Gangster sehen nicht gern schwach aus, oder?" Sie sah mich mit einer hochgezogenen Augenbraue an.

„Nun, das wird uns ein oder zwei Leute auf unserer Seite verschaffen, und dann haben wir unsere Kräfte und deine, um die anderen über die Klinge springen zu lassen. Wenn sie erst einmal sehen, was wir mit Leuten machen, die sich uns in den Weg stellen, und unsere ehemaligen Mörder nicht mehr unter ihnen weilen, werden sie noch mehr Motivation haben."

Ich blickte nach unten, als sich etwas bewegte, und stellte fest, dass ein Frosch aus dem Nichts auf den Motorradsitz gesprungen war. Für eine Sekunde war ich versucht, es Lily gleichzutun und ihn zu bitten, sie davon zu überzeugen, dass der Plan gut war.

Wir würden die Gauntts besiegen und ihre Schwester retten. Daran bestand kein Zweifel. Ich würde nicht einmal sagen „oder bei dem Versuch sterben", denn das hatten wir bereits hinter uns und waren gestärkt daraus hervorgegangen.

Lily strich mit einem Finger über den Rücken des Frosches und ließ sich gegen die Seite des Wohnhauses sinken. Die Brise wirbelte ihr Haar auf und wehte ein paar Strähnen in ihr gesenktes Gesicht. „Ich sage nicht, dass es keinen Versuch wert ist. Es kommt mir nur so vor, als wären wir noch unglaublich viele Schritte davon entfernt, Marisol zu retten. Wir wissen nicht einmal, was sie ihr womöglich schon angetan haben. Wie verängstigt sie ist. Ob sie Schmerzen hat."

Sie sah so niedergeschlagen aus, dass ich ihr am liebsten gesagt hätte, dass sie sich keine Sorgen machen musste. Dass es ihrer Schwester gut ging und dass es ihr auch gut gehen würde, wenn wir sie fanden. Dass die Gauntts unmöglich gewinnen konnten.

Die Wahrheit war allerdings, dass ich keine Beweise hatte, um sie zu überzeugen. Es gab zu viel, was ich nicht wusste, zu viel, was nicht in meinen Händen lag …

Ich blickte auf die besagten Hände hinunter, bevor ich wieder Lily ansah, und mein Geist wurde schlagartig still.

Brauchte sie wirklich Fakten oder Beweise? In der Vergangenheit hatte ich mich in meinen Vorstellungen darüber, wer sie war und was das Beste für sie war, verrannt. Und diese Ansichten waren unglaublich beschränkt gewesen. Nur weil ich so viel Zeit mit ihr verbracht hatte, bedeutete das nicht, dass meine Instinkte automatisch richtig waren. Ich musste sie richtig *sehen* und ihre Signale erkennen, so wie ich es bei einem Fremden tun würde.

Ich durfte mir meiner Sache nicht zu sicher sein.

Der Frosch quakte zustimmend, als hätte er meine Erkenntnis gespürt. Ich musterte Lilys Körperhaltung und Gesichtsausdruck genauer als zuvor. So wie ich jemanden analysierte, den ich manipulieren wollte. In gewisser Weise wollte ich Lily auch manipulieren, allerdings nicht zu meinen eigenen Zwecken. Ich wollte nur herausfinden, wie ich sie am besten aus ihrer Niedergeschlagenheit herausholen konnte.

Was ich sah, traf mich wie ein Schlag in die Magengrube. Sie zog sich in sich selbst zurück, schlang die Arme um ihre Mitte und drückte sich gegen die Wand. Hatte sie das Gefühl, sich nicht auf mich stützen zu können?

Weil Fakten und Strategien nicht das waren, was sie im Moment brauchte, und das war alles, was ich ihr bot.

Ich war nicht Ruin, bei weitem nicht. Zärtlichkeiten waren für mich nie selbstverständlich gewesen. Erregt zu sein und mein Verlangen auszuleben war eine Sache. Aber herauszufinden, wie ich Lily zeigen konnte, dass ich für sie da war, eine ganz andere.

Warum fiel mir das so schwer, obwohl es so einfach sein sollte?

Doch ich hatte ein perfektes Vorbild für diese Art von Zuneigung und Unterstützung. Was *würde* Ruin tun, wenn er Lily so sehen würde? Was würde er sagen?

Das wollte ich auch für sie sein. Ich wollte, dass sie wusste, dass sie auf uns alle zählen kann, wenn ihre Hoffnung ins Wanken geriet.

Ich trat näher an sie heran, legte meine Arme um sie und zog sie an mich. Als ich über ihr weiches Haar strich, schmiegte sie ihren Kopf instinktiv an meine Schulter. Sie war immer noch ein wenig angespannt, als hätte sie Angst, ich würde sie loslassen, wenn sie sich zu sehr in die Umarmung drückte, doch allmählich entspannte sich ihr Körper an meinem.

Meine Kehle war aus unerklärlichen Gründen rau geworden. Ich versuchte, mich zu räuspern, aber meine Stimme klang immer noch ein wenig heiser. „Egal, was passiert, ich werde für dich da sein. Das werden wir alle. Wir stehen das gemeinsam bis zum Ende durch."

Lily gab einen leisen erstickten Laut von sich und wagte es, mich fester zu umarmen. Ich widerstand dem Drang, mich zu versteifen und zwang mich, locker zu bleiben, während ich sie fest, aber zärtlich in meinen Armen hielt. So unnatürlich diese Geste für mich war, ich meinte es ernst. Ich sorgte mich so sehr um sie, dass ich auf der Stelle zum Haus der Gauntts stürmen und sie in Stücke hacken würde, nur um ihr die Sorgen zu nehmen, die sie belasteten. Ich *hätte* es getan, wenn ich gedacht hätte, dass ich so einen Plan durchziehen könnte.

Wenn sie mir so viel bedeutete, war eine verdammte *Umarmung* keine wirkliche Überwindung.

„Ich weiß nicht, ob ich das ohne euch durchgestanden hätte", murmelte sie gegen meine Schulter.

Ich konnte mir ein Kichern nicht verkneifen. „Ich könnte mir vorstellen, dass *einige* Bereiche deines Lebens wesentlich unkomplizierter gewesen wären."

„Vielleicht. Aber es gäbe so viel, was ich nicht wüsste und was noch nicht wieder in Ordnung wäre, dass ich keine Ahnung hätte, wie ich es angehen sollte. Ich bin froh, dass ihr wieder in mein Leben getreten seid. Und ich bin froh, *dich* an meiner Seite zu haben, auch wenn wir uns manchmal streiten."

Ich drückte ihr einen Kuss auf die Schläfe. „Streiten ist gut. Es schärft meinen Verstand und sorgt dafür, dass ich alle Fakten und Erklärungen berücksichtige."

Ich spürte ihr Lächeln auf meiner Haut. „Nun, ich bin froh, dass du das so siehst. Ich schätze, wir sollten nach oben gehen, damit du den neuen Plan mit den anderen Jungs durchgehen und mit der Umsetzung beginnen kannst?"

„Ist es das, was du willst?", fragte ich, obwohl es mein erster Impuls war, genau das zu tun, was sie gesagt hatte. „Es ist nichts falsch daran, wenn man ein oder zwei Momente für sich braucht."

„Ich hatte genug Zeit für mich." Sie löste sich von mir, berührte meine Wange und stellte sich auf die Zehenspitzen, um ihre Lippen auf meine zu pressen. Es war der zärtlichste Kuss, den wir uns je gegeben hatten. Nicht zu vergleichen mit der drängenden Leidenschaft, die zuvor zwischen uns gelodert hatte. Tatsächlich war ich mir nicht sicher, ob mir dieser nicht sogar besser gefiel.

Als wir uns auf den Weg zur Wohnung machten, war ich nach wie vor überzeugt von meiner Entscheidung, mir Zeit zu nehmen, alle Einzelheiten einer Begebenheit zu erfassen. Als wir hineingingen, nahm ich meine drei Kollegen auf eine Weise wahr, wie ich es schon lange nicht mehr getan hatte.

Nox und Ruin waren leicht zu durchschauen. Sie machten nicht gerade einen Hehl aus ihren Gefühlen. Ruin kam sofort her, um Lily zu fragen, wie unsere Suche verlaufen war, und schloss sie in eine Umarmung, die wahrscheinlich zehnmal tröstlicher war als meine. Ich beschloss, einfach daran zu glauben, dass der Gedanke zählte. Nox lief auf und ab und verkündete grimmig, was er mit den Gauntts anstellen würde, wenn er sie in die Finger bekam.

Jett hielt sich etwas abseits von unserer Gruppe. Sein Blick war finster und seine Haltung ein wenig unsicher. Seine anfängliche widersprüchliche Zurückhaltung war verschwunden, seit Nox ihm seinen Widerstand gegen die körperliche Annäherung an Lily genommen hatte. Trotzdem schien er sich nicht wohlzufühlen. Was war los mit ihm?

Früher hätte ich es vielleicht als sein eigenes Problem abgetan. Ich hätte mich darauf konzentriert, unsere Feinde zu bekämpfen, anstatt darauf meinen Freunden zu helfen. Doch es lag auf der Hand, dass wir mit Ersteren besser vorankommen würden, wenn Letztere weniger belastet wären.

Aufgrund des Abstands, den er zu uns hielt, würde ich fast darauf tippen, dass er sich nicht zugehörig fühlte.

Jedenfalls nicht ganz. So lächerlich das auch scheinen mochte, aber ich täuschte mich selten, wenn es um das Verhalten von Menschen ging.

Während Ruin und Nox Lily weiterhin mit Zuneigung und Racheversprechungen überschütteten, trat ich auf den Künstler zu. Als Jett mich bemerkte, fuhr er sich mit der Hand durch sein lilafarbenes Haar und richtete sich gleichzeitig auf, sodass es aussah, als würde er sich an seiner Kopfhaut hochziehen. Die Tatsache, dass er versuchte, sein Unbehagen vor mir zu verbergen, unterstützte meine Vermutung, dass er sich mit uns nicht wohlfühlte.

Fühlte er sich ausgegrenzt, weil er seine Kräfte in einem Kampf nicht so effektiv einsetzen konnte wie wir? Hielt er sich für das schwächste Glied? Das schien die wahrscheinlichste Erklärung zu sein.

Ich klopfte ihm zaghaft auf die Schulter. Nach einer Umarmung konnte ich mich kaum als Meister der Demonstration körperlicher Zuneigung bezeichnen. „Es war ziemlich erstaunlich, was du gegen die Skeleton-Corps-Typen geleistet hast, die hier neulich nachts reingestürmt sind. Das hätte ich dir schon viel früher sagen sollen. Ich habe gesehen, wie du die Nase des einen Typen umgeformt hast, während wir die Leichen weggebracht haben. Das nenne ich mal eine Nasenkorrektur." Ich kicherte.

Jett sah mich an, als würde er sich fragen, ob ein neuer Geist den Kai, den er kannte, aus diesem Körper geworfen und ihn für sich eingenommen hatte. „Danke?", fragte er.

Ich suchte nach den richtigen Worten. Bei Leuten, die mir egal waren, fiel mir das nie schwer, aber bei den wenigen, die mir am Herzen lagen, schien meine Zunge nicht richtig zu funktionieren.

Ich gab ihm einen kumpelhaften, sanften Schubs. „Wir vier sind ein beeindruckendes Team. Ich werde deine Fähigkeiten in Zukunft mehr in unsere Pläne einbeziehen.

Auch wenn ich es schon immer zu schätzen gewusst habe, was du für die Schädelbrecher leistest. Ich wollte, dass du das weißt."

Jett sah immer noch etwas verwirrt aus, aber der Anflug eines Lächelns umspielte seine Lippen. „In Ordnung", meinte er. „Das ist gut zu wissen." Er knackte mit den Fingerknöcheln. „Und ich bin bereit, alle Gesichter umzugestalten, die es nötig haben."

Ich lachte. „Klingt gut." Jetzt mussten wir nur noch unsere ehemaligen Feinde zu unserer besten Waffe gegen die Gauntts umgestalten.

achtzehn

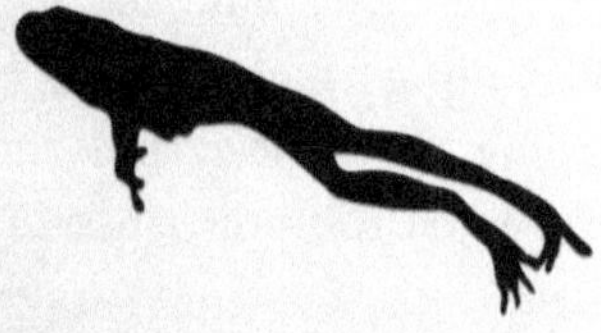

Lily

„Ich glaube immer noch nicht, dass sie darüber erfreut sein werden, dass wir ihre Achselhöhlen untersuchen wollen", gab ich zu bedenken. Die Schädelbrecher und ich waren auf dem Weg zu dem Ort, wo wir die Anführer des Skeleton Corps treffen sollten. Dieser Ort schien ein wenig traditioneller zu sein als die Eisdiele. Auf dem Schild vor dem Laden stand *Crow's Feet Tattoos*, was nicht gerade nach einer überzeugenden Werbung für die Dienstleistungen des Ladens klang, aber wer wusste schon, worauf die Leute heutzutage standen?

„Wenn sie sich beschweren, kann ich mir einen nach dem anderen vorknöpfen", erklärte Kai ohne den geringsten Hauch von Besorgnis. Ich wusste nicht, was gestern in ihn gefahren war, doch er war auf einmal unglaublich umgänglich. Nicht, dass ich etwas dagegen hätte, aber er war seitdem ungewöhnlich locker. Vielleicht hatte er die Umarmung genauso dringend gebraucht wie ich.

„Sie könnten sich noch mehr darüber beschweren, dass ihr sie verprügelt, obwohl wir uns auf einen Waffenstillstand geeinigt haben", murmelte ich.

„Sobald wir einen der obersten Bosse finden, der unter dem Einfluss der Gauntts steht, und dafür sorgen, dass er sich an ihre Taten erinnert, wird es ein Kinderspiel sein", erklärte Nox mit seiner typischen unerschütterlichen Art. Er schritt zur Eingangstür des Tattoo-Ladens und stieß sie auf, wobei mir nicht entging, dass sich seine Muskeln kampfbereit anspannten.

Theoretisch sollten bei diesem Treffen die letzten Vorbereitungen für die „Party" besprochen werden, die die Schädelbrecher in ein paar Tagen ausrichten wollten, um angeblich ihre Mörder zu ehren. Ich war mir nicht sicher, was Nox und die anderen den Anführern des Skeleton Corps erzählt hatten, um sie von ihren guten Absichten zu überzeugen, doch es schien funktioniert zu haben. Im Laden waren vier der Männer, denen wir in der Eisdiele begegnet waren, sowie mehrere Untergebene im hinteren Teil des Raumes.

Sie waren nicht bewaffnet, doch der Anblick all dieser Handlanger jagte mir trotzdem einen Schauer über den Rücken. Waren sie nur zur Verteidigung hier, falls meine Leute aus der Reihe tanzten, oder waren sich die Corps-Bosse über diesen Waffenstillstand weniger sicher, als sie behauptet hatten?

Wir fünf blieben im vorderen Teil des Ladens in der Nähe der Tür und der Fenster stehen, die im Bedarfsfall als Fluchtweg genutzt werden konnten. Ruin winkte den Skeleton-Corps-Mitgliedern grinsend zu, was ihm finstere Blicke einbrachte, die ihn nicht im Geringsten zu stören schienen. Jett warf einen Blick auf die verschiedenen

Entwürfe, die an die Wand geheftet waren. Seinen verkniffenen Lippen nach zu urteilen, hätte er zumindest ein paar davon gerne umgestaltet.

„Also, wir sind hier", sagte einer der Corps-Anführer gereizt. „Was war so wichtig?"

Nox richtete sich mit einer gewissen Überheblichkeit auf. „Zum Wichtigsten kommen wir gleich. Ich versichere euch, dass ihr froh sein werdet, dass ihr gekommen seid. Habt ihr schon alle Mitglieder für die Party am Wochenende zusammengetrommelt? Wir wollen sicherstellen, dass alle da sind, die dabei geholfen haben, die Schädelbrecher auszuschalten."

„Es ist seltsam, dass ihr so besessen von einer zweitklassigen Bande seid, die vor zwanzig Jahren ins Gras gebissen hat", schnauzte einer der Männer. Ich sah, wie Kai sich auf die Zunge biss, um ihn nicht zu korrigieren, dass es *ein*undzwanzig Jahre her war.

Nox schnaubte, als wäre die Bemerkung lächerlich. „Ihr kennt unsere Geschichte nicht. Diese Arschlöcher loszuwerden, hatte einen *gewaltigen* Einfluss auf unser Leben. Ohne eure … Hilfe wären wir jetzt völlig andere Menschen." Er grinste breit und schien sichtlich zufrieden mit der Doppeldeutigkeit seiner Worte, die den Corps-Mitgliedern nicht bewusst war.

Der dritte Mann musterte uns von oben bis unten. „Haben sie euch den Schnuller aus der Wiege geklaut? Ihr seid doch immer noch praktisch Kinder."

Ruin gluckste. „Wir sind zwar jung im Herzen, aber älter, als wir aussehen! Besser geht es nicht!"

„Außerdem geht es nicht nur um uns, sondern auch um die Menschen vor uns", fügte Kai hinzu. „Wie schon gesagt, es ist eine lange Geschichte."

„Wie auch immer", fügte Ruin hinzu, „wer feiert nicht gerne eine Party? Ihr seid alle eingeladen."

Ich hatte das Gefühl, dass ich als das normalste Mitglied der Gruppe auch etwas sagen sollte, schon allein um zu zeigen, dass wir uns alle einig waren. Ich räusperte mich. „Wir kümmern uns um alles. Ihr müsst nur kommen und euch amüsieren. Bei dieser Gelegenheit können wir auch gleich unseren Waffenstillstand feiern, meint ihr nicht?"

Die Skeleton-Corps-Mitglieder zögerten und sahen aus, als wären sie sich nicht ganz sicher, ob sie den Waffenstillstand feiern oder verfluchen wollten. Doch sie machten sich nicht die Mühe, zu diskutieren.

„Wir haben Leute kontaktiert, damit sie kommen", sagte der erste Mann grimmig. „Es sind sowieso nicht mehr viele bei uns, aber sie werden da sein."

„Perfekt." Nox rieb seine Hände aneinander. „Das wird spektakulär."

„Was ist diese andere wichtige Angelegenheit, über die ihr sprechen wolltet?", fragte der zweite Mann.

„Richtig." Nox musterte die Mitglieder nacheinander. „Wir haben herausgefunden, dass ein ganzer Haufen eurer Leute, darunter mindestens einer von euch, den gleichen Feind hat wie wir. Es ist jemand, der sich ohne euer Wissen mit euch angelegt hat. Im Hinblick auf unseren Waffenstillstand hielten wir es für richtig, euch davon zu berichten und euch die Chance zu geben, etwas dagegen zu unternehmen."

Die Behauptung war ein wenig gewagt. Wir konnten nicht sicher sein, dass einer der Anführer des Skeleton Corps als Kind unter den Einfluss der Gauntts geraten war. Doch einige der niederrangigen Mitglieder, denen wir begegnet waren, hatten das Mal gehabt. Die Bosse waren Ende dreißig und vierzig und damit jung genug, um in das Schema der Gauntts zu passen, die damals bereits erwachsen gewesen sein mussten. Wir wussten nicht, wann Nolan und Marie mit ihrem bizarren Spiel begonnen hatten, aber es war offensichtlich schon eine Weile im Gange.

Und wenn keiner von ihnen ein Mal hatte, gab es genug Untergebene, mit denen wir arbeiten konnten.

Der Älteste der Corps-Bosse, der bisher geschwiegen hatte, verschränkte die Arme vor der Brust und schnaubte. „Glaubt ihr, wir würden es nicht *merken*, wenn sich jemand mit uns anlegt? Wie zum Teufel könntet ihr mehr darüber wissen, was mit uns geschieht, als wir selbst?"

Nox zuckte mit den Schultern. „Wie zum Teufel können wir euch dazu bringen, unsere Befehle zu befolgen oder euch quer durch den Raum schleudern? Ihr seid klug genug, um zu erkennen, dass es Kräfte gibt, von denen ihr bisher nichts wusstet, oder? Wir sind nicht die Einzigen in der Stadt, die über solche Kräfte verfügen. Und die anderen verfolgen üblere Absichten als wir."

„Und sie sind in der Lage, die Erinnerungen aus den Köpfen der Leute zu löschen", fügte ich hinzu.

Alle vier Corps-Anführer sahen uns verunsichert und skeptisch an. Sie konnten nicht leugnen, was Nox über übernatürliche Kräfte gesagt hatte. Es überraschte mich allerdings nicht, dass sie nicht akzeptieren wollten, dass wir mehr über ihre Feinde wussten als sie selbst.

„Also, spuck es aus", sagte der erste Kerl schließlich.

Nox neigte seinen Kopf zu ihnen. „Erinnert sich einer von euch an Besuche von Mitgliedern der Gauntt-Familie, als er noch ein Kind war?"

Obwohl keiner von ihnen darauf antwortete, lieferte die Frage uns exakt die Antwort, die wir brauchten. Die meisten Männer reagierten mit mehr oder weniger verwirrten Gesichtern. Zwei von ihnen – der dritte Anführer und einer der Untergebenen am Rande der Gruppe – spannten sich jedoch an. Der Boss erholte sich rasch wieder und setzte seine neutrale Miene auf, als wäre nichts geschehen, doch wenn ich seine Reaktion bemerkt hatte, war sie Kais scharfen Augen sicher nicht entgangen.

Kai deutete auf ihn. „Du erinnerst dich. Sie waren bei dir. Nolan oder Marie oder beide."

Die anderen sahen ihn an, und ein bestürztes Raunen ging durch die Runde. Die dünnen Augenbrauen des Mannes zogen sich zusammen, während er scheinbar wütend Haltung annahm. „Ich habe keine Ahnung, wovon zum Teufel du redest. Niemand hat mich manipuliert. Mit meinem Kopf ist alles in Ordnung."

„Du hast ein Mal", sagte ich leise, und die anderen verstummten, sodass meine Stimme durch den Raum tönte. „Auf deinem Oberarm, wahrscheinlich an der Unterseite, etwa so groß wie ein Centstück. Es sieht aus wie ein Muttermal."

Wieder huschte ein kurzer Ausdruck des Unbehagens über sein Gesicht, bevor es zu seiner Maske der Empörung zurückkehrte. „Haut ab. Ihr redet nur Blödsinn."

Ruins gute Laune verflog augenblicklich. „Lily *lügt* nicht", erklärte er grimmig.

Ich bedeutete ihm, sich zurückzuhalten, und konzentrierte mich auf den Corps-Mann. „Ich hatte auch eins", sagte ich. „Ich habe es geschafft, den Bann zu brechen, sodass ich an die blockierten Erinnerungen herankommen konnte. Seitdem habe ich auch den Bann bei einigen niederen Skeleton-Corps-Männern gebrochen. Ich kann es auch bei dir tun. Bestimmt *willst* du wissen, was sie dir angetan haben, oder? Ob sie dich womöglich immer noch kontrollieren? Wie kannst du das Corps anführen, während *du* unter dem Einfluss eines anderen stehst?"

Diese Formulierung diente eher dazu, seine Kollegen zu überzeugen und nicht ihn selbst. Hoffentlich würden sie Druck auf ihn ausüben, damit er einwilligte. Seltsamerweise fingen sie alle an, sich zu erheben, um ihre Autorität zu demonstrieren, als hätte ich sie beleidigt.

„Wenn er sagt, dass da nichts war, dann war da auch nichts", meldete sich der vierte Mann zu Wort. „Wir sind nicht hergekommen, um uns verrückte Geschichten anzuhören."

„Ihr wisst einen Scheiß über uns", stimmte der zweite zu.

Nox stieß ein verächtliches Schnauben aus. „Wenn ihr euch nicht freiwillig die Augen öffnen lasst, dann müssen wir sie euch eben aufreißen. Wir können keinen Waffenstillstand mit jemandem schließen, der unter dem Einfluss des Feindes steht."

Mehrere Skeleton-Corps-Männer griffen nach ihren Waffen, die sie teilweise verdeckt an ihren Seiten hielten. „Und wie genau wollt ihr das anstellen?", spottete der dritte Anführer.

Nox grinste ihn an. „Etwa so."

Er holte mit seiner Hand aus und zog seine Faust so schnell zurück, dass ein paar der Untergebenen zusammenzuckten. Sie hatte sich den Männern kaum genähert, doch seine Kräfte waren eindeutig stärker geworden und die anderen hatten nicht damit gerechnet, dass er mit seinen übernatürlichen Fähigkeiten ebenso gut *ziehen*, wie *schlagen* konnte.

Elektrizität flirrte durch die Luft, und das Shirt des dritten Bosses löste sich von seinem Körper, als würden Finger aus geisterhafter Energie daran ziehen – was auch der Fall war. Er taumelte auf uns zu, und Kai verpasste ihm einen Schlag auf den Kopf. „Bleib bei Lily stehen und halt den Mund."

Damit war unser Hauptziel erledigt. Doch als er neben mir an dem heruntergekommenen Schaufenster zum Stehen kam, zielten die anderen Mitglieder des Skeleton Corps auf uns, als wollten wir ihn entführen, anstatt zu versuchen, einen Bann zu brechen. Fairerweise kam das in der kriminellen Unterwelt wahrscheinlich deutlich häufiger vor.

Nox schob mich zur Seite, damit mich der Corps-Typ vor den Kugeln seiner Kollegen abschirmte, falls diese zu schießen begannen. Dann sprangen alle vier Schädelbrecher in Aktion.

Nox holte mit seinen Fäusten aus und ließ mithilfe seiner übernatürlichen Fähigkeiten Pistolen aus Händen fliegen und in einigen Fällen zu Boden fallen, bevor die Besitzer einen Schuss abfeuern konnten. Den Mitgliedern, die ihre Waffen noch festhielten, wurden sie von Jett aus der Hand geschlagen, die auch die Formen von Pistolen und Messern veränderte. Plötzlich hielten die Mitglieder des Skeleton Corps Metallgiraffen, Würstchen und Schmetterlinge in den Händen, als hätte ein verrückter Ballontierkünstler sie in die Finger bekommen.

Ruin führte ein paar Schläge aus, die zwei der Untergebenen dazu brachten, sich auf ihre Kollegen zu stürzen und wie wilde Wölfe zu knurren. Da Kai mit seiner Fähigkeit immer nur eine Person kontrollieren konnte, begnügte er sich damit, hier und da Schläge und Tritte auf die altmodische Art zu landen.

Leider war das nicht genug. Trotz des Chaos hatte der vierte Boss des Corps immer noch seine Waffe in der Hand. Er zielte direkt auf Nox' Kopf, während Nox mit ein paar Untergebenen rang, die ihre Waffentiere beiseite geworfen hatten.

Ein Schrei entwich meiner Kehle. „Nein!" Zusammen mit dem Protest strömte Energie aus mir heraus, die das Blut des Mannes erfasste und in sein Herz drückte.

Eigentlich hatte ich nicht vorgehabt, meine Kräfte heute auf jemandes Blut anzuwenden. Als ich sah, wie der Kerl sich verkrampfte und schwankte, während seine Haut ergraute, wurde mir schlecht, obwohl dieser Anblick nicht neu für mich war. Obwohl ich wusste, dass ich Nox' Leben dadurch rettete.

Ich wollte *niemandem* das Leben retten, indem ich das Leben eines anderen in meinen Händen hielt, fast buchstäblich. Doch ich hatte keine andere Wahl, oder?

„Stopp!" Meine Stimme übertönte das Getöse. „Hör auf zu kämpfen und befiehl dem Rest deiner Männer das Gleiche. Ich will dein Herz nicht zum Explodieren bringen, aber ich werde es tun, wenn ich muss."

Der Skeleton-Corps-Mann starrte mich mit aufgerissenen Augen an. Er hustete und schüttelte sich. „Genug", röchelte er. „Zurückziehen."

Seine Unterwerfung verschaffte mir ein mulmiges Gefühl der Befriedigung. Die beiden anderen Bosse starrten ihn eine Sekunde verunsichert an, bevor sie den Untergebenen etwas zuriefen. Als sich ihre Leute zurückzogen, begaben sich die Schädelbrecher wieder auf unsere Seite des Raums.

Das Corps wusste nicht, dass ich meine verdammte Magie nicht einsetzen konnte, wenn ich mich darauf konzentrierte, einen Bann zu brechen. Und hoffentlich würden sie das heute nicht herausfinden. Ohne Zeit zu verschwenden, riss ich den Ärmel des dritten Chefs hoch, der immer noch starr neben mir stand. Ich hob seinen Arm an, sodass die anderen den rosa Fleck sehen konnten, der genau dort war, wo ich gesagt hatte, nämlich auf der Unterseite seines Oberarms.

„Ich werde den Bann darin brechen, dann wird er sich erinnern", erklärte ich. „*Mehr* werde ich nicht tun, solange sich der Rest von euch benimmt."

„Ihr solltet auf sie hören", fügte Ruin hinzu.

Die Mitglieder des Corps rührten sich unruhig, blieben aber, wo sie waren. Ich schloss meine Hände um den Bizeps des Mannes und richtete all die summende Energie in mir auf das Ziel.

Es fiel mir mit jedem Mal leichter. Inzwischen wusste ich, wie ich die magische Barriere der Gauntts treffen musste, damit sie am schnellsten brach. Ich spürte die schwächeren Stellen sofort, als sie nachgaben, und konzentrierte mehr Energie darauf. Ich schloss die Augen und rammte alle Kraft, die ich hatte, gegen die Barriere, die sie um die Erinnerungen im Kopf des Typen errichtet hatten.

Ich war kaum ins Schwitzen gekommen, als die Barriere brach. Der Kerl sog die Luft scharf durch die Nase ein, da Kai ihm befohlen hatte, den Mund zu halten. Ein gequältes Grunzen entwich seinen Lippen.

Kai gab ihm einen leichten Klaps. „Du kannst reden, aber greif keinen von uns an."

Die Lippen des Mannes öffneten sich. „Diese *Wichser*", stieß er hervor. Seine Stimme war heiser vor Wut und Entsetzen. Er wippte einige Sekunden lang auf seinen Füßen, bevor er seinen Blick auf seine Kollegen richtete. „Diese Typen sagen die Wahrheit. Wir müssen die verdammten Gauntts vernichten."

<h1 style="text-align:center">neunzehn</h1>

Ruin

Lily legte ihre Hand auf das Mikrofon ihres Handys und stöhnte leise, bevor sie sich wieder dem Gespräch zuwandte. „Ja, ich verstehe, dass die Wohnung ein wenig unordentlich war. Deshalb verzichte ich auch auf die Kaution. Aber all die Dinge, die Sie aufgezählt haben, funktionierten schon nicht mehr, als ich eingezogen bin. Ich kann Ihnen mehrere E-Mails zeigen, in denen ich Sie auf diese Probleme hingewiesen habe. Dafür werde ich sicherlich nichts bezahlen."

Ich war in der Wohnung auf und ab gelaufen und hatte an einem würzigen Beef Jerky geknabbert. Jetzt blieb ich stehen und betrachtete Lilys angespannten Gesichtsausdruck. Sie telefonierte schon seit einigen Minuten mit ihrem ehemaligen Vermieter und verteidigte sich gegen seine Anschuldigungen, der schlechte Wasserdruck, die undichte Spüle und wer weiß, was noch alles sei ihre Schuld.

„Soll ich mich um ihn kümmern?", flüsterte ich mit hochgezogenen Augenbrauen und fuhr mir mit dem Finger über die Kehle, um deutlich zu machen, was ich meinte. Es wäre mir ein Vergnügen, endgültig dafür zu sorgen, dass er unsere Frau nicht mehr belästigen konnte.

Zu meiner Enttäuschung schüttelte Lily den Kopf. Sie verdrehte die Augen über die nächsten Worte des Vermieters und ließ sich noch tiefer in die Sofakissen sinken. „Ja, ich verstehe, aber das war nicht meine Schuld."

Ich schluckte den letzten Bissen Dörrfleisch hinunter, genoss den intensiven Geschmack allerdings nicht so sehr wie sonst. Ich mochte es überhaupt nicht, wenn Lily gestresst war, und in den letzten Tagen war ihre Stimmung … düsterer als sonst. Als läge ein Schatten über ihr. Der Ausdruck in ihren Augen, wenn sie das Blut unserer Feinde manipulierte, und ihre Haltung danach deuteten darauf hin, dass sie härter wurde.

Ich mochte sie sanft, süß und lächelnd. Wäre sie mit dieser neuen Härte glücklich gewesen, hätte ich das auch voll und ganz unterstützt. Aber sie lächelte immer seltener.

Als ich ihre Pose auf dem Sofa betrachtete, kam mir eine einfache Strategie in den Sinn, um mehr Licht in ihr Leben zu bringen. Eine feurige Art von Licht.

Ich konnte mir ein Grinsen nicht verkneifen, als ich zu ihr ging und mich neben ihre Füße kniete. Lily warf mir einen Blick zu und zog die Stirn in Falten. „Was machst du da?", flüsterte sie.

„Wonach sieht es denn aus?", murmelte ich zurück und strich mit meinen Fingern über ihre Knie. Das lange Schlafshirt, das sie noch trug, war für meine Zwecke genau richtig. „Du brauchst einen Ausgleich für die schrecklichen Dinge, die du dir anhören musst."

„Nein …" Sie unterbrach sich selbst, als sie dem Vermieter antworten musste. „Natürlich. Aber das ist durch meine Kaution abgedeckt. Ich habe im Mietvertrag nachgesehen.“

Während sie sprach, fuhr ich mit meinen Fingern ihre Oberschenkel hinauf und küsste die Innenseite ihres Knies. Lily bewegte ihre Beine, als wollte sie ihre Schenkel schließen, aber ich schob mich dazwischen, bevor sie es tun konnte, und musterte sie mit einem herausfordernden Blick. „Wenn es dir nicht gefällt, dass ich das tue, während du telefonierst, dann leg auf. *Ich* brauche nämlich noch eine Weile.“

„Ruin“, murmelte sie mit einem Hauch von Heiserkeit in ihrer verärgerten Stimme. Als ich mit meiner Zunge über die Innenseite ihres Oberschenkels strich, stockte ihr der Atem und sie stieß ein leises Keuchen aus. Ob bewusst oder unbewusst, rutschte sie auf dem Sofa noch ein Stückchen auf mich zu.

Ich zog ihr Schlafshirt bis zur Taille hoch und fuhr mit den Fingern über ihren runden Hintern. Ihr Geruch stieg mir in die Nase, und der perfekte Moschus ihrer Lust vermischte sich mit ihrem üblichen Wildblumenduft. Es gab keinen besseren Snack als diesen.

Ich küsste mich an ihrem Oberschenkel hinauf, immer näher zu ihrer Muschi. Lily zuckte zusammen. Als sie das nächste Mal in ihr Handy sprach, zitterte ihre Stimme leicht. „Stimmt, aber das war schon so. Ich habe Ihnen doch schon gesagt …“

Ohne Vorwarnung zerrte ich ihr Höschen zur Seite und umschloss ihre Muschi mit meinem Mund. Lily verstummte mit einem leisen Wimmern und hielt sich rasch den Mund zu. Als ich über ihre Mitte leckte, begannen ihre Beine zu zittern. Ihr Brustkorb spannte sich an, während sie sich bemühte, ruhig weiterzuatmen.

„Alles in Ordnung“, stieß sie hervor. „Ich bin nur“ - ein gedämpftes Keuchen - „ich bin es nur leid, mir diesen

Schwachsinn anzuhören. Ich habe schon mehr als genug gezahlt. Rufen Sie mich nicht mehr an."

Als sie auflegte, saugte ich mit neuer Kraft an ihrem Kitzler. Lily drückte stöhnend den Rücken durch und warf das Handy auf das Polster neben sich. Ihre Finger fuhren durch mein Haar.

„Du bist der Schlimmste", brummte sie keuchend, während ich mit meiner Zunge die Säfte aufleckte, die aus ihr herausströmten. „Hör nicht auf."

Das hatte ich ganz bestimmt nicht vor. Ich verschlang sie, streifte mit meinen Zähnen über ihren Kitzler, schob meine Zunge in ihre Öffnung und bearbeitete sie mit meinen Lippen, bis sie sich wand. Das Kratzen ihrer Fingernägel an meiner Kopfhaut ließ elektrische Stöße in meine Leistengegend schießen.

Mein Schwanz pochte, doch im Moment ging es nur um sie. Nur um meine Lily. Sie musste sich daran erinnern, wie wertvoll sie war.

Ein bedürftiges Wimmern drang aus Lilys Kehle. Ich drückte sie noch fester an mich, und ihre Schenkel umschlossen meinen Kopf, als ihr Höhepunkt sie durchfuhr.

Mehrere Sekunden lang lag sie zuckend auf dem Sofa. Als ich meinen Kopf hob, gab sie mir einen leichten Klaps. „Du kannst mich nicht so ablenken."

Meine Lippen verzogen sich zu einem Grinsen. „Ich werde es so oft wie möglich tun."

„Du ...", knurrte sie und richtete sich auf, wobei ihr Schlafshirt wieder über ihren Körper fiel. Leidenschaft und Verzweiflung blitzte in ihren Augen auf – ein Eifer, den ich seit Tagen nicht mehr darin gesehen hatte.

Ich erhob mich vom Sofa, denn es gab noch mehr Spiele, die wir spielen konnten. „Was willst du dagegen tun? Mir eine Lektion erteilen?"

In Lilys Blick flammte noch mehr Hitze auf. Mit

räuberischer Anmut erhob sie sich. „Würde das funktionieren?“

„Ich denke schon“, antwortete ich. „Aber dazu musst du mich erst mal fangen.“

Als sie die Hand nach mir ausstreckte, rannte ich wie der Blitz in ihr Schlafzimmer. Lily flitzte mir hinterher, ihre nackten Füße polterten über die Dielen. Plötzlich war ich wahnsinnig dankbar, dass ich allein mit ihr in der Wohnung war, während die anderen Jungs sich um die Partyvorbereitungen kümmerten. Es machte mir nichts aus, unsere Frau zu teilen. Ich *liebte* es, wie sie unter der Lust erbebte, die wir ihr gemeinsam bereiten konnten. Doch ich genoss auch die Momente, in denen ich sie ganz für mich allein hatte.

Als ich das Fußende des Bettes erreichte und mich umdrehte, stürzte Lily auf mich zu. Sie stieß mich ohne wirklichen Widerstand nach hinten und blickte auf mich herab, während sie sich rittlings auf mich setzte und meine Schultern auf die Matratze drückte.

Ich strahlte sie an und wusste, dass ich sie im Handumdrehen von mir stoßen könnte, wenn ich wollte, doch ich hatte nicht die geringste Lust dazu. „Okay, du hast mich erwischt. Was wird meine Strafe sein?“

Ein verschmitztes Lächeln umspielte Lilys Lippen. Sie rieb ihre Muschi an mir, bis ich steinhart wurde. „Was, wenn ich dich nicht bestrafen will? Was, wenn ich nur sicherstellen will, dass du beendest, was du angefangen hast?“

Meine Atemzüge wurden ebenfalls rauer „Ich glaube, damit könnte ich einverstanden sein“, stichelte ich.

„Hm“, sagte sie und fuhr mit ihren Fingern meinen Oberkörper hinunter bis zum Bund meiner Jeans. Ihr Handballen glitt über den Knopf und meine bereits pochende Erektion. „Du glaubst? Ich will, dass du dir hundertprozentig sicher bist.“

Ein heiseres Lachen entwich mir. „Das bin ich.“

„Gut.“ Sie öffnete den Reißverschluss meiner Hose und zog sie mir zusammen mit den Boxershorts aus. Als sie meinen Schwanz streichelte, warf ich meinen Kopf stöhnend zurück. Keine andere Frau hatte jemals auch nur annähernd eine solche Wirkung auf mich gehabt wie sie.

Ich wollte in ihr sein und sie zu einem weiteren Höhepunkt bringen, ohne Stoffbarriere zwischen uns. Doch da war Nox' Stimme in meinem Hinterkopf, die mich daran erinnerte, vorsichtig zu sein.

Bei Kai wäre es vielleicht kein Problem gewesen, wenn nur Lily verhütete. Der Vorbesitzer seines Körpers schien kein sonderlich ausgeprägtes Sozialleben gehabt zu haben. Doch der beliebte Kerl, dessen Körper ich in Besitz genommen hatte, war eindeutig kein Kind von Traurigkeit gewesen. Ich konnte nicht darauf vertrauen, dass sein Schwanz sauber war, selbst wenn *ich* seit zwei Jahrzehnten mit keiner Frau geschlafen hatte.

Lily würde ohnehin nicht alle Vorsicht in den Wind schlagen, egal wie viel Spaß wir hatten. Ohne dass ich etwas sagen musste, kroch sie auf dem Bett über mich, sodass ihre Brüste durch ihr Schlafshirt hindurch meinen Oberkörper streiften, und holte ein Kondom aus dem Nachttisch. „Steinhart und verpackt.“

„Und bereit, in dir zu sein“, fügte ich hinzu und umklammerte ihre Hüften, als sie ihre vorherige Position wieder einnahm.

Sie summte vor sich hin und fuhr noch einige Male an meinem Schwanz auf und ab und über meine Eier, bis ich kurz davor war, zu explodieren. Dann endlich streifte sie mir das Kondom über und sank auf mich hinab, um mich in sich aufzunehmen.

Ihre Wärme um mich herum fühlte sich immer an wie nach Hause zu kommen. Mein Atem stockte, als ich mich aufbäumte, um ihr auf halbem Weg entgegenzukommen, und Lily keuchte. Jetzt, da sie nicht mehr telefonierte, musste sie sich nicht mehr zurückhalten.

Sie beugte sich vor, legte ihre Hände auf meine Brust und ritt mich in ihrem eigenen Tempo. Bei den ersten langsamen, gleichmäßigen Bewegungen ihres Körpers stöhnte ich auf und meine Eier verkrampften sich. Aber ich hielt durch und hatte vor, bis zum Ende bei ihr zu bleiben, egal wie köstlich qualvoll es war.

Als sie immer schneller wurde, breitete sich der Schmerz in meiner Leiste aus. Ihr Atem wurde schwerer und mein Herz schwoll vor Zuneigung an, als ich zu ihr aufblickte, während mein Schwanz vor Lust anschwoll. „So ist es gut, Engelsfisch. Nimm dir, was du brauchst. Ich bin hier bei dir.“

Sie wimmerte und bewegte sich noch schneller. Ihre Augenlider waren halb geschlossen, während sie ihrem Höhepunkt nachjagte. Ich umkreiste ihren Kitzler mit meinem Daumen, während sie auf und ab wippte und ihre Finger sich an meiner Brust krümmten. Sie schrie auf und erschauderte, als ihre Muschi mich umklammerte.

Sobald ich spürte, dass sie kam, ergoss ich mich in ihr. Ein Hitzeschwall durchflutete mich, und ich brach schlaff auf dem Bett zusammen. Ich hatte allerdings noch genug Kraft, um sie in meine Arme zu ziehen.

„War die Rache gut?“, fragte ich.

Lily schnaubte. „Du wirst nie angerufen. Ich kann es dir nicht richtig heimzahlen.“ Sie hielt inne und schmiegte sich dicht an mich. Ihre Finger glitten über meinen Arm. „Du hast nicht mehr mit Ansels Familie gesprochen, seit wir das letzte Mal dort waren, oder?“

Bei der Erinnerung an die Konfrontation mit der Mutter des Vorbesitzers meines Körpers wurde mir flau im Magen. Ich schlang meinen Arm um Lily und atmete ihren Duft ein, bis sich mein Inneres wieder entspannte. „Nein. Kai hat herausgefunden, wie man Nummern auf unseren Handys blockiert und hat es mir gezeigt. Ich will nie wieder mit ihnen reden.“

„Du hast dich sehr darüber aufgeregt, dass sie die Gauntts an Ansel herangelassen haben, als er noch ein Kind war“, meinte Lily zögerlich. „Ich habe dich noch nie so gesehen.“

Mir entging die implizite Frage in ihrer Aussage nicht, doch ich brauchte eine Minute, um mir zu überlegen, wie ich sie am besten beantworten konnte. Ich rollte auf sie zu, zog sie an mich und vergrub mein Gesicht in ihrem Haar.

„Ich rege mich nicht gerne so auf“, murmelte ich. „Das ist für niemanden gut. Es ist anders, wie wenn ich wütend werde, wenn dir jemand wehtut, denn dann verteidige ich dich. Doch nichts, was ich tue, ändert etwas, was vor Jahren passiert ist.“

„Aber du hast dich aufgeregt. Und das ist in Ordnung. Du musst nicht immer alles schönreden. Ich war nur überrascht, weil du Ansel nicht besonders *mochtest*.“

„Er war ein Idiot“, sagte ich automatisch und grübelte noch ein wenig. Die Geschichte könnte Lily traurig machen. Andererseits würde sie ihr helfen, zu verstehen. Vielleicht würde sie sich dann besser fühlen. Außerdem hatte sie gefragt.

Ich wollte sie glücklich machen, aber ich wollte auch ehrlich zu ihr sein.

„Ich schätze, es hat mich zu sehr an meine eigene Familie erinnert“, gab ich zu. „Sie waren nicht ... Sie waren nicht so *schrecklich* wie die von Nox und Jett. Sie haben mir nicht wehgetan. Sie haben nur ... überhaupt nichts für mich getan. Sie haben mir gesagt, ich solle gehen und tun, was mich glücklich macht. Und dann haben sie getan, was *sie* glücklich machte, ohne sich die Mühe zu machen, mir Frühstück zuzubereiten oder dafür zu sorgen, dass ich passende Schuhe hatte oder so."

Lilys Stimme war grimmig, als sie antwortete. „Ich kann verstehen, dass das schmerzhaft für dich war. Kinder brauchen jemanden, der sich um sie kümmert. Das ist völlig normal. Sogar meine Mutter und Wade haben wenigstens dafür gesorgt, dass Marisol und ich regelmäßige Mahlzeiten und Kleidung bekamen."

Ich zuckte mit den Schultern. „Ich kam zurecht. Manchmal hatte ich Hunger und manchmal war mir kalt - und die meiste Zeit war ich einsam -, aber es hätte viel schlimmer sein können. Und je mehr ich die positiven Seiten sah und an all die Dinge dachte, die ich nach Belieben tun konnte, weil sie nicht aufpassten, desto weniger störten mich die schlechten Dinge."

Lily gab mir einen Kuss auf die Wange. „Du hast dir also angewöhnt, immer alles positiv zu sehen."

„Auf diese Weise ist es viel einfacher, glücklich zu sein", erklärte ich. „Warum sollte ich mich von dem, was jemand anderes getan hat, runterziehen lassen? Am Ende habe ich sie nicht gebraucht. Ich habe es überlebt, und jetzt bin ich hier."

„Es scheint dich allerdings zu belasten, sonst hätte dich das, was Ansels Eltern getan haben, nicht aufgeregt."

„Ja." Ich ließ meinen Kopf in das Kissen sinken. „Der Gedanke, dass sie einfach weggesehen haben und es ihnen egal war, was diese Arschlöcher ihm in ihrem eigenen Haus antun ... Selbst meine Eltern sind nicht *so* weit gegangen. Sie hatten andere Prioritäten, als sich um mich zu kümmern, aber sie haben nicht zugelassen, dass ich missbraucht wurde. Und selbst so fiel es mir anfangs schwer, die Dinge positiv zu sehen. Ansel war ein Idiot, als ich seinen Körper übernommen habe, doch er muss eine furchtbare Kindheit gehabt haben."

„Es wäre schwer gewesen, die Taten der Gauntts positiv

zu sehen“, stimmte Lily zu. „Seine Mutter hat alles verdient, was du zu ihr gesagt hast. Ich habe mir nur Sorgen um dich gemacht. Wenn es für dich das Beste ist, alles positiv zu sehen, dann sei fröhlich. Das kann dir niemand wegnehmen.“

Lächelnd küsste ich ihr Gesicht. „Dir auch nicht, Waterlily. Lass dich von nichts und niemandem unterkriegen.“

„Wie könnte ich, wenn ich dich habe?“ Lily kicherte, doch ich wurde das Gefühl nicht los, dass ich sie nicht von der Dunkelheit befreit hatte. Vermutlich hatte ich sie nur für eine kurze Zeit zum Verschwinden gebracht.

Lily

Früher war das mittelalterliche Restaurant, das die Schädelbrecher als ihr neues Clubhaus beansprucht hatten, stimmungsvoll schummrig gewesen. Jetzt waren überall Lichter, wohin ich auch schaute. Auf den Tischen am Rande des Raumes standen elektrische Laternen und an der Decke waren blinkende Neonröhren angebracht. Sogar der Thron, auf dem ich mich vor gefühlt hundert Jahren mit Nox und Ruin amüsiert hatte, war jetzt mit Lichterketten ausgestattet.

Zum Glück gab es auch reichlich zu essen, denn die Schädelbrecher könnten allein ein ganzes königliches Festmahl verschlingen. Sie hatten ihre Rekruten beauftragt, genug Platten für ungefähr drei Festmähler zu liefern, von denen sie eines bereits verputzt hatten. Ich hoffte wirklich, dass keines der Mitglieder des Skeleton Corps sich besonders auf Jalapeno-Poppers oder scharfe Nachos gefreut hatte.

Die Mitglieder des Corps strömten herein und nahmen die Dekoration, das Essen sowie die dröhnende Discomusik, die jemand für eine gute Idee gehalten hatte, mit skeptischen bis entsetzten Blicken zur Kenntnis. Vielleicht lag es auch an dem hemmungslosen Tanz, den Ruin gerade auf der freigeräumten Fläche hinter dem Thron vollführte. Er tanzte, als wäre er von John Travoltas Geist besessen und grinste ununterbrochen.

Zum millionsten Mal strich ich den Rock meines Kleides glatt. Ich hatte das Bedürfnis gehabt, mich dem Anlass entsprechend anzuziehen, obwohl ich mich in schicken Kleidern nicht wohlfühlte, – auch wenn ich mich für ein legeres Kleid anstelle einer Abendrobe entschieden hatte – und ich mit dem Auto fahren musste, anstatt mit einem der Jungs. Fred 2.0 war sowieso ein wenig vernachlässigt worden.

Ruin stimmte ein weiteres Lied an. Ich stieß Nox, der neben mir stand, mit dem Ellbogen an. „Sollten wir nicht wenigstens ein paar Lieder aus diesem *Jahrhundert* spielen? Warst *du* überhaupt geboren, als das hier rauskam?"

Nox schnaubte. „Meine Oma wäre tödlich beleidigt, wenn sie gehört hätte, dass du die Bee Gees kritisierst. Wir wussten nicht, wie das mit dem Herunterladen funktioniert, und das war die einzige CD, die wir auftreiben konnten, die einigermaßen partytauglich war. In ein paar Minuten spielt das sowieso keine Rolle mehr."

In weniger als einer halben Stunde sollte die musikalische Untermalung des Abends aus Schüssen bestehen.

Er entfernte sich von mir, um einige der Schädelbrecher-Rekruten auf die Tanzfläche zu ziehen, damit Ruin nicht ganz so einsam aussah. Jett tauchte sofort an meiner anderen Seite auf, eine Cola in der einen und einen Churro in der anderen Hand. Ich sah ihn mit einer hochgezogenen Augenbraue an. „Bist du jetzt mein Aufpasser?"

Er schenkte mir ein verhaltenes Lächeln, bei dem mir

warm ums Herz wurde. Allein durch die Tatsache, dass er so nah bei mir stand und mich so liebevoll anlächelte, auch wenn es durch seine übliche schweigsame Zurückhaltung ein wenig gedämpft wurde.

„Du bist die gefährlichste Person im Raum", sagte er. „Du solltest auf uns aufpassen."

Das könnte stimmen. Nervosität stieg in mir auf und ich verschränkte die Arme vor der Brust. Ich wollte mir keine Sorgen darüber machen, ob die Jungs in der Lage sein würden, ihren Plan durchzuziehen, während sich die Zielpersonen dieses Plans im ganzen Restaurant verteilten. Ich knabberte an einem Stück Pizza. Das erschien mir sicherer als die scharfe Paprikapastete, die Ruin bestellt hatte.

„Ich nehme an, ihr wisst, wer die Ehrengäste sind?", fragte ich leise. Sie wollten nicht *alle* Mitglieder des Skeleton Corps abschlachten, sondern nur die wenigen, die für ihre Morde verantwortlich waren.

Kai hatte sich gerade zu uns gesellt und meine Frage mitbekommen. Er antwortete an Jetts Stelle. Wahrscheinlich hatte er eine detaillierte Liste in seiner Hosentasche. „Wie es aussieht, sind noch fünf Mitglieder des Corps am Leben, die in den Vorfall verwickelt waren, den wir ‚feiern'. Sie sollten heute Abend alle hier sein. Ihre Plätze sind mit Namensschildern gekennzeichnet." Er neigte seinen Kopf in Richtung des Banketttisches vor dem Thron. „Vier von den fünf habe ich bereits gesehen."

„Sogar die Anführer sind hier", bemerkte ich. Drei Männer, die ich aus der Eisdiele kannte, waren bereits eingetroffen, und ein weiterer schlenderte gerade herein. Von den beiden, die nicht hier waren – den Kerl, der bei den Kämpfen ums Leben gekommen war, nicht mitgerechnet – lag einer vermutlich im Krankenhaus, nachdem ihm die Schädelbrecher eine Lektion in Gastfreundschaft erteilt hatten, und der andere …

Der andere war der mit dem Mal, dessen Erinnerungen ich vor ein paar Tagen zurückgebracht hatte.

Stirnrunzelnd ließ ich meinen Blick über die Menge schweifen, falls ich ihn übersehen hatte. Inzwischen waren mindestens fünfzig Leute im Restaurant, aßen und unterhielten sich. Die Hälfte von ihnen waren Schädelbrecher-Rekruten, die andere Hälfte gehörte zum Skeleton Corps. Nachdem ich dem Kerl mit dem Mal so nahe gekommen war, hätte ich ihn sicherlich wiedererkannt.

Mir war mulmig zumute, aber wahrscheinlich lag es nur an der Nervosität. Eigentlich war es gar nicht so seltsam, dass er die Party verpasst hatte. Ich war überrascht, wie viele der hohen Tiere *gekommen* waren. Vielleicht würde er später kommen. Oder er war bei einem Therapeuten, um sein jahrelang unterdrücktes Trauma aufzuarbeiten.

Wahrscheinlich war es besser, dass er nicht hier war. Die Ereignisse des heutigen Abends hätten ihn nur noch mehr traumatisiert.

Ich schluckte das letzte Stück Pizza hinunter und bereute es, überhaupt etwas gegessen zu haben. Mein Verdauungssystem würde vermutlich erst wieder richtig funktionieren, wenn dieser Abend vorbei war.

Kai richtete sich ein wenig auf und blickte in den vorderen Bereich des Raums. „Da ist der letzte von ihnen. Die Arschlöcher, die uns niedergemäht haben." In seiner Stimme schwang mehr Emotion mit, als ich sonst von ihm gewohnt war. Er war genauso wütend wie die anderen über seinen vorzeitigen Tod vor zwanzig – Verzeihung, *ein*undzwanzig – Jahren.

Ich beobachtete den letzten Neuankömmling. Der pummelige, kahlköpfige Mann sah aus, als würde seine Gangstertätigkeit heutzutage hauptsächlich darin bestehen, Leute anzubrüllen, die ihm unterstellt waren, damit sie seine Anweisungen ausführten. Zögernd ging er an dem Tisch an der gegenüberliegenden Wand entlang, bevor er sich einen Teller holte, um ihn mit mehreren Mini-Frühlingsrollen zu beladen. Als er den Raum in Augenschein nahm, sah er genauso skeptisch aus wie viele der anderen.

Auch Kai schien das nicht zu entgehen. „Ich werde Nox sagen, dass wir loslegen sollen", sagte er und erhob sich vom Tisch. „Wir müssen die Sache in die Hand nehmen, bevor sich einer von ihnen aus dem Staub macht."

Ich blickte zu Jett hinüber, der einen weiteren Schluck von seiner Cola nahm. „Brauchst du Hilfe, um alle zusammenzutrommeln?"

Er zuckte mit den Schultern und strich sich die Haare aus den Augen. „Nein. Nox und Kai können alle auf Position bringen. Ich werde die große Enthüllung übernehmen." Ein wildes Grinsen umspielte seine Lippen. Es war beunruhigend sexy. Oder zumindest hatte ich das Gefühl, dass es mich beunruhigen sollte, wie sexy ich es fand. Doch dem war nicht so.

Ruin hatte auf der Tanzfläche inzwischen Gesellschaft bekommen, die unbeholfen und ohne wirkliche Begeisterung mitwippte und schunkelte. Nox geleitete die Ehrengäste an den Tanzenden vorbei zu ihrem speziellen Tisch. Sie brachten Teller mit Essen mit, und Kai eilte mit ein paar der größeren Platten und anschließend mit Schnapsflaschen herbei, damit sie sich selbst bedienen konnten, ohne aufzustehen. Allem Anschein nach brannten sie darauf, die fünf Mörder der Schädelbrecher zu verwöhnen.

Als sich die Ehrengäste niedergelassen hatten und mit etwas verwirrten Mienen zu essen begannen, machte Nox eine schnelle Geste. Die Musik verstummte. Er klatschte in die Hände, und Jett verließ meine Seite, um sich neben die anderen zu treten, die sich vor dem B6anketttisch aufstellten.

Nox grinste breit. „Meine Herren", begann er mit einem leicht sarkastischen Grinsen. „Wir freuen uns, dass diejenigen heute bei uns sein können, die vor zwanzig Jahren bei der Vernichtung der Schädelbrecher eine Rolle gespielt haben. Wir haben eine ganz besondere Überraschung für euch! Wenn ihr bitte …"

Er kam nicht dazu, seinen Satz zu beenden, denn in diesem Moment brach die getäfelte Decke auf, und mindestens zwei Dutzend Männer mit Totenkopf-Skimasken stürzten in die Menge, wobei sie ihre Waffen bereits abfeuerten. In einem Augenblick regnete es buchstäblich Männer und Kugeln.

Die Partygesellschaft begann zu schreien und griff ebenfalls nach ihren Waffen. Schüsse dröhnten in meinen Ohren, und ich sprang unter einen der Tische.

Als ich darunter hervorlugte, konnte ich nicht umhin zu bemerken, dass die Männer des Skeleton Corps, die an den Feierlichkeiten teilgenommen hatten, nicht überrascht aussahen. *Sie* hatten sich alle im vorderen Teil des Restaurants versammelt, abgesehen von den fünf am Haupttisch, und zückten jetzt ihre eigenen Waffen.

Ruin duckte sich unter den Tisch neben mir und fasste mich am Arm. „Geht es dir gut?"

„Ja", antwortete ich. „Aber was zum Teufel sollen wir jetzt tun?" Draußen herrschte das totale Chaos, Körper fielen zuckend zu Boden und die Leute suchten verzweifelt Schutz, wo sie nur konnten. Mehrere Lampen gingen im Kugelhagel zu Bruch, und in dem dunklen Raum war es schwierig, das Geschehen zu verfolgen.

„Wir wurden doppelt hintergangen!", rief Ruin aus. „Dreifach überlistet? Und das noch, bevor wir die Gelegenheit hatten, sie aufs Kreuz zu legen!" Sein Kopf zuckte in Richtung des Tisches neben dem Thron. Er musste bemerkt haben, dass einige der Männer dort sich anspannten, als wollten sie zu den Türen stürmen. Wütend fletschte er die Zähne. „Wir dürfen *sie* nicht entkommen lassen.“

Ich wollte gerade sagen, dass wir uns darauf konzentrieren sollten, hier lebendig herauszukommen, und uns später um unsere mörderische Rache kümmern sollten, doch Ruin war bereits unter dem Tisch hervorgekrochen und rannte auf unsere Ehrengäste zu, um sie an der Flucht zu hindern.

Hinter der Hauptgruppe von Corps-Mitgliedern öffneten sich die Eingangstüren, und mehrere Rekruten der Schädelbrecher schossen in die Masse der Körper. Sie waren draußen postiert worden, um sicherzustellen, dass die Ziele unserer Rache nicht entkamen. Offenbar hatten sie erkannt, dass sie im Moment drinnen gebraucht wurden.

Ein paar Skeleton-Corps-Mitglieder gingen zu Boden, während andere rechtzeitig auswichen und zurückschossen. Unsere eigenen Leute lagen in Blutlachen auf dem Boden. Ich konnte nicht einmal sagen, wer dabei war, zu gewinnen.

Warum hatte sich das Corps gegen uns gewandt? Hatten sie herausgefunden, was die Schädelbrecher vorhatten? Womöglich hatte einer dieser Rekruten beschlossen, dass es das Risiko wert war, uns zu verraten, um sich mit der ursprünglichen Vormacht in der Stadt gut zu stellen.

Im Moment hatten wir keine Möglichkeit, das herauszufinden. Das Summen der übernatürlichen Energie in mir kribbelte auf meiner Haut, und ich richtete sie auf alle Flüssigkeiten, die ich erreichen konnte. Ich schleuderte Schnapsflaschen und Dosen auf jede maskierte Gestalt, die noch stand und offensichtlich zum Skeleton Corps gehörte. Das schien mir ein schnellerer Weg zu sein, mit der Horde von Angreifern fertig zu werden, als zu versuchen, ihre Herzen einzeln zu sprengen.

Dann flogen Flaschen und Dosen sowie Kugeln in alle Richtungen und stießen manchmal zusammen. Mehr Leute suchten unter den Tischen und hinter dem Thron und dem Flipper Schutz. Eine verirrte Kugel zerschmetterte die Glasplatte des Flippers, und ich hörte ein entsetztes Stöhnen, das wahrscheinlich von Nox stammte.

Die Gangster schossen immer noch aus ihren Verstecken. Ein Typ stürzte sich aus dem Nichts auf mich und bereute es sofort, als ich meine gesamte übernatürliche Kraft auf sein Blut richtete. Sein Körper verkrampfte sich und purpurne Schlieren spritzten aus seiner Nase, während er sich neben mir auf dem Boden krümmte und sein Kopf schlaff zur Seite fiel.

Ein widerlicher Fleischgeschmack erfüllte meinen Mund, als der plötzliche Energieschub abebbte. Ich fing an, die Zahl der Toten zu erhöhen.

Auch die Schädelbrecher taten ihr Bestes. Kai stürzte sich gerade auf einen ihrer Mörder, der sich aus dem Staub machen wollte. Er stieß ihn zu Boden, stellte sich über ihn und trat auf seinen Rücken. Seine Augen glühten vor Wut. Meine Jungs hatten ihren Plan zwar nicht ausführen können, wie geplant, doch Kai würde ihn trotzdem keines leichten Todes sterben lassen.

„Ihr wolltet uns ausschalten, aber wir sind wieder da", schnauzte er und schoss dem Mann erst in die Wade und dann in die Leiste. Der Mann unter ihm wand sich stöhnend. „Das habt ihr davon, wenn ihr die Schädelbrecher verarscht. Wir sterben nicht!"

Er feuerte die restlichen Kugeln in den immer stärker zuckenden Körper, eine nach der anderen, bevor er das Ganze mit einem Schuss in den Schädel beendete.

Nox stürmte auf einen anderen Ehrengast zu und verpasste ihm mehrere brutale Schläge. Der Kerl schwankte und taumelte unter der Attacke des Bosses der Schädelbrecher. Seine Brust war eingefallen, da ein paar seiner Rippen gebrochen waren.

„Du gehst nirgendwohin", knurrte er. „Es ist Zeit, für die zwanzig Jahre zu bezahlen, die wir verloren haben."

Er schlug den Kopf des Kerls gegen den Sitz des Throns und befahl seinen Rekruten, die anderen drei zu umzingeln, bevor sie sich aus dem Staub machen konnten.

Ruin versetzte einem anderen Ehrengast einen so kräftigen Tritt, dass dieser zu Boden ging. Mit einem vergnügten Lachen stieß er dem Mann einen Pfannenwender in die Brust, der zu einer der Platten gehört haben musste.

Jett schlug auf den vierten Mann ein und brachte seinen Körper in eine unmögliche Formation, in der er vermutlich nicht lebensfähig war. Er hörte erst auf, als der Schwachkopf wie eine menschliche Brezel verdreht war, die ein nicht besonders geschickter Bäcker gemacht hatte.

Als Nox auf den letzten ihrer Mörder zuging, fummelte der Glatzkopf an einer Waffe herum, deren Munition offenbar bereits aufgebraucht war. Nox riss dem Glatzkopf die Waffe aus der Hand und rammte ihm den Lauf durch seine Augenhöhle direkt in den Schädel. Der grausige Anblick jagte mir einen Schauer über den Rücken, doch ich konnte nicht sagen, dass er es nicht verdient hatte.

Ich hatte die Spur der anderen Schädelbrecher verloren. Überall im Raum wurden immer noch Schüsse abgefeuert und kleinere Ringkämpfe ausgetragen, obwohl die Aktivität langsam nachließ. Vor allem, weil zu diesem Zeitpunkt wahrscheinlich mehr Leute tot auf dem Boden lagen, als auf den Beinen waren.

Als die Schüsse und die anderen Kampfgeräusche verklungen waren, kroch ich unter dem Tisch hervor und bahnte mir einen Weg durch die Leichen zum Thron. Wie es aussah, hatten die wenigen überlebenden Mitglieder des Skeleton Corps beschlossen, dass sie genug Schaden angerichtet hatten, und waren abgehauen.

Bis auf einen grauhaarigen Mann, über den sich Ruin

mit einem wilden Grinsen beugte. Der Mann war zusammengekauert und zitterte angesichts des übernatürlichen Schreckens, den wir verbreitet hatten.

„Bitte!", wimmerte er und klammerte sich an Ruins Hosenbein. „Tut mir nicht weh. Ich schwöre, ich werde nie wieder etwas gegen dich oder deine Leute unternehmen. Es war nicht einmal meine Idee. Ich will das nur lebendig überstehen! Oh, Gott …"

Es fiel mir schwer, Mitleid für ihn zu empfinden. Vom Skeleton Corps war *kaum* noch jemand übrig. Wie es schien, hatten meine Männer vor allem deswegen überlebt, weil so viele ihrer Rekruten die meisten Kugeln abgefangen hatten. Ich erschauderte.

Der Blick des Mannes fiel auf mich, als wir uns alle um Ruin versammelten. Zu meiner Überraschung hob er als Nächstes seine Hand zu mir, und seine Augen weiteten sich mit einem Ausdruck verzweifelter Hoffnung. „Das Mädchen! Du gehörst zu ihnen. Du kannst ihnen sagen, dass sie mich verschonen sollen. Ich werde dir sagen, wo deine Schwester ist."

Ich erstarrte. „Was?", fragte ich und mir rutschte das Herz in die Hose.

„Deine Schwester", murmelte der Mann. „Das Mädchen. Ich kann dir den letzten Ort zeigen, an den sie sie gebracht haben. Ich habe bei dem Transport geholfen."

„Woher zum Teufel weißt du etwas über Lilys vermisste Schwester?", schnauzte Nox und starrte den Kerl an.

Aber er sagte die Wahrheit, oder? Er hätte nicht wissen können, dass ich eine Schwester hatte, die vermisst wurde, wenn er nicht darin verwickelt gewesen wäre.

Der Mann begann unter Nox' bösem Blick noch stärker zu zittern. „Ich helfe den Bossen manchmal. Sie haben es als Gefallen getan. Das machen sie manchmal. Wir erledigen Sachen für die großen Leute in ihren hohen Türmen, und sie halten uns die Polizei vom Hals und so weiter. Es war nicht *meine* Idee."

„Fuck!", brüllte Nox.

Kais Mund hatte sich zu einer blassen Linie verzogen. Er blickte mich an. „Die Gauntts haben das Skeleton Corps in der Tasche."

„Ja", pflichtete ich ihm leise bei. „Das ist mir auch gerade klar geworden."

Kein Wunder, dass das Corps ganz Mayfield beherrscht hatte, bis es von einer Gruppe von Kerlen herausgefordert wurde, die wenig Selbsterhaltungstrieb, starke Rachegelüste und unerwartete übernatürliche Fähigkeiten hatten. Kein Wunder, dass sie uns heute Abend angegriffen hatten. Die Erkenntnis traf mich wie ein Schlag ins Gesicht.

Die Worte sprudelten nur so aus mir heraus. „Sie haben euch nicht hintergangen, weil sie euren Plan durchschaut haben. Sondern, weil ihr wolltet, dass sie sich gegen die Gauntts wenden." Das erklärte auch, warum der Boss mit dem Mal nicht gekommen war. Hatten ihn seine Kollegen für immer zum Schweigen gebracht, weil er sich gegen ihre Wohltäter stellen wollte?

Das war im Moment nicht wichtig. Ich konzentrierte mich wieder auf die Gegenwart. Was zählte, war, dass die Jungs und ich durch die Todesfälle und das Chaos bekommen hatten, was wir wollten. Sie ihre Rache und ich einen Anhaltspunkt auf Marisols Aufenthaltsort.

„Okay", sagte ich zu dem Skeleton-Corps-Mann. „Du zeigst uns, wo meine Schwester ist, und wir lassen dich am Leben. Aber wenn du uns verarschst …"

„Das tue ich nicht!", beharrte er. „Ich schwöre es. Ich bringe euch sofort hin. Wir müssen nur …"

Ein plötzlicher Schuss hallte durch den Raum. Einer der Männer, die ich für tot gehalten hatte, hatte seine Waffe gehoben und einen letzten Schuss abgefeuert. Mir schlug das

Herz bis zum Hals, als mein Kopf zu den um mich versammelten Männern zurückschnellte. Ich befürchtete, er hätte unsere Geisel erschossen, bevor er mir die nötigen Antworten geben konnte.

Doch das hatte er nicht. Es war schlimmer als das.

Ruin kippte rückwärts gegen den Fuß des Flippers und hielt sich den Bauch, während ein Schwall Blut sein Shirt durchtränkte.

einundzwanzig

Lily

„Ruin!", rief ich und sprang an seine Seite. In diesem Moment sah sein Hemd doppelt so blutig aus wie vorher. Er glitt mit dem Rücken an dem Flipper hinunter.

Ich konzentrierte mich auf den Mann vor mir, und das magische Summen wurde lauter, bis es neben meinem Puls in meinen Ohren dröhnte. Ich spürte *sein* Herz, das immer mehr Blut durch die durchtrennten Gefäße pumpte, als könnte er nicht schnell genug ausbluten.

Klamme Finger der Panik schlossen sich um meine Eingeweide. Ich tat das Einzige, was mir einfiel, und ließ das Blut mithilfe meiner Energie zurück in Ruins Körper fließen.

Er saß auf dem Boden, immer noch gegen den Flipperautomaten gelehnt. Ich streckte meine Hände aus und hielt sie vor die Wunde. Der Fleck, der sich auf seinem Hemd ausbreitete, wurde kleiner. Er zog sich zusammen wie der Kaffee auf der Post, die ich vor Wochen retten musste. Ich drückte das Blut in seinen Körper, in die Venen und möglicherweise in die Arterien, die von der Kugel zerstört worden waren.

Ich konnte ihn nicht heilen. Mir war bewusst, dass ich das Unvermeidliche nur hinauszögerte. Doch solange ich dafür sorgte, dass das Blut in seinem Körper blieb, konnte er nicht verbluten. Also würde ich ihn so lange am Leben halten, wie ich konnte.

Was würde ich ohne Ruins freudige Begeisterung tun? Was würden wir alle ohne ihn tun? Als ich sah, wie sein Kopf schwankte, wurde mir schlagartig klar, wie sehr er unsere Fünfergruppe zusammenhielt und Unstimmigkeiten ausglich, die ohne ihn womöglich in Konflikte ausarten würden.

Wir konnten ihn nicht verlieren. Das *durfte nicht* passieren.

Jett und Kai ließen sich auf beiden Seiten ihres Freundes nieder. Aus dem Augenwinkel sah ich, wie Nox den Raum durchquerte und auf den Schützen zuschritt, der wieder zusammengebrochen war. Der Knall einer Waffe – einmal, zweimal, dreimal – ließ mich zusammenzucken. Der Boss der Schädelbrecher wollte sichergehen, dass der Arsch niemandem mehr etwas antun konnte.

Wenn Ruins Angreifer drei Kopfschüsse überleben würde, wären unsere Probleme von ganz anderer Natur.

„Hey!" Kai schnippte mit den Fingern vor Ruins Gesicht. „Bleib bei uns. Du darfst nicht sterben."

Ruin sah ihn mit verschwommenen Augen an und schaffte es, – selbst jetzt noch – zu lächeln, so wackelig es auch war. „Immer so herrisch", murmelte er. Dann glitt sein Blick zu mir, und seine Augen schärften sich. „Du musst deine Schwester finden. Ein paar von den Skeleton-Corps-Typen sind abgehauen. Sie könnten den Gauntts sagen, dass wir ihnen auf der Spur sind. Du musst sie holen, bevor sie deine Schwester woanders hinbringen.“

Ich wusste, dass er recht hatte. „Wir müssen erst Hilfe für dich holen“, sagte ich durch das Dröhnen meiner Magie.

„Nein“, beharrte er und winkte ab. „Ich bin schon einmal gestorben. Du brauchst sie.“

„Ruin“, begann Nox.

Der Rotschopf drehte den Kopf zur Seite und warf seinem Boss einen bösen Blick zu. „Wenn du versuchst, mich in ein Krankenhaus zu bringen, anstatt Lilys Schwester zu suchen, reiße ich mir die Eingeweide raus.“

Ich bezweifelte nicht, dass er diese Drohung wahr machen würde. Ich biss mir auf die Lippe, und Kai richtete sich auf.

„Bringt ihn in Lilys Auto“, befahl er und übernahm mit seiner intellektuellen Präzision das Kommando. „Zu dritt können wir ihn vielleicht stabilisieren *und* Marisol suchen. Das ist besser, als wenn er Seppuku begeht.“

Nox fluchte leise vor sich hin und machte gleichzeitig eine Bewegung zu Jett. Er packte Ruin an den Schultern, während Jett seine Füße anhob. Ich konzentrierte mich voll und ganz auf Ruins Blutfluss und sorgte dafür, dass es in seinem Körper blieb.

„Du auch“, schnauzte Nox den zitternden Skeleton-Corps-Mann an, dessen übernatürlich bedingte Furcht noch nicht nachgelassen hatte. „Wenn *du* überleben willst, bringst du uns besser zu ihrer Schwester – und zwar schnell.“

Der Trottel rannte hinter uns her, als wir hinausstürmten und uns in Fred 2.0 zwängten. Nox fing die Schlüssel auf, die ich ihm zuwarf, und stieg vorne neben unserem Führer ein. Kai, Jett und ich quetschten uns auf die Rückbank, während sich Ruin auf Kais schroffe Anweisung hin über uns legte.

Während Nox den Motor startete und der Mann vom Corps eilig Anweisungen murmelte, strich ich über Ruins helles Haar und versuchte, mich nicht von meiner Sorge überwältigen zu lassen. Er strahlte mich an, aber seine Augen waren glasig, was den Schmerz nur noch verstärkte.

Kai, der am anderen Ende unter Ruins teilweise verschränkten Beinen saß, schob seine Brille hoch. „Also gut. Ich bin mit den Strukturen der inneren Organe recht gut vertraut."

„Natürlich", brummte Jett.

Kai funkelte ihn an. „Du solltest dankbar sein. *Du* wirst nämlich der Star dieser Show sein. Du kannst die Form von Dingen verändern. Das bedeutet, dass du in der Lage sein solltest, die Form von Ruins verletzten Organen anzupassen."

Jett klappte der Kiefer herunter. „Du willst, dass ich ihn *operiere*? Mit *Magie*?"

„Hast du eine bessere Idee?", brummte Kai. „Und jetzt lass uns loslegen, bevor Lilys Herz vor Anstrengung platzt, weil sie versucht, uns aus der Patsche zu helfen."

Feuchtigkeit sickerte über meine Stirn und meine Nase. Ich hatte bis zu diesem Moment nicht einmal bemerkt, dass ich schwitzte. Es war nicht nur mein Magen, der schmerzte. Ein dumpfes Pochen hallte durch meine Nerven.

Er hatte recht. Vielleicht nicht, was mein Herz betraf, aber ich erschöpfte mich viel schneller, als mir lieb war.

Ich konnte nicht aufhören. Ruin brauchte mich.

Kai beugte sich vor und schob Ruins Shirt hoch. „Wir müssen nachsehen, womit wir es zu tun haben. In diesem Bereich hat die Kugel wahrscheinlich den Darm und mehrere Venen durchschlagen, vielleicht sogar eine Arterie … Kannst du es mit deiner Superkraft erfühlen, wenn du deine Hand darüber hältst?"

„Ja", sagte Jett, seine Stimme war rau und sein Gesicht hatte eine grünliche Farbe angenommen. Er legte seine Hand auf die Wunde. „Ich glaube, das kann ich. Aber ich will nicht die falschen Teile zusammensetzen."

„Geh mit deiner Energie so weit in das Fleisch hinein, wie du kannst, und schau, ob du eine Art blutigen Schlauch spürst, der schräg nach unten verläuft. Und ob er Löcher hat."

„Ja, da sind welche", antwortete ich leise. Kais Beschreibung verstärkte mein Bewusstsein für die Flüssigkeit, die ich manipulierte, und die Gänge, durch die ich sie leitete. „Da ist ein Loch an der Seite, wo das meiste Blut entweicht. Ich denke, die Kugel hat die Stelle gestreift."

„Scheiße", murmelte Jett und schloss die Augen. „Lass es mich versuchen. Ich weiß nicht, ob das funktionieren wird."

„Du kannst die Nase eines Mannes auf das Fünffache ihrer normalen Größe wachsen lassen", erklärte Kai. „Ich bin mir sicher, dass du eine kleine Arterienwand dehnen kannst, um ein Einschussloch zu schließen."

Jett biss sich auf die Lippe. Er legte seine Hand auf Ruins Wunde. Ich spürte, wie der Druck des Blutes langsam nachließ.

„Du hast es geschafft!", sagte ich. „Das Loch wird verschlossen."

Jett holte zittrig Luft und setzte seine Arbeit fort, während Kai ihn durch die Ebenen der Venen, Eingeweide und Muskeln lotste. Schließlich sackte der Künstler auf dem Sitz zurück. Die Farbe war aus seinem Gesicht gewichen, als wäre er derjenige, der beinahe verblutet wäre. „Mehr kann ich nicht tun. Zumindest nicht jetzt. Ich fühle mich, als würde *mein* Körper gleich auseinanderbrechen."

Ruin war während unserer Anstrengungen bewusstlos geworden. Vielleicht war das auch besser so. Ich war mir nicht sicher, wie schmerzhaft Jetts Bemühungen gewesen waren. Sein Atem ging gleichmäßig. Als ich die Energie, die ich in seinen Körper geschickt hatte, mit einem Anflug von Erleichterung zurückzog, sickerte nur noch ein wenig Blut aus der offenen Schusswunde.

„Das sollte fürs Erste genügen“, erklärte Kai.

Ich wischte mir mit dem Ärmel über die Stirn und sah ihn an. Seine Miene war angespannt, und ein harter Blick war in seine Augen getreten. Doch ich glaubte nicht, dass es daran lag, dass er nichts fühlte. Das genaue Gegenteil war der Fall. Auch er war von Ruins Verletzung erschüttert.

„Wenn das nicht reicht“, stieß ich hervor, „wenn sein Körper versagt … könnte er einen anderen übernehmen, so wie ihr es beim ersten Mal getan habt?“

Kai rieb sich den Mund. „Ich weiß es nicht. Mir war nicht einmal klar, dass das überhaupt möglich ist. Ich habe keine Ahnung, welche Regeln dafür gelten … ob Geister nur einmal dazu fähig sind, ob es einen Unterschied macht, dass wir uns theoretisch jetzt gerächt und damit keinen Grund mehr haben, in der Welt der Lebenden zu verweilen …“ Er stieß einen frustrierten Atemzug aus. „Ich würde ihn lieber nicht verlieren und es herausfinden müssen.“

„Natürlich.“ Ich strich wieder über Ruins Haar, und mein Magen drehte sich.

Ich war so auf ihn fixiert gewesen, dass ich den Jungs vorne keine Aufmerksamkeit geschenkt hatte. Plötzlich versteifte sich der Skeleton-Corps-Kerl in seinem Sitz und stürzte sich auf Nox, als wollte er nach dem Lenkrad greifen.

Nox wehrte ihn mit einem kräftigen Schubs ab und rief: „Etwas Hilfe wäre schön!“

Zum Glück saß Kai direkt hinter dem Idioten. Er beugte sich vor und verpasste ihm eine Ohrfeige. „Sei still und zeig uns, wo Lilys Schwester festgehalten wird.“

Ruins emotionaler Einfluss hatte offensichtlich nachgelassen. Kai konnte den Kerl nicht dazu zwingen, Fragen zu beantworten, doch sein Befehl schien zu funktionieren. Obwohl der Idiot die ganze Zeit finster dreinschaute, hob er jedes Mal seine Hand, wenn Nox abbiegen musste.

Während wir Ruin geholfen hatten, hatte Fred 2.0 die Stadt fast schon hinter sich gelassen. Wir passierten die letzten dicht gedrängten Gebäude und steuerten auf eine ländlichere Gegend zu, wo die Nacht den größten Teil unserer Umgebung verschluckte, abgesehen von den sporadischen Straßenlaternen entlang des Highways.

Obwohl ich bereits vermutet hatte, dass die Gauntts Marisol über die Stadtgrenzen hinaus gebracht hatten, erschauderte ich, als wir durch die Dunkelheit fuhren. Wie weit war sie noch entfernt? Und was würde uns erwarten, wenn wir dort ankamen?

Nach ein paar weiteren Kurven kroch ein feuchter Geruch durch die Lüftung des Autos, und ich rümpfte die Nase. Es roch nach … Dung.

Höchstwahrscheinlich war es Dung. Der Skeleton-Corps-Typ wies uns auf einen holprigen Feldweg, der zu großen Farmgebäuden führte. Da waren mehrere Scheunen, zwei Silos und ein großes Betongebäude, das ich nicht einordnen konnte. Daneben brannten ein paar Lichter. Aus einer der Scheunen ertönte ein verärgertes Muhen.

Als wir in der Nähe der Fahrzeuge parkten, die schon dort standen, kamen zwei Männer aus dem Betongebäude, um nachzusehen, was los war. Ein Licht über der Tür leuchtete auf und sie blinzelten uns an.

Kai klopfte unserem Führer auf die Schulter. „Halt den Mund und tu nichts, außer das Mädchen zu uns zu bringen."

Der Kerl stieg aus dem Auto. Die Männer am Gebäude schienen ihn zu kennen, denn einer von ihnen nickte und rief ihm einen Gruß zu. Der Mann befolgte Kais Anweisung und marschierte einfach an ihnen vorbei in das Gebäude. Sie warfen ihm und dem Auto verwirrte Blicke zu, bevor einer von ihnen ihm folgte.

Aus dem Inneren drangen laute Stimmen. Nox machte seine Waffe bereit und blickte zu den anderen zurück. „Wir müssen vielleicht noch ein wenig das Gesetz auf den Kopf stellen. Macht euch bereit."

Noch während er das sagte, kam der Kerl wieder in Sichtweite und zog Marisol mit sich. Mein Herz raste. Sie trug immer noch ihren Pyjama, der jetzt zerknittert und ein wenig ausgeleiert war, und jemand hatte ihr schmutzige Turnschuhe gegeben. Ihr Kopf flog von einer Seite zur anderen, und ihre Augen waren vor Verwirrung weit aufgerissen.

Ein paar andere Männer hatten sich um unseren Trottel versammelt und wollten wissen, was los war. Einer von ihnen packte ihn am Arm.

Das schien das Stichwort für die Schädelbrecher zu sein. Sie stießen die Autotüren auf. Nox sprang heraus und erschoss zwei Typen, noch bevor seine Füße den Boden berührten. Kai und Jett wanden sich so behutsam wie möglich unter Ruin hervor und stürzten sich ins Getümmel.

Ich murmelte Ruin eine Entschuldigung zu und legte seinen Kopf auf den Sitz, bevor ich ebenfalls ausstieg.

Weitere Männer stürmten aus dem Betongebäude, aber nicht viele. Es war kein Vergleich zu dem verrückten Kampf im Restaurant. Die Schädelbrecher versammelten sich um sie herum, damit sie schießen konnten, ohne Marisol zu gefährden.

Das bedeutete allerdings nicht, dass meine Schwester es leicht hatte. Sie duckte sich kreischend und schlang die Arme um ihre Knie. Ihr ganzer Körper zitterte, als hätte Ruin mithilfe seiner übernatürlichen Kräfte Entsetzen bei ihr ausgelöst.

Sobald der Weg frei war, stürzte ich zu ihr, kniete mich neben sie und fasste sie an der Schulter. „Es ist alles gut, Mare. Niemand kann dir mehr wehtun. Ich bin da. Wir bringen dich nach Hause."

Sie hob ruckartig den Kopf, und ich wusste sofort, dass es

nicht so einfach werden würde. Trotz blitzte in ihren Augen auf.

„Nein!", schrie sie und stieß sich von mir ab. „Geh weg von mir!"

Sie stand immer noch unter dem Einfluss der Gauntts. Deswegen hatte sie Angst vor *mir*. Sie flüchtete über den Hof, doch ich rannte ihr hinterher.

Ich musste den Bann brechen. Nur so konnte ich sie wieder nach Hause bringen. Ich konnte es nicht ertragen, sie zurück in die Wohnung zu bringen, wenn sie dachte, wir wären ihre Feinde und sie wäre einem schrecklichen Schicksal ausgeliefert.

So schnell ich konnte, rannte ich über den hartgetretenen Boden. Marisol war nicht langsam, doch sie hatte wahrscheinlich die meiste Zeit in der Obhut der Gauntts sitzend verbracht. Ihre Beine konnten keinen Marathon laufen. Sie zitterten, als sie auf eine der Scheunen zusteuerte. Ich fing sie direkt an der Tür ab und fasste sie am Oberarm.

„Nein, nein!", quiekte sie und versuchte, mich wegzuschlagen. „Ich hasse dich."

Ich ließ die Worte an mir abprallen. Es waren nicht ihre, sondern nur der Müll, den die Gauntts mit ihrer Magie in ihr Gehirn pumpten.

Obwohl ich erschöpft war, nachdem ich Ruin geholfen hatte, holte ich einen letzten Schwall meiner Sumpfmagie tief in meinem Inneren hervor. Mit all meiner verbleibenden Kraft schleuderte ich sie gegen das Mal, das ich auf ihrem Fleisch spüren konnte.

Beim zweiten Versuch spürte ich ein Vibrieren und wusste, dass ich den Bann gebrochen hatte.

Marisol keuchte, und ihr Arm erschlaffte in meinem Griff. „Lily?", fragte sie mit leiser Stimme. „Ich … oh mein *Gott*."

Das letzte Wort ging in einem Schluchzen unter. Ich zog

sie in meine Arme, und nach ein paar Sekunden erwiderte sie meine Umarmung noch fester.

Es wäre ein perfektes Wiedersehen gewesen, wenn nicht in diesem Moment ein weiteres Auto in Sicht gekommen wäre.

Ich hob den Kopf und betrachtete das Fahrzeug, das am Straßenrand zum Stehen kam. Es passte nicht zu den anderen Autos, die bereits auf der Farm standen. Es war zu groß, zu schnittig, zu nobel. Besorgnis stieg in mir auf.

„Komm mit, Mare", murmelte ich. „Wir bringen dich hier raus. Du kannst sogar vorne sitzen."

Die Jungs hatten sich um mein Auto versammelt und bildeten einen menschlichen Schutzschild um Marisol und mich.

Die Türen des schicken Wagens öffneten sich, und vier Gestalten stiegen aus. Nicht nur Nolan und Marie Gauntt, sondern auch ihre jüngeren Gegenstücke Thomas und Olivia. Ich knirschte mit den Zähnen. Die jüngere Generation war also auch an diesem psychotischen Plan beteiligt.

Nox zögerte keine Sekunde. Er feuerte sofort einen Schuss auf die Gauntts ab und zielte über die noch offene Tür hinweg auf Maries Kopf. Doch ihre Hand schoss nach oben, ihr Mund zuckte, und Energie flirrte durch die Luft. Entsetzt sah ich zu, wie die Kugel an einer Art unsichtbaren Wand abprallte und stattdessen auf dem Boden aufschlug.

„Steigt ins Auto!", rief ich. Ich wollte nicht abwarten, welchen Zauber diese Monster auf uns wirken würden. Ich hatte Marisol gefunden, und ich wollte, dass wir alle hier lebend herauskamen, egal, was uns später noch bevorstand.

Nox schnaubte, ließ sich aber auf den Fahrersitz fallen. Er startete die Zündung, während er seinen Blick und die Pistole auf die Gauntts gerichtet hielt. Ich schob Marisol auf den Beifahrersitz, wo sie sich mit schockierter Miene zusammenkauerte, und flitzte nach hinten, während Nox mir

Deckung gab. Kai und Jett krochen unter Ruins liegenden Körper.

Nolan Gauntt trat vor und hob ebenfalls eine Hand. „Ich fürchte, das endet hier", sagte er und begann, sein Handgelenk zu drehen.

Angst durchzuckte meine Brust, und das Summen kam aus einer Tiefe, von der ich nicht einmal wusste, dass ich sie in mir hatte.

„Es endet für euch!", brüllte ich und schleuderte ihm aus reinem Instinkt meine Kraft entgegen.

Ich spürte, wie das Blut durch seinen massigen Körper schoss, bevor ich es mit einem einzigen Stoß in Richtung seines Herzens schleuderte. Nolans Arm zitterte, und er wankte auf seinen Füßen. Die Wände seines Herzens spannten sich an und die Muskeln fransten aus, aber sie platzten nicht.

Die anderen Gauntts drängten sich um ihn herum, und noch mehr knisternde Elektrizität erfüllte die Luft. Sie versuchten, meinen Angriff abzuwehren. Doch ich hatte ihn bereits in der Hand. Ich hatte schon viel Energie verbraucht, aber wenn ich nur ein bisschen länger durchhalten und noch etwas mehr an ihm zerren könnte …

Jett stieß einen Schrei auf dem Rücksitz aus. Mein Blick huschte zu ihm, als ich bemerkte, dass Blut aus Ruins Wunde spritzte. Unsere Lösung war offenbar nur von sehr kurzer Dauer gewesen.

Für den Bruchteil einer Sekunde fühlte es sich an, als stünde die ganze Welt auf dem Spiel. Nolan war keuchend auf die Knie gefallen. Marie hatte sich mit einem Schrei an seine Seite gedrängt. Olivia und Thomas marschierten auf mich zu, und ein Energiestoß traf mich am Kopf. Mein Schädel drehte sich, und meine Gedanken verengten sich auf eine Frage.

Wollte ich, dass diese Nacht mit dem Tod oder dem Leben endete?

Nach dem Bruchteil einer Sekunde sprang ich ins Auto und konzentrierte mich wieder darauf, einen der Männer zu retten, die ich liebte.

Nox trat das Gaspedal durch und raste so schnell über die unbefestigte Straße, dass ich fast durch die noch offene Tür geschleudert wurde. Ruin zitterte und keuchte. Die Kräfte, mit denen die Gauntts uns attackierten, ließen den Motor ächzen und Metallrahmen quietschen.

Doch entweder waren sie nicht stark genug oder sie waren zu sehr von ihrem geschwächten Patriarchen abgelenkt. Nox wendete das Auto, und wir rasten in die Nacht hinaus und ließen sie weit hinter uns.

Ich beugte mich vor und ließ das Blut in Ruins Körper zurückfließen, während Kai und Jett über Richtungen und nächste Schritte diskutierten. Und irgendwo dazwischen öffnete Ruin die Augen.

„Macht denn niemand die Tür zu?", fragte er und zog die Stirn in Falten. „Ich mag die Brise, aber für Lily könnte es gefährlich sein."

In diesem Moment wusste ich, dass ich die richtige Entscheidung getroffen hatte.

zweiundzwanzig

Jett

Ruin plapperte ununterbrochen. Eigentlich war das nichts Neues, doch man sollte meinen, dass eine tödliche Schusswunde den Kerl zumindest für eine Weile ruhigstellen würde.

„Oh, ich liebe diese Sendung!", rief er. Wir hatten ihn auf das Sofa gelegt, seinen Kopf mit Kissen abgestützt und ihn zugedeckt. Lily hatte sogar den Fernsehtisch umgestellt, damit er durch die Kanäle zappen konnte, ohne sich den Hals zu verrenken.

Er fuchtelte mit der Fernbedienung herum. „Sie *glauben*, sie wären im Jenseits, aber in Wirklichkeit …"

„Hey!", unterbrach Lily ihn. „Beweg dich nicht so viel. Du willst doch nicht, dass deine Nähte aufplatzen."

Er warf ihr einen bedauernden Blick zu, bevor ein Lächeln über sein Gesicht huschte. „Du kümmerst dich so gut um mich, Engelsfisch. Ich kann es kaum erwarten, bis ich mich auch wieder um *dich* kümmern kann."

Lily hustete und ihr Blick huschte zu ihrer kleinen Schwester, die am Esstisch saß. Marisols Kopf war immer noch gesenkt, nachdem sie ein langes Gespräch geführt hatten, unterbrochen von vielen Umarmungen und ein paar Tränen. Währenddessen hatte Kai einen Arzt ausfindig gemacht, der Ruin zusammengeflickt hatte. Zumindest war er eine Art von Mediziner gewesen. Den vielen kleinen Haaren an seinem Laborkittel nach zu urteilen, hätte er auch Tierarzt gewesen sein können.

Jedenfalls hatte der Typ einiges über den menschlichen Körper gewusst, denn er hatte mehrmals gemurmelt, dass es ein Wunder sei, dass Ruin überhaupt noch am Leben war. Natürlich hatten wir die magische Komponente des Ganzen nicht erwähnt. Der Arzt hatte eine großzügige Menge antibiotischer Gels aufgetragen und ihn mit einer Vielzahl an Stichen genäht.

Der Arzt hatte eine Flasche mit schaumigem, rosafarbenem Zeug dagelassen, das Ruins Körper angeblich von innen heraus desinfizierte. Lily hatte es in den Kühlschrank gestellt, bevor Mr. Enthusiasmus das ganze Zeug in einem Zug schlucken konnte. Ruin begnügte sich damit, an sein Lieblingstrockenfleisch zu knabbern, bis es Zeit für seine nächste Dosis war. Keiner von uns hielt es für eine gute Idee, dass er etwas aß, schon gar nicht dieses Zeug, das einem die Zunge verbrannte. Doch wir hatten etwas Angst, was er versuchen könnte, wenn wir ihm nicht wenigstens diesen kleinen Genuss gönnten.

Auch wenn mir der Kerl manchmal auf die Nerven ging, konnte ich mir die Schädelbrecher ohne ihn nicht vorstellen. Vermutlich wären wir ein deprimierender, mürrischer Haufen. Meine düstere Stimmung unterstützte zwar meine

Kreativität, aber das bedeutete nicht, dass ich wollte, dass die Leute um mich herum genauso düster waren.

Marisol schien sich nicht an Ruins anzüglicher Bemerkung zu stören, sofern sie sie überhaupt mitbekommen hatte. Lily beugte sich hinunter, um Ruin einen kurzen Kuss auf die Wange zu geben und ging dann zu ihrer Schwester zurück. „Möchtest du etwas essen?", hörte ich sie murmeln. „Oder willst du lieber ins Bett? Es ist schon ziemlich spät."

Marisol erschauderte. „Nein", antwortete sie schnell. „Wenn ich die Augen schließe und meine Gedanken schweifen lasse, fällt mir womöglich noch mehr ein. Ich werde einfach mit Ruin ein bisschen fernsehen."

Sie zog ihren Stuhl in den Wohnbereich und schenkte unserem heiteren Gefährten ein vorsichtiges Lächeln, das Ruin natürlich sofort erwiderte. Obwohl sie uns erst vor ein paar Stunden vorgestellt worden war, hatte sie ihn offenbar schon ins Herz geschlossen.

Kai stand an der Küchentür und scrollte auf seinem Handy herum. Nox ließ seinen Blick durch die Wohnung schweifen und begann dann, von einem Ende des Hauptraums zum anderen zu schreiten. Der Boden knarrte leise unter seiner immer massiver werdenden Gestalt. Es war kaum zu glauben, dass dieser Körper einmal einem Professor mit einem mittelmäßigen Körperbau gehört hatte.

„Es wäre beinahe wieder passiert", knurrte der Anführer abrupt und ballte die Hand zur Faust. Er blieb am Esszimmertisch stehen und blickte erst zu Ruin und dann zu uns anderen. „Ich habe Mist gebaut und euch wieder im Stich gelassen."

Er sprach leise genug, um Ruin und Marisol auf der anderen Seite des Raumes nicht zu stören, doch die Frustration und der Ärger, die in seiner Stimme mitschwangen, waren unüberhörbar.

Stirnrunzelnd ging Lily zu ihm. „Wovon redest du? Du hast doch nichts vermasselt."

„Doch, das habe ich", sagte er und spannte seine Fäuste noch mehr an. „Ich habe es vor zwanzig Jahren vermasselt, weil ich nicht hart genug gegen die verdammten Silver Scythes vorgegangen bin. Das hat letztendlich dazu geführt, dass sie sich erdreistet haben, die Skeleton-Corps-Schwänze aufzuhetzen. Und heute habe ich es wieder vermasselt, weil ich nicht gemerkt habe, dass das verdammte Corps sich wieder gegen uns wenden wird. Wie viele unserer Rekruten haben den Löffel abgegeben? Beinahe hätten wir *Ruin* verloren!"

„Wir haben uns gerächt", betonte Kai, wenn auch mit ungewohnter Zurückhaltung.

Nox' Augen blitzten. „Ja. Diese eine Sache haben wir geschafft. Allerdings hätte es einen Scheißdreck bedeutet, wenn wir dabei wieder gestorben wären. Und wer zum Teufel weiß, ob wir dem Skeleton Corps endlich das Fürchten beigebracht haben oder ob sie wieder hinter uns her sein werden, jetzt, wo der Waffenstillstand endgültig vom Tisch ist. Da die Gauntts sie am Haken haben, werden sie wahrscheinlich nicht nachgeben. Es ist ein verdammtes Chaos."

Das konnte ich nicht bestreiten. Mir wurde flau im Magen, wenn ich versuchte, über die nächste Stunde hinaus zu denken, und mir vorstellte, welche Prüfungen wir als Nächstes zu bewältigen hatten. Doch was das erste Ereignis betraf, lag er falsch. Und zwar verdammt falsch.

Die vertrauten Schuldgefühle schlängelten sich wieder durch meinen Oberkörper und schnürten sich um meine Eingeweide und meine Lunge. Wie zum Teufel konnte ich einfach hier stehen, während der beste Freund, den ich je hatte, der einzige Boss, dessen Befehle ich je bereitwillig befolgt hatte, sich für *mein* Versagen niedermachte?

Ich öffnete den Mund und schloss ihn wieder. Ich hatte die Geschichte so lange zurückgehalten, dass sie sich wie eine Bowlingkugel in meiner Kehle anfühlte.

„Das ist nicht deine Schuld", sagte Lily. „Keiner von uns hat gemerkt, dass das Skeleton Corps uns verraten würde. Nicht einmal Kai, und er weiß normalerweise alles."

Der mitfühlende Ausdruck auf ihrem Gesicht war nahezu unerträglich. Ich wollte sie in die Arme nehmen und ihren Duft einatmen, wie ich es bis vor ein paar Nächten nicht zugelassen hatte. Als könnte ich so den Sünden meiner Vergangenheit entkommen.

Ich hatte gerade erst erfahren, wie gut es mit ihr sein konnte. Wie das körperliche Zusammensein mit ihr *mehr* in mir weckte, anstatt das, was zwischen uns war, weniger außergewöhnlich zu machen. Würde ich nach meinem Geständnis jemals wieder die Chance bekommen, sie so zu berühren?

Kai verzog das Gesicht. „Ich bin nicht gerade hellsichtig. Aber es stimmt, dass ich die Aktivitäten außerhalb des Clubhauses besser hätte im Auge behalten sollen."

„Ich habe dich angewiesen, die Arschlöcher *im* Clubhaus im Auge zu behalten", erwiderte Nox. „Ich bin der Boss. Es war meine Entscheidung, genau wie beim ersten Mal …"

Endlich brach meine Stimme aus meiner Kehle hervor. „Nein, war es nicht."

Die drei drehten sich ruckartig um und starrten mich an. Eine unangenehme Hitze kroch über mein Gesicht, doch ich zwang mich, weiterzureden, und hoffte, dass ich nicht ins Stocken geriet, bevor ich zu den wichtigen Teilen kam.

„In der Nacht, als das Skeleton Corps uns das erste Mal angriff, war ich der Letzte, der unser damaliges Clubhaus erreichte", sagte ich. „Wisst ihr noch? Ich war mit meinem Motorrad unterwegs und fuhr langsam, weil mich die Konstellation der Sterne für ein Gemälde inspirierte. Ich weiß es nicht mehr genau. Auf jeden Fall war da ein Typ, der in der Nähe des Gebäudes herumschlich, es beobachtete und sich Notizen auf seinem Handy machte."

Kai runzelte die Stirn. „Das hast du nie erwähnt."

„Ich dachte, ich hätte mich darum gekümmert", fuhr ich fort. „Und als ich hineinging, wurde ich von eurem Gespräch abgelenkt. Es schien kein Notfall zu sein. Ich steuerte direkt auf den Kerl zu, und er zog eine Waffe. Ich war sauer, dass er uns ausspionierte und mit der Pistole vor meinem Gesicht herumfuchtelte, also bin ich mit dem verdammten Motorrad direkt in ihn hineingefahren. Dann stieg ich ab und verpasste ihm noch ein paar Schläge, bevor ich ihn in den Graben warf. Es war schon dunkel. Ich dachte, wir würden ihn irgendwann später in der Nacht vergraben."

„Was hat das mit dem Angriff zu tun?", fragte Nox.

Ich sank unter seinem eindringlichen Blick in mich zusammen, doch ich schaffte es, weiterzusprechen. „Er war nicht tot, als ich wegging. Ich war mir *sicher*, dass er fast am Ende war und *sterben* würde, aber er war noch am Leben. Das Blut floss aus seinem Körper in die Pfützen im Graben, und seine Atemzüge waren ein perfektes Röcheln. Das Zusammenspiel war ein Meisterwerk ... Und ich konnte mich nicht dazu durchringen, es zu zerstören. Es war zu schön. Ich wollte nichts an meiner letzten Erfahrung dieses Moments ändern."

Ich blickte zu Boden und schluckte schwer. Obwohl ich wusste, was danach kam, und Lily und die anderen mich anstarrten – Lily, die sich sogar davor scheute, einen Kerl zu töten, der das Gleiche mit ihr tun wollte –, verspürte ich auch heute noch eine Ehrfurcht vor der Szene, die ich vor all den Jahren geschaffen hatte.

Dabei war es Müll gewesen, keine Kunst. Es war Müll gewesen, weil ...

„Wahrscheinlich ist er nicht gestorben", flüsterte ich

heiser. „Zumindest nicht früh genug. Er muss noch genug Leben gehabt haben, um den Rest seiner Mannschaft zu informieren. Und als sie kamen, wollten sie Vergeltung. Hätte ich es zu Ende gebracht, anstatt meiner Kunst zu frönen, wären wir nicht umgebracht worden. Es war *mein* Fehler, nicht eurer.“

Ich spannte mich an. Ich hatte keine Ahnung, wie sie auf mein Geständnis reagieren würden. Wahrscheinlich hätte ich es verdient, von Nox in der Luft zerrissen zu werden. Nicht nur wegen meines überheblichen Egoismus, sondern weil ich den Vorfall all die Jahre verschwiegen hatte. Ich hatte so getan, als hätte ich nicht gewusst, dass jemand es auf uns abgesehen hatte.

„Wenn du wusstest, dass er zum Skeleton Corps gehörte …“, begann Kai.

Ich schüttelte energisch den Kopf. „Das wusste ich nicht. Ich hatte keine Ahnung, wer der Kerl war. Er trug keine Abzeichen. Ich wusste nicht einmal, dass er zu einer Gang gehörte und nicht nur ein zufälliges Arschloch mit privaten Absichten war. Doch die Chancen standen mindestens fifty-fifty. Ich hätte ihn ausschalten sollen, bevor ich abgehauen bin. Und ich hätte es euch sofort erzählen sollen, um ihn zu beseitigen.“

Ich konnte mich nicht mehr daran erinnern, worüber die Jungs gesprochen hatten, nur dass sie gelacht und sich mit eifriger Begeisterung über verschiedene Ideen ausgetauscht hatten. Ich war völlig aufgekratzt wegen meiner blutigen Kunst gewesen. In diesem Moment war ich mir sicher gewesen, dass die Entsorgung der Leiche warten konnte. Als wäre es eine Aufgabe, für die ich uns alle nicht in die Knie zwingen wollte, bis es absolut notwendig war.

So verdammt dumm. Damals war mir die Bedeutung des Ganzen nicht bewusst gewesen.

Nox starrte mich immer noch an. „Verdammte Scheiße,

Jett", sagte er schließlich. „Warum hast du nicht schon früher etwas gesagt?"

Ich zuckte mit den Schultern. „Ihr wisst ja, wie es war, als wir tot waren. Alles war so verworren, und danach … Ich wusste nicht, was es bringen sollte, es zu erwähnen, da es bereits geschehen war. Außerdem dachte ich nicht, dass es uns helfen würde, uns zu rächen. Wir waren endlich *zurück*, und ich wollte es nicht versauen, indem ich euch einen Grund gebe, mich zu hassen." Eigentlich war diese Entscheidung absolut egoistisch gewesen.

„Mann", sagte Nox und stieß einen heftigen Atemzug aus. Dann tat er das Letzte, womit ich gerechnet hätte. Er ging auf mich zu und zog mich in eine einarmige Umarmung.

Da er nicht Ruin war, blieb es bei einem Arm und dauerte nur etwa zwei Sekunden, um sein männliches Macho-Image aufrechtzuerhalten. Trotzdem war es das erste Mal, dass Nox mich umarmte. Als er sich zurückzog, blinzelte ich ihn verwirrt an. War das eine Racheumarmung gewesen, nach der ich feststellen würde, dass er mir dabei ein Messer in den Rücken gestoßen hatte?

Doch alle meine inneren Organe schienen noch zu funktionieren, und Nox drückte jetzt meine Schulter. Und zwar nicht so fest, dass es wirklich wehtat.

„Das ist so verdammt typisch für *dich*", meinte er. „Aus einem Idioten, den du überfahren hast, ein Kunstwerk zu machen. Wir hatten nicht einmal jemanden, der Wache hielt, um die Schwänze zu schnappen. Damals waren wir alle eine Nummer, oder? Völlig verrückt. Die Könige von Lovell Rise, aber das war keine Meisterleistung. Dieses Mal machen wir es richtig. Jetzt wissen wir, wie man richtig regiert."

Es dauerte eine Sekunde, bis ich begriff. „Du bist nicht sauer?"

„Natürlich bin ich sauer", erklärte er in seinem üblichen

überheblichen Ton. „Allerdings waren wir alle oft genug Idioten, und dein Versagen ändert nichts an der Tatsache, dass auch ich Fehler gemacht habe. Und jetzt sind wir hier. Wir haben eine zweite Chance bekommen. Was würde es bringen, herumzusitzen und uns darüber aufzuregen, dass wir es beim ersten Mal vergeigt haben? Wir müssen sicherstellen, dass wir *diese* Chance nutzen.“

Das sah ich auch so, aber ich konnte nicht so recht glauben, dass ich so einfach davongekommen war. Ich warf einen Blick auf Kai, dessen Lippen sich zu einem dünnen Grinsen verzogen.

„Ich habe es nicht in diesem Ausmaß versaut“, gestand er. „Trotzdem habe ich nicht so gut aufgepasst, wie ich es hätte tun sollen. Und weißt du was? Mir gefällt diese zweite Chance ohnehin besser als die erste. Jetzt haben wir magische Kräfte, und wir haben Lily. Heute Abend haben wir Rache geübt. Und wir werden diese ganze gottverdammte Stadt zu unserem Meisterwerk machen.“

Lily stieß ein leises, unterdrücktes Lachen aus. „Das würde ich gerne sehen.“

Ich auch. Bei seinen Worten durchfuhr mich ein Kribbeln, und plötzlich wollte ich sie alle umarmen, was noch bizarrer war als Nox, der auf einmal Umarmungen verteilte. „Ich glaube, ich sollte auch Ruin davon erzählen“, sagte ich unbeholfen.

Nox winkte den Vorschlag ab. „Er wird sich bestimmt freuen, es zu hören. Sag es ihm, wann immer dir danach ist, aber ich glaube nicht, dass du dir wegen *seiner* Reaktion Sorgen machen musst.“

Ich betrachtete den Kerl auf der Couch. Er grinste die Schauspieler auf dem Bildschirm an, als würden seine Eingeweide nicht gerade mit Fäden und schlampiger chirurgischer Magie zusammengehalten. Vermutlich hatte unser Boss auch damit recht.

Lilys Schwester lachte ebenfalls leise, und ein zufriedener Ausdruck trat in Lilys müdes Gesicht. „Ich glaube …“, begann sie.

Sie wurde von einem schrillen Piepen unterbrochen, das von Kais Laptop kam, den er auf dem Couchtisch liegen gelassen hatte. Er stürzte hinüber und klappte ihn auf. Ein beinahe schon irrer Ausdruck der Begeisterung brachte sein Gesicht zum Leuchten.

„Das sind die Bewegungsmelder an der Lieblingsstelle der Gauntts im Sumpf“, verkündete er und drehte sich zu uns um. „Jemand ist gerade da draußen.“

dreiundzwanzig

Lily

Bei Kais Worten hatte mein Herz einen Schlag ausgesetzt. Als ich meine Fassung wiedererlangte, gab ich zu bedenken: „Das könnte jeder sein, oder? Teenager, die am Wasser feiern, oder ein Landstreicher, der sich dort herumtreibt."

Kais Augen funkelten hinter seiner Brille. „Das wäre möglich, ja. Aber unwahrscheinlich. Es gibt viele Abschnitte des Sumpfes, die näher an einer Stadt liegen, falls ein Haufen Punks baden und Bierflaschen ins Schilf werfen will. Und es ist kein idealer Platz zum Übernachten. Außerdem *hast* du gerade Nolan Gauntt in die Knie gezwungen."

„Aber ich habe ihn nicht umgebracht", sagte ich. „Ich *konnte* es nicht."

Nox hatte sich wachsam aufgerichtet. „Dafür hast du ihm einen kräftigen Stoß ins Herz versetzt, oder? Das muss doch einen Schaden hinterlassen haben. Vielleicht heilen sie ihn mit einem Zauber, so wie wir es bei Ruin getan haben."

„Sie bekommen das sicherlich nicht halb so gut hin wie ihr", meldete sich Ruin mit seiner typischen Fröhlichkeit zu Wort, bevor er zusammenzuckte. Er war zwar wieder zusammengeflickt worden, aber noch immer nicht ganz auf der Höhe.

Marisol hatte sich mit weit aufgerissenen Augen auf ihrem Stuhl umgedreht. „Wenn sie an diesem angeblich besonderen Platz sind und dort ein Ritual durchführen oder so, bedeutet das, dass sie mich wieder manipulieren könnten? Mich dazu bringen, zu ihnen zurückzugehen?"

Ein Kloß bildete sich in meiner Kehle, als ich das Zittern in ihrer Stimme hörte und sah, dass sie die Stuhllehne so fest umklammerte, dass ihre Fingerknöchel weiß wurden.

„Nein", versicherte ich ihr so nachdrücklich, wie ich konnte, und legte meinen Arm um ihre Schulter. „Ich habe das Mal entfernt und ihren Bann gebrochen. Sie können nicht mehr an dich herankommen."

Jedenfalls nicht aus der Ferne. Wenn sie Marisol mit physischen Mitteln gefangen nahmen, könnten sie ihr möglicherweise ein neues Mal verpassen. Ich war dreizehn gewesen, als Nolan genau das mit mir gemacht hatte. Vielleicht gibt es auch keine Altersgrenze und sie bevorzugen es einfach, Kinder zu befummeln und zu manipulieren.

Genau deswegen konnten wir das nicht ignorieren.

„Wir sollten hinfahren", sagte ich zu Nox. Meine Stimme klang leise und angestrengt. „Er ist geschwächt. Diese Chance sollten wir nutzen, um sie auszuschalten. Und wenn nicht, haben wir zumindest eine Gelegenheit, mehr über ihre Magie herauszufinden, damit wir sie besiegen können, sobald wir besser ausgerüstet sind." Mein Blick huschte zu meiner Schwester. „Aber ich kann Marisol nicht allein lassen."

„Wenn wir eine Chance haben wollen, sie heute Nacht

zu vernichten, brauchen wir dich, Sirene", beharrte Nox. „Du hast ihn fast umgebracht. Ich kann ihnen ein paar Schläge verpassen, aber das bringt nicht viel, wenn sie Kugeln abwehren können. Und Kai und Jett müssen sie berühren, damit ihre Kräfte wirken."

„Ich werde hier bei deiner Schwester bleiben", erklärte Ruin fröhlich, als wäre er der fähigere von beiden. Wenn ein Haufen böser Jungs hier hereinstürmte, würde Marisol *ihn* verteidigen müssen.

„Nichts für ungut, mein Freund, aber ich denke, sie könnte jemanden gebrauchen, der kämpfen kann, ohne dass seine frisch genähten Wunden aufreißen", bemerkte Kai sachlich. Er wandte sich an Nox. „Ein paar der neuen Rekruten haben sich gegen das Skeleton Corps behauptet. Wir könnten sie bitten, Leibwächter zu spielen. Sie haben eine größere Prüfung bestanden, als wir sie ihnen hätten stellen können."

„Sofern sie sich nach diesem Blutbad überhaupt auf unsere Seite schlagen wollen", murmelte Jett.

Nox schnaubte. „Theoretisch haben wir gewonnen. Und es gibt keinen Grund, warum eine Sechzehnjährige nicht lernen sollte, sich zu verteidigen." Er nickte Marisol zu. „Ich war vierzehn, als ich zum ersten Mal eine Waffe in der Hand hatte. Meinst du, du kannst damit umgehen?"

„Ähm ..." Ich hatte das Gefühl, dass dieses Gespräch außer Kontrolle geriet, doch das Gesicht meiner Schwester leuchtete eifrig. Sie hob ihr Kinn mit einer Entschlossenheit, die ich noch nie bei ihr gesehen hatte.

„Verdammt, ja", sagte sie. „Ich will diese Arschlöcher wegpusten können, wenn sie mich wieder angreifen."

Nun, in diesem Fall konnte ich wohl kaum widersprechen, oder? Ich öffnete und schloss meinen Mund ein paar Mal, um einen vernünftigen Einwand vorzubringen, bevor ich mich entschied, zu schweigen.

Während Kai anfing, die überlebenden Schädelbrecher-Rekruten anzurufen, schritt Nox in das Schlafzimmer der Jungs und kam mit einer etwas kleineren Pistole zurück.

„Hier", sagte er und bedeutete Marisol, aufzustehen, um ihr zu zeigen, wie sie die Waffe halten musste.

„Leg den Zeigefinger nicht auf den Abzug, es sei denn, du willst schießen", erklärte er ihr. „Sonst drückst du womöglich instinktiv ab, wenn du dich erschreckst. Als Anfängerin solltest du die Waffe mit der anderen Hand stützen. Der Rückstoß ist ziemlich heftig, wenn man es nicht gewohnt ist. Falls du jemanden erschießen musst, ziele auf die Brust. Die Wahrscheinlichkeit ist groß, dass du etwas triffst, das ihn zumindest verlangsamt. Und das Risiko, danebenzuschießen ist nicht so groß wie bei einem Kopfschuss."

Zaghaft hob Marisol die Waffe, richtete sie auf die kahle Wand und versuchte, sie so zu halten, wie er es ihr gezeigt hatte. Nox deutete auf ihre Füße. „Wenn du die Möglichkeit hast, dich vorzubereiten, ist es besser, wenn du einen Fuß ein wenig vor den anderen stellst. Dann stehst du stabiler. Und bleib so locker wie möglich, auch wenn du Angst hast."

Ich hätte nie gedacht, dass ich mal erleben würde, wie meine Schwester lernt, mit einer Waffe umzugehen. Auch wenn ich nicht besonders glücklich darüber war, dass sie das tun musste, fand ich es schön, dass der Boss der Schädelbrecher so viel Vertrauen in ihre Fähigkeiten hatte.

Ich war mir nach wie vor nicht sicher, wie ich ihr unsere seltsame Beziehung erklären sollte, doch es fühlte sich schon so an, als wären wir alle eine Familie.

„Alles klar?", fragte Nox und sah Marisol an. „Leider können wir nicht üben, weil wir losmüssen. Morgen kann ich dir noch ein paar Dinge erklären."

Die Miene meiner Schwester verhärtete sich und wurde

noch entschlossener. „Ich werde tun, was ich tun muss. Ich hoffe, ich *bekomme* die Chance, ihn zu erschießen.“

Ich brauchte nicht zu fragen, wen sie meinte. Meine Kehle war wie zugeschnürt. Als sie die Waffe sinken ließ, umarmte ich sie fest. „Wenn es nach mir geht, wird dich niemand belästigen. Aber zögere nicht, dich zu verteidigen, wenn es nötig ist.“

Sie nickte. Als ich mich zurückzog, beendete Kai gerade sein letztes Telefonat. „Niemand wird in der Wohnung stationiert sein“, versicherte er uns. „Bestimmt ist es dir lieber, wenn sich keine völlig fremden Leute hier herumtreiben. Wir haben einen Mann vor der Wohnungstür, zwei in der Lobby und zwei weitere halten vor dem Gebäude Wache. Wenn es einen Grund zur Besorgnis gibt, werden sie uns Bescheid geben und etwas unternehmen.“

Ich holte tief Luft. Das war das Beste, was ich mir erhoffen konnte. Ich beugte mich hinunter und gab Ruin einen schnellen, aber liebevollen Kuss, wobei ich versuchte, nicht daran zu denken, dass es der letzte sein könnte. „Wir werden ihnen für dich die Hölle heißmachen.“

Er grinste mich wieder an. „Und für dich auch. So viel Hölle wie möglich.“

Meine Lippen verzogen sich zu einem bittersüßen Lächeln. „So viel Hölle wie möglich.“

Für etwas anderes blieb keine Zeit. Nicht, wenn wir eine Chance haben wollten, den Sumpf zu erreichen, solange die Gauntts noch dort waren. Wir eilten aus der Wohnung und rannten zu meinem Auto. Der Wachmann im Flur sah furchteinflößend genug aus, um mich ein wenig zu beruhigen.

Nox hatte noch meine Schlüssel, und ich widersprach nicht, als er auf dem Fahrersitz Platz nahm. Bestimmt war er ein erfahrenerer Raser als ich. Kai setzte sich auf den

Beifahrersitz und murmelte Anweisungen, sodass Jett und ich wieder auf dem Rücksitz landeten.

Sosehr ich mich auch bemüht hatte, dafür zu sorgen, dass Ruins Blut in seinem Körper blieb, waren ein paar feuchte Flecken auf dem Sitz. Ich zuckte innerlich zusammen, als ich mich in die Mitte setzte, wo nicht ganz so viel Blut war, und schickte ein weiteres Gebet in den Himmel, dass unser Optimist die Nacht gut überstehen würde.

Als der Wagen die Straße hinunterfuhr, stieß ich mit der Schulter gegen Jett. Ich war so an seine frühere Abneigung gegen Körperkontakt gewöhnt, dass ich mich kurz verkrampfte, doch eine Sekunde später ergriff er meine Hand.

„Wir werden das durchstehen", flüsterte er mir zu, während Nox und Kai weiterdiskutierten. „Wenn auch nur deswegen, weil ich zu lange einen Stock im Arsch hatte und das Zusammensein mit dir nicht genießen konnte."

Bei der Erklärung des sonst so wortkargen Jett wurde mir warm ums Herz. Meine Gedanken schweiften zurück zu seinem verzweifelten Geständnis und der Schuld, die ihn so lange gequält hatte. Das offenbarte viel über ihn, was ich zuvor nicht verstanden hatte.

Die Tatsache, dass er sich deswegen so schuldig fühlte, bewies nur, wie sehr ihm die Jungs am Herzen lagen, mit denen er sich zusammengetan hatte. Vielleicht war sein brutales Kunstverständnis nicht gerade typisch oder normal, doch ich wusste, dass er für seine Kollegen und mich da war.

Ich lehnte meinen Kopf an seinen, atmete den beißenden Geruch von Farbe ein, der ihm selbst nach den Ereignissen des heutigen Tages noch anhaftete, und drückte seine Hand. „Gut. Denn ich habe auch nicht annähernd genug von dir bekommen."

Von keinem von ihnen. Wäre es nicht schön, wenn wir eine Woche oder einen Monat oder, verdammt, ein Jahr lang ein normales Leben als Familie führen könnten? In der Wohnung hatte ich einen kleinen Vorgeschmack darauf bekommen, wie das sein könnte.

Relativ normal, natürlich. Die Jungs würden nie vollkommen *normal* sein, und ich wahrscheinlich auch nicht. Aber etwas weniger chaotisch und mörderisch als das hier sollte definitiv möglich sein.

Wir rasten so schnell durch die Stadt und an Lovell Rise vorbei, dass es sich gelegentlich anfühlte, als würden die Reifen von der Straße abheben. So spät in der Nacht war nicht mehr viel Verkehr, und als wir aus der Stadt heraus waren, schaltete Nox die Scheinwerfer aus, um nicht aufzufallen. Wir erreichten die Felder rund um den Sumpf in der Hälfte der Zeit, die wir hätten brauchen sollen.

Als wir uns der Landzunge näherten, auf der wir die Bewegungsmelder installiert hatten, wurde Nox langsamer. Kai erklärte ihm genau, wo er stehen bleiben sollte, sodass wir seiner Meinung nach noch weit genug entfernt waren, damit niemand am Rande des Wassers den Motor hören konnte. Wir waren ohnehin fast am Ende der Straße angelangt. Nachdem wir ausgestiegen waren, schlichen wir über das Gelände, wobei wir in der Dunkelheit nach Lichtern oder anderen Anzeichen von Bewegung Ausschau hielten.

Was, wenn wir sie verpasst hatten? Was, wenn sie schon weg waren und wir umsonst hergefahren waren? Diese Fragen gingen mir durch den Kopf, als wir über das plattgedrückte Gras stapften. Ich machte mir Sorgen, dass unsere Zielpersonen das *Pochen meines Herzens* hören würden, selbst wenn sie das Auto nicht bemerkt hatten.

Wir erreichten gerade eine Baumgruppe, hinter der sich ein letztes kurzes Stück trockenes Land befand, bevor der Sumpf begann, als wir von vorne leise Stimmen hörten. Wir hatten keine anderen Autos in der Nähe gesehen, und bis hierher führte ohnehin keine Straße. Hatten die Gauntts weiter entfernt auf einer anderen Straße geparkt und waren den Rest des Weges zu Fuß gelaufen?

Wir hielten uns an der Seite, damit die Bäume uns verdeckten. Als wir die Baumgruppe erreichten, spähten wir zwischen den Stämmen hindurch zur Landzunge.

Wir hatten die Gauntts nicht verpasst. Tatsächlich waren sogar mehr von ihnen hier, als ich erwartet hatte. Im Mondlicht waren sechs Gestalten am anderen Ende der Nehrung zu erkennen. Zwei von ihnen waren eindeutig Kinder. Die schlaksigen Gestalten reichten den Erwachsenen gerade einmal bis zu den Schultern.

Die Familie hatte sogar Nolan und Marie Junior mitgebracht.

Wir waren nicht nah genug dran, um die Worte zu verstehen, die sie sagten. Bei dem schnellen Chor von unharmonischem Gemurmel stellten sich die Härchen auf meinen Armen auf. Der schlaffe Körper der größten und breitesten Gestalt, die ich als Nolan erkannte, wurde zwischen seiner Frau und seinem Sohn gestützt. Sie führten ihn zum Sumpf und ließen ihn in das seichte Wasser hinab.

vierundzwanzig

Lily

Nox warf uns einen Blick zu. Die Strahlen des Mondlichts, die durch die dürren Äste der Schösslinge fielen, ließen das Weiße in seinen weit aufgerissenen Augen glänzen. Er sah uns an, als wollte er sagen: *Was zum Teufel machen die da?*

Kai breitete verwirrt die Arme aus. Ich schüttelte den Kopf. Jett zuckte mit den Schultern.

Nox runzelte die Stirn und bedeutete uns, näher zu kommen.

Das Wasser umspülte Nolans Körper mit einem leisen Plätschern, als seine Familie ihn weiter hineinschob. Wir bückten uns und krochen auf allen vieren näher zu ihnen. Die Jungs fühlten sich vielleicht wie Spione oder Supersoldaten auf einer gefährlichen Mission. *Ich* fühlte mich in meine Kindheitsspiele zurückversetzt. Die Kieselsteine auf dem feuchten Boden bohrten sich durch die Leggings in meine Haut. Ich zog mein Kleid hoch, damit es kein Geräusch machte, wenn es über das Gras schleifte.

Ich würde dieses Outfit definitiv nie wieder tragen.

Wir hielten bei den Rohrkolben am Fuße der Nehrung an. Die Gauntts waren immer noch etwa sechs Meter von der Spitze entfernt und so sehr auf ihr Gemurmel und das Bad konzentriert, dass sie uns nicht bemerkt hatten. Wir hockten dort, spähten durch das sich wiegende Schilf und lauschten. Ihre Stimmen waren jetzt deutlicher zu hören.

Wenigstens badeten sie Nolan Senior auf der Seite der Landzunge, die näher an uns war und wo wir einigermaßen gut sehen konnten … auch wenn wir keine Ahnung hatten, was wir da eigentlich beobachteten.

Zuerst klangen ihre Worte genauso unverständlich wie, als wir noch weiter weg waren. Möglicherweise lag es nicht an der Entfernung, sondern daran, dass sie eine fremde Sprache sprachen.

Eine Bewegung neben meinem Fuß ließ mich zusammenzucken, doch es war nur ein Frosch, der zu mir hüpfte. Ein paar weitere amphibische Freunde tauchten um uns herum auf, wie glitschige grüne Leibwächter. Auch wenn ich nicht glaubte, dass sie eine große Hilfe sein würden, wenn die Gauntts uns hier entdeckten, wusste ich die Unterstützung des Sumpfes zu schätzen.

Ich lehnte mich vor und spitzte die Ohren. Das Meiste, was die Gauntts sagten, schien Unsinn zu sein, doch hier und da verstand ich einzelne Worte. Jemand sprach von „Leben und Tod" und ein anderer von „verjüngenden Gewässern". Die drei Erwachsenen, die an Land waren, begannen, ihre Hände auf und ab zu schwingen, wie eine La-Ola-Welle bei einem Fußballspiel.

Die Pose sah lächerlich aus, aber sie bewirkte etwas. Eine bebende Energie raste durch die Luft und verursachte ein

Kribbeln auf meiner Haut. Es verstärkte sich, bis ich es in meinen Knochen spüren konnte.

Was zum Teufel taten sie da?

Vermutlich etwas, das Nolan helfen sollte. Er atmete röchelnd im trüben Wasser. Nur sein Gesicht und ein Stück seiner Brust waren zu sehen. Die Abstände zwischen seinen keuchenden Atemzügen waren länger als bei unserer Ankunft.

Ich hatte ihm wirklich übel mitgespielt. Leider sah es so aus, als hätten sie einen Plan, um ihn zu heilen.

Ich biss die Zähne zusammen und blickte zu meinen Jungs. Sollten wir eingreifen und versuchen zu beenden, was ich begonnen hatte? Die übernatürliche Macht, die in der Luft lag, machte mich nervös. Ich wusste nicht, wie gut die Schutzmaßnahmen der Gauntts hier draußen waren und wie viel sie uns entgegensetzen konnten.

Diesmal hatten wir keine einfache Fluchtmöglichkeit. Wenn wir uns im falschen Moment zeigten, könnte das ein Todesurteil für uns und die Leute bedeuten, die wir zu Hause zurückgelassen hatten.

Nox fing meinen Blick auf und verzog das Gesicht. Er stupste Kai leicht mit der Schulter an. Kai betrachtete die Gestalten am Ufer noch einige Sekunden lang und schüttelte dann den Kopf.

„Wir warten", sagte er so leise, dass die Worte im Wind verklangen. Ich konnte ihn nur hören, weil ich so nah war. „Was auch immer sie tun, es scheint ihnen viel Energie abverlangt zu haben. Wenn sie aufbrechen, haben sie all ihre Energie verbraucht, und wir sind ausgeruhter."

Seine Argumentation ergab Sinn. Jett neigte zustimmend den Kopf. Er ließ die Hand mit der Waffe, die er herausgeholt hatte, auf den schlammigen Boden vor sich sinken. Ich konzentrierte mich auf das Summen der Energie in mir, das ich mit den Gauntts im Blick leicht hervorrufen konnte. Ich musste darauf vorbereitet sein, im Handumdrehen anzugreifen – oder in die Defensive zu gehen.

Die Gauntts drängten sich näher zusammen. Zumindest die meisten von ihnen. Das Mädchen stand starr ein paar Meter von den anderen entfernt und hatte sich nicht von der Stelle gerührt. Der Junge wurde von den Erwachsenen zum Ufer getrieben und neben seinem Namensvetter ins Wasser geschoben.

Er sah nicht so aus, als würde er so bereitwillig hineingehen wie sein Großvater. Seine Gliedmaßen zuckten, als das Wasser ihn umspülte. Es musste unangenehm kalt sein. Doch die Erwachsenen setzten ihr seltsames Gemurmel fort, und Olivia, seine Mutter, trieb ihn weiter in den Sumpf hinein. Er dümpelte im Schilf und sah genauso starr aus wie seine Schwester, nur horizontal statt vertikal.

Obwohl die Szene schon unheimlich genug gewesen war, wurde mir noch mulmiger zumute. Plötzlich war ich mir sicher, dass ihr nächstes Vorhaben noch schrecklicher sein würde als alles, was ich bisher von ihnen gesehen hatte.

Die drei Erwachsenen, die noch an Land waren, knieten am Ufer nieder. Sie ließen ihre Hände neben den Köpfen der Nolans ins Wasser gleiten, Thomas in der Mitte zwischen seinem Vater und seinem Sohn, Olivia auf der anderen Seite ihres Vaters oder ihres Schwiegervaters und Marie neben ihrem Enkel. Ihre gebückten Körper zitterten.

Murmelnd schöpften sie mit ihren Händen Wasser über die größtenteils untergetauchten Gestalten. Das Vibrieren der unheilvollen Energie in der Luft wurde stärker. Ich biss mir auf die Unterlippe.

Ich wollte mich mit dem Sumpfwasser verbinden und ihm befehlen, die Sache zu beenden. Es sollte die Anweisungen der Gauntts ignorieren. Leider wusste ich nur, wie ich es meinem Willen beugen konnte, nicht wie ich es dazu bringen konnte, die Befehle eines anderen zu ignorieren. Außerdem wussten die Gauntts von meinen Kräften. Sobald ich ihnen eine Welle oder einen Sturzbach entgegenschleuderte, würden sie wissen, dass ich hier war.

Jetzt schütteten sie Sumpfwasser über das Gesicht der beiden Nolans. Nolan Senior gab keinen Laut von sich, nur sein röchelnder Atem war zu hören. Nolan Junior spuckte und zappelte. Am liebsten wäre ich hingelaufen und hätte ihn aus dem Sumpf gezogen, doch dann würde ich sein Wohlbefinden gegen mein Leben, das meiner Männer und sogar das meiner Schwester eintauschen. Ich ballte die Hände zu Fäusten, und meine Fingernägel gruben sich in meine Handflächen.

Auf einmal drückten Thomas und Olivia den älteren Mann unter Wasser, wahrscheinlich bis auf den flachen Grund. Als ich mir den Mund zuhielt, um nicht zu keuchen, wurden ihre Stimmen lauter, und zwischen die unbekannten Worte mischten sich auch wieder erkennbare.

„Fließen wie eine Strömung … von einer Quelle zur anderen … wie Schlamm und Fleisch … Erhebe dich und greife zu.“

Dann griffen Thomas und Marie gleichzeitig nach Nolan Junior. Sie zogen den Körper des Jungen über den seines Großvaters, der immer noch vollständig unter Wasser war. An der Wasseroberfläche bildeten sich Luftblasen.

Wollten sie Nolan Senior *ertränken*? Was zur Hölle?

Doch irgendwie wusste ich bereits, dass es nicht so einfach war. Die übernatürliche Macht, die in der Luft lag, ergoss sich über uns, und mir lief ein Schauer über den Rücken, den ich mir nicht erklären konnte. Ich spannte mich an, und meine Nerven zitterten vor dem Gefühl, dass ich jeden Moment um mein Leben kämpfen müsste.

Es war allerdings nicht mein Leben, das auf dem Spiel stand. Mit einem weiteren Schubs schoben die drei erwachsenen Gauntts die beiden Nolans unter die Oberfläche. Sie hielten sie dort fest, während sich ihre Stimmen in einem hohen wortlosen Wehklagen hoben und senkten.

Jett zitterte neben mir. Nox stieß einen fast stummen Fluch aus. Dann, gerade als ich mir vorstellte, dass der Junge blau anlief und Wasser in seine Lunge sog, zogen sie ihn wieder hoch.

Allerdings nur ihn. Sie zogen ihn deutlich sanfter auf die Beine, als sie ihn ins Wasser gestoßen hatten, und stützten ihn, als er ein paar taumelnde Schritte auf der Landzunge machte. Nolan Senior tauchte nicht auf. Die anderen Erwachsenen scharten sich um seinen Enkel, und es schien fast so, als hätten sie den Patriarchen vergessen.

Das Jammern und Murmeln war verstummt. Sie trockneten den Jungen eilig ab und legten ihm eine Decke um die Schultern. Marie legte eine Hand auf die Wange des Jungen, was eine merkwürdig liebevolle Geste einer Frau gegenüber ihrem Enkel zu sein schien. Thomas sprach als Erster.

„Alles in Ordnung da drinnen, Paps?", fragte er mit einem Lachen, als hätte er einen lustigen Witz gemacht. Was es eigentlich auch sein sollte, wenn er so mit seinem eigenen Sohn sprach.

Nolan Junior zog die Decke fester um sich und hob sein Kinn in einem hochmütigen Winkel, der mir nur allzu bekannt vorkam. Die Erkenntnis schrillte wie eine Alarmglocke in mir, bevor er überhaupt den Mund öffnete.

„Es ist bedauerlich, dass die Übertragung so früh stattfinden musste. Es wird ein halbes Jahrzehnt dauern, bevor ihr es rechtfertigen könnt, mir eine Stelle im Büro zu geben." Mit einem Kopfschütteln und einem Zungenschnalzen, das viel zu reif für sein Alter wirkte, blickte er zum Wasser. „Aber es tut gut, diesen kränkelnden

Körper los zu sein. Es war gut, dass ihr mich so schnell hierher gebracht habt. Ich hätte es nicht viel länger ausgehalten. Diese verdammte *Hexe*.“

Die letzten Worte knurrte er. Er meinte mich, wie mir klar wurde, und den Angriff, den ich auf ihn verübt hatte. Diese Enthüllung war jedoch nur ein Flüstern unter der Flut des Entsetzens, die über mich hinwegschwappte, als mir die Erkenntnis dämmerte.

Nolan Gauntt hatte meinetwegen im Sterben gelegen. Deswegen hatte seine Familie ihn hierhergebracht … um seine Seele auf den Körper seines Enkels zu übertragen. So wie meine Jungs sich neue Körper besorgt hatten.

Und nicht nur das. Offenbar hatten sie von Anfang an vorgehabt, den Jungen auf diese Weise zu benutzen. Nolan hatte gesagt, sie hätten die Übertragung „früh“ vorgenommen. So als wäre sie für einen späteren Zeitpunkt geplant gewesen. Verdammte Scheiße.

Wellen des Schocks überrollten mich. Ich war so durcheinander, während ich über die Folgen von alledem nachdachte, dass ich gar nicht bemerkte, dass die Gauntts auf uns zukamen, bis ihre Füße nur noch wenige Schritte von uns entfernt über das plattgedrückte Gras stapften.

Vielleicht wären sie in der Dunkelheit an uns vorbeigegangen, ohne uns zu bemerken. Doch wir hatten beschlossen, zu warten, bis sie gingen, nicht, uns völlig zurückzuhalten. Das Ritual, das wir eben mitangesehen hatten, schien auch die Schädelbrecher verstört zu haben.

Die Jungs sprangen mit angewiderten Mienen um mich herum auf und stürzten sich wie eine Einheit auf die Gauntts.

fünfundzwanzig

Lily

Mir blieb ein Schrei in der Kehle stecken. Ich sprang gleich nach den Jungs auf, auch wenn ich mir nicht sicher war, ob sie mit meiner Unterstützung gerechnet hatten. Ich wusste nicht einmal, auf wen ich meine Kräfte richten sollte. Sollte ich versuchen, Nolans neues Herz im Körper des Jungen zum Platzen zu bringen? Aber was, wenn die Seele des Kindes noch nicht erstickt war und es noch einen Weg gab, Nolan Junior zurückzubringen? Wer war der Schlimmste der Erwachsenen – Marie oder die Eltern, die ihren Sohn freiwillig geopfert hatten?

Die Frösche hüpften mit mir nach vorne. Dutzende mehr, als mir bewusst gewesen war, hatten den Sumpf verlassen, um sich uns anzuschließen. Das leise Geräusch ihrer Hüpfer bestärkte mich in meiner Entschlossenheit. Als die Gauntts sich umdrehten, richtete ich meinen Blick auf

Marie. Ich war mir sicher, dass sie nicht nur an dem Zauber heute Abend beteiligt gewesen war, sondern auch an der Manipulation vieler anderer Kinder. Mit einem Zischen schleuderte ich all meine Energie, die ich seit dem letzten Kampf wiedererlangt hatte, auf ihren Puls.

Doch ich drang nicht zu ihr durch. Die Gauntts hoben abwehrend die Arme, und knisternde Energie peitschte durch die Luft. Sie mussten eine dickere Verteidigungsmauer heraufbeschworen haben als bei Nox' Kugeln. Die Geschosse, die Jett jetzt abfeuerte, prallten in rascher Folge von diesem Luftabschnitt ab.

Kai und Nox stießen gegen die Barriere und stolperten ein paar Schritte rückwärts, bevor ihre Magie unsere Feinde treffen konnte. Mein Gespür für Maries Blut verpuffte, als meine Magie gegen die Barriere prallte und sich auflöste.

Die Gauntts rückten näher zusammen, während sie gleichzeitig von uns zurückwichen. Die Jungs schlugen weiter auf ihren magischen Schild ein, wo sie nur konnten, und ich beschwor eine Welle aus dem See herauf, um sie von oben zu treffen. Bei dem Geräusch des tosenden Wassers riss Thomas seine Hände nach oben, und die Welle prallte gegen eine weitere Barriere über ihren Köpfen.

Auch die Frösche warfen sich mit einem Chor heiserer Quaken gegen die unsichtbare Wand. Der alte Nolan im Körper von Nolan Junior starrte sie an. Seine angespannte Miene lockerte sich gerade lange genug, um ein Lachen auszustoßen.

„Das ist eure Armee?", höhnte er in einem Ton, der viel zu alt für die kindliche Stimme klang, die aus seinem Mund kam. „Erbärmlich. Wir haben hier schon das Sagen gehabt, bevor einer von euch überhaupt geboren wurde, und wir werden es noch lange nach eurem Tod haben."

„Keine Chance." Nox schlug mit seinen Fäusten und der übernatürlichen Kraft, die er damit übertragen konnte, auf den durchsichtigen Schild ein. Dumpfe Schläge hallten durch die Luft.

Wir würden den Schutzwall nicht durchbrechen können. Das spürte ich an der Erschöpfung in meiner Lunge, als ich so viel von meiner eigenen verbliebenen Kraft gegen die Barriere schleuderte, wie ich konnte.

Wir waren bereits durch zwei vorangegangene Kämpfe heute Abend geschwächt. Aber auch die Gauntts waren von ihrem Seelenübertragungsritual erschöpft. Es sah nicht so aus, als könnte einer von uns den anderen heute besiegen. Sie hatten nichts getan, außer uns abzuwehren.

Das bedeutete, dass wir sie vernichten konnten, wenn wir sie in einem anderen Moment erwischten, wenn sie geschwächt waren und wir unsere volle Kraft hatten.

Ich klammerte mich an diesen Funken Hoffnung und an den Gedanken, dass Marisol und Ruin in der Wohnung auf uns warteten. Je länger die Gauntts uns hier beschäftigten, desto mehr Zeit hatten ihre Lakaien, um sich an den schwächsten Mitgliedern unserer Gruppe zu vergreifen.

„Lasst sie gehen", sagte ich zu den Jungs, wobei ich meine Stimme so verächtlich wie möglich klingen ließ. „Wir kümmern uns später um sie." Vielleicht bekamen wir sogar die Chance, es jetzt zu tun, wenn sie unachtsam wurden, sobald wir unseren Angriff stoppten.

Mit einem trotzigen Knurren trat Nox einen halben Schritt zurück und funkelte die Gauntts böse an. Kai nickte und rückte seine Brille zurecht, bevor er ebenfalls zurückwich, um mich zu flankieren, während Jett dasselbe tat. Wir beobachteten die perverse übernatürliche Familie wachsam, bereit, den Kampf beim ersten Anzeichen von Ärger wieder aufzunehmen.

Nolan lachte erneut, und Marie drückte seine Schulter. Übelkeit stieg in mir auf, als mir plötzlich ein Gedanke kam. Wie oft hatten sie das schon getan?

Wie oft hatten sie ihre Seelen in fremde Körper gesteckt? Wie jung waren die anderen Vorbesitzer der Körper gewesen? Sie hatten ihr erwachsenen Seelen in die Körper von Kindern eingepflanzt … Hatte die Verwischung der Grenzen zwischen Kindern und Erwachsenen zu ihren verstörten Vorlieben geführt?

Diese Möglichkeit machte ihr Verhalten nicht weniger abscheulich. Wenn überhaupt, war es doppelt erschreckend, dass ihr fürchterliches Ritual etwas noch Schrecklicheres in ihnen hervorgebracht haben könnte. Und nun verbreiteten sie den Schaden, den sie mit ihren monströsen Perversionen angerichtet hatten, in der Gemeinschaft um sie herum.

Ich hatte gerade noch Zeit, bei dem Gedanken zu erschaudern, als Nolan vorsprang und seinen Arm nach oben streckte.

Mit einem kurzen Befehl hob er vom Boden ab und rammte seine Handfläche in das Gesicht von Nox, der nur ein paar Schritte vor uns stand. Wir stürzten uns auf ihn, Magie zischte durch die Luft, aber Nolan hatte sich bereits hinter die Barriere zurückgezogen, die die ganze Familie schützte.

Nox sackte wie eine Stoffpuppe auf dem Boden zusammen, als seine Beine unter ihm nachgaben. Hätten Jett und ich ihn nicht aufgefangen, wäre er mit dem Schädel auf den schlammigen Boden geknallt.

Seine Augenlider fielen zu, und sein Mund stand weit offen. Seine Haut leuchtete totenblass um einen nickelgroßen Fleck, der wie ein Muttermal aussah und nun in der Mitte seiner Stirn prangte.

Nein! Jede Faser meines Seins schrie vor Entsetzen. Erst Ruin und jetzt er?

„Was zum Teufel hast du getan?", kreischte ich und stürzte mich mit panischer Wut auf die Gauntts. Ich schleuderte meine Magie auf sie, auf der Suche nach einem einzigen Blutstropfen, den ich durch die Barriere hindurch wahrnehmen und mit dem ich jemandes Herz zerstören konnte.

Ich spürte, wie ihr Schutzschild wackelte und vielleicht sogar zerbrach, doch in diesem Moment begannen sie wieder mit ihrem Sprechgesang und entfernten sich von uns. Nolans Mund verzog sich zu einem unheimlichen, kindlichen Grinsen.

Ich zögerte, während ich überlegte, ob ich ihnen hinterherstürmen oder Nox helfen sollte, aber auch meine Beine fühlten sich an, als würden sie jeden Moment unter mir nachgeben. Ich sank neben dem Boss der Schädelbrecher zu Boden und starrte Kai an, der ebenfalls auf die Knie gesunken war. Er tätschelte das Gesicht seines Kollegen mit zunehmender Dringlichkeit. Nox' Muskeln zuckten nicht einmal.

„Ist er *tot*?", stieß ich hervor.
Kai schaute mich gequält an. „Ich weiß es nicht."

über den autor

Eva Chase ist eine Amazon Top 100-Bestsellerautorin für Urban Fantasy und paranormale Liebesromane. Sie ist mit Magie, Chaos und Herzschmerz aufgewachsen und bringt alle drei Elemente in ihre Geschichten ein. Aber keine Angst vor dem gefürchteten Liebesdreieck - Evas Heldinnen müssen sich nie entscheiden. Online findet man sie unter www.evachase.com.